여성동학다큐소설

해남 진도 제주편

# 피어라 꽃

# 피어라 꽃

정이춘자 지음

도서출판 모시는사람들

머리말

　제가 '해남, 진도, 제주 지역' 동학소설을 쓴 것은 한 유골 때문입니다. 1995년 홋카이도 대학 강당 보관고에서 발견된 진도 동학군 지도자의 유골. 그 유골은 왜 일본으로 가게 됐는지, 채집해 간 사토 마사지로는 누구이고, 왜 유골을 채집했는지, 누구에게 전달했으며, 유골을 연구한 자는 어떤 결론을 내렸는지 낱낱이 파헤치고 싶었습니다. 홋카이도 대학의 이노우에 교수가 유골 속에 들어 있던 첨부 문서의 내용을 조사해 유골 채집자 사토라는 사람의 이력을 결국 찾아냈습니다. 그는 홋카이도 대학의 전신인 삿포로 농학교 제19회 졸업생이었습니다. 삿포로 농학교는 식민학, 인류학 연구가 왕성하게 이루어졌고, 조선 침탈을 위한 제국주의 전사들을 양성하던 기관이었습니다.

　러일전쟁에 참전했던 사토는 일제 통감부가 운영한 목포 면화재배 권업 모범장 기사로 취직하여 해방 직후까지 조선에서 살다 일본으로 돌아갔습니다. 사토가 근무한 목포 출장소는 진도 면화채종포를 관리하던 상급기관이었습니다. 1906년 9월. 목포의 면화 재배 권업 기사들이 '장려금 시상식'에 참석하기 위해 진도에 출장 왔다는 기록이 발견되었습니다. 또한 유골에서 나온 흙과 진도 솔개재에서 채집한 흙의 성분이 일치한다는 결과도 나왔습니다. 한때 유골의 주인공으로 알려졌던 진도 동학 접주 박중진의 자손이 하조도에 살고 있습니다.

후손의 머리카락과 유골의 DNA가 일치하는지 검사했지만 결과는 '알수 없다'는 것이었습니다. 훗날 과학이 더 발달하면 밝혀낼 수 있겠지요. 그때까지 유골은 기다릴 것입니다.

소설을 쓰면서 제게 도움 주신 분들이 많습니다. 자료를 찾아 주신 원광대학교 박맹수 교수님, 진도 향토사학자 박주언 님, 해남 향토사학자 임상영 님, 광역신문 기자 김형진 님께 많은 도움을 받았습니다. 또한 해남 동학군 대장 백장안, 백동안의 후손들께도 많은 도움을 받았습니다. 진도군지, 해남의 각 면지를 통해 반도의 서남해안 끝으로 몰려 학살당한 동학군들이 몇 백 명이나 되었다는 사실을 알고 경악했습니다. 제게 자료를 주고, 증언해 주신 분들의 염원을 접하면서 동학에 꼼짝없이 사로잡힌 것을 느꼈습니다. 그럼에도 그 만남에서 얻은 사료와 문장의 출처를 일일이 밝히지 못한 점 너그러이 양해해 주시기 바랍니다.

2014년 4월 12일 토요일, 어렵사리 시간을 내 팽목항에서 배를 탔습니다. 그리고 하조도에서 박중진 접주의 후손을 만났습니다. 그분의 무심한 눈길이 왜 그렇게 슬펐는지요!

이 소설을 쓰면서 고부, 부안, 전주만이 아니라 해남, 진도에도 동학의 역사가 있었음을 비로소 알았습니다. 알고 나니 미처 몰랐었다는 사실이 부끄러웠습니다. 두 갑자가 지나서야 알게 된 해남, 진도의 동학을 밝히는 데 이 소설이 조그마한 보탬이 됐으면 좋겠습니다.

2015년 진달래 지는 땅끝에서 정이춘자

# 피어라 꽃

차례

# 피어라 꽃

# 1. 봄바람, 말목장에 불어오다

봄이다. 봄볕에 자란 풀들이 부드러웠다. 동남쪽으로 벋어 내린 지력산 골짜기에서 말들이 풀을 뜯고 있었다. 산자락에는 참꽃이 흐드러지게 피고, 목책 밖에 일군 밭에는 하얀 무꽃이 피었다. 나비들이 발에 꽃가루를 묻힌 채 꽃 속을 바삐 드나들었다.

새 풀을 뜯어 먹고 살이 오른 암말들이 목책에 자꾸 몸을 비볐다. 수말이 어슬렁어슬렁 암말 뒤로 다가가면 암말은 모르는 척 꼬리를 치켜들었다. 작년 봄에 새끼를 가져 배가 둥둥한 암말들은 요즘 한창 새끼를 낳았다.

말총이는 막 마구간을 나선 참이었다. 암말은 새벽부터 모로 누워 거친 숨을 몰아쉬었다. 아침에야 새끼보가 삐죽이 나왔다. 새끼보를 뒤집어쓴 망아지는 앞발만 내민 채 한참을 지체했다. 말총이가 망아지의 앞발을 살살 당겨 주었다. 어미는 들린 다리를 버르적거리며 다시 힘을 썼다. 양수와 더불어 새끼가 털퍼덕 쏟아져 나왔다.

갓 태어난 망아지가 비틀비틀 일어서는 것을 보고서야 말총이는 마구간을 나섰다. 햇빛에 눈이 부시고 어질어질하여 말총이는 눈을 감았다. 잔뜩 찡그린 그의 눈썹이 짙었다. 물오른 미루나무처럼 키가 컸지만 얼굴은 아직 앳된 티가 났다. 눈을 가린 탄탄한 팔뚝이 짧은 저고리 소매 밖으로 한참이나 나왔다. 잠방이도 껑충하니 정강이까지 올라갔다. 입성은 꾀죄죄했지만 말처럼 탄탄한 몸이었다. 손을 내리고 눈을 가늘게 떴다. 총기있는 눈이었다. 짙은 눈썹 아래 솟은 콧날이 반듯했다.

말총이는 습관처럼 힐끗 목책 밖을 보았다. 무꽃이 피어 있는 집 쪽이었다. 사월이는 오늘도 밭에 나오지 않았다. 말총이는 마른침을 삼켰다. 사월이의 속을 알 수가 없었다. 오늘은 만나기만 하면 사월이의 마음을 알아내리라 단단히 결심했다. 열흘 전 처음으로 사월이의 손을 잡았을 때 그는 사월이의 마음을 얻은 줄 알았다. 그런데 그후 사월이는 멀리서 그를 보기만 해도 돌아서 버리는 것이었다. 동무들과 함께 있을 때는 더했다. 자신이 그날 무엇을 잘못했나 아무리 생각해 보아도 알 수 없었다. 열흘 내내 사월이 눈치만 살피며 조바심쳤던 그였다. 말총이는 말똥을 치우는 척하며 목장을 가로질러 사월이의 집 쪽으로 걸었다.

열흘 전이었다. 말총이가 뒷산에서 삭정이를 꺾고 있을 때였다. 공기가 달라진 것이 느껴져 산 아래를 보니 사월이가 나물 바구니를 끼고 올라오고 있었다. 취라도 뜯으러 나온 것이리라. 말총이는 순간 산 위로 올라가 버릴까, 모르는 척 지나쳐 내려가 버릴까 생각했다.

언제부턴가 사월이를 마주치게 되면 하는 고민이었다. 말총이는 자꾸 사월이를 곁눈으로 보면서도 막상 사월이를 만나면 자꾸 도망치고 말았다. 쉴 새 없이 힐끔거리다가도 눈길이 마주치면 고개를 돌리곤 했다. 사월이가 새침한 얼굴로 가 버리면 그때서야 얼굴이 달아오르고 가슴이 쿵쾅거렸다. 사월이의 뒤통수를 멍하게 보고 있으면 어디선가 '바보, 멍충이.'라고 말하는 소리가 들리는 것 같았다.

비쩍 마른 망아지처럼 볼품없던 사월이의 얼굴이 보얗게 피어난 후부터였다. 사철 부르터 있던 뺨이 아침에 핀 나팔꽃처럼 보드라워지고, 좁고 깡말랐던 어깨가 동그스름해졌다. 언젠가부터 저고리 섶이 들려 올라가 눈길이 자꾸 그리로 가는 것이었다. 뒤태도 달라졌다. 쏙 들어간 허리에 팡팡해진 엉덩이를 꼭 자기 보라고 부러 흔들며 걷는가 싶기도 했다.

또래 여자애들보다 키가 훌쩍 큰 사월이는 말도 잘 타고 씩씩해서 노상 말총이와 사내아이들 틈에서 놀았다. 예닐곱이 되도록 아랫도리를 벗고 천둥벌거숭이로 산으로 들로 쏘다니는 말총이를 따라다니다 여름이면 풍덩풍덩 함께 멱을 감고 놀았다. 일 년 내 햇볕에 탄 그녀는 새까만 얼굴에 눈자위만 하얬다. 겨울이면 얼굴이고, 목, 손등할 것 없이 새까맣게 때가 끼어 있던 그녀였다.

망설이다 사월이가 턱밑에 올 때까지 멍청히 서 있고 말았다. 사월이는 말총이를 보았는지 못 보았는지 고개를 숙인 채 두리번거리고 있었다. 나물 바구니는 비어 있었다. 가슴이 사정없이 쿵쾅거렸다.

사월이가 말총이 무릎 앞까지 오더니 멈칫하다가 고개를 들었다. 눈길이 마주쳤다. 말총이는 피하지 않았다. 사월이의 눈빛은 막 세수한 것처럼 촉촉했다. 사월이가 눈을 내리더니 옆으로 지나가려 했다. 고개를 외로 튼 사월이는 성이 난 듯했다. 자신이 길을 막고 있어서 그런지도 몰랐다. 사월이의 반듯한 가르마가 말총이의 가슴께에 있었다. 말총이는 몸을 돌려 길을 조금 내주었다. 사월이의 치맛자락이 정강이를 스쳤다.

말총이는 저도 모르게 사월이의 팔을 잡았다. 얄캉한 팔이 한 손에 잡혔다. 말총이는 다른 손으로 사월이의 손을 잡았다. 사월이의 손은 작고 보드라웠다. 세차게 뿌리칠 줄 알았던 사월이는 손을 잡힌 채 고개만 옆으로 돌리고 있었다. 그때 숲에서 '푸드덕' 하는 소리가 났다. 사월이는 깜짝 놀라 손을 빼어 산 아래쪽으로 뛰어갔다. 꿩이었다. 장끼 한 마리가 날개를 펴고 유유히 말목장으로 날았다. 말총이는 장끼를 향해 주먹질을 하면서도 좋아서 펄쩍펄쩍 뛰었다. 세상을 얻은 것 같았다. 내일은 사월이에게 자신이 그녀를 얼마나 좋아하는지 말을 하리라. 올가을에는 혼인시켜 달라고 아버지에게 말해야지. 말총이는 마음이 급했다. 오랫동안 꿈꾸던 일이 순식간에 이루어졌다.

사월이는 밖을 내다보고 말총이가 마구간에서 나온 걸 알았다.
'바보, 멍충이.'
고사리 삶을 물을 끓이며 사월이는 소리 나지 않게 말했다. 사월이가 열세 살이 넘어 여자 꼴이 좀 잡히자마자 어머니는 천방지축인 그녀를 돌아다니지 못하게 단속했다. '가시낭년이 돌아댕기믄 어느 놈이 채갈지 모른다'는 것이었다. 목자 딸들은 인물이 고와도 걱정이라며 누가 첩으로 삼아 버릴까 봐 전전긍긍이었다. 작년부터 어머니는 군두나 군부들 중에서 신랑감들을 짯짯이 살피기 시작했다. 사월이는 애가 탔다.

한 달 전이었다. 사월이는 텃밭에서 호미질을 하고 있었다. 겨우내 뜯어 먹었던 시금치는 이제 동이 서 버렸고 상추가 탐스럽게 자랐다. 어느새 목소리가 우렁우렁해지고 키가 커진 말총이는 마음을 설레게 했다. 말총이가 자꾸 자신을 힐끔거리던 눈길이 떠올랐다. 얼굴이 확 달아올랐다. 어려서부터 말총이가 좋았다. 언제나 그의 색시가 되고 싶었다.

그때였다. 옆에서 헛기침 소리가 들렸다. 사월이가 깜짝 놀라 쳐다보니 한마치가 그녀를 보고 있었다.

"먼 생각을 하가니 사람이 와도 몰르냐?"

그는 밭둑에 놓아 둔 삽을 들고 땅을 뒤집기 시작했다. 한마치가 발을 디뎌 누를 때마다 삽 모가지까지 땅속으로 쑥쑥 들어갔다. 그는 한마디도 하지 않고 능숙한 솜씨로 밭을 갈아엎었다. 워낙 손바닥만 한 텃밭이기도 했지만 한마치는 금방 끝내 버렸다. 그가 엎어 놓은 흙은 자로 잰 듯이 반듯하게 줄지어 누워 있었다.

"내가 한 말 생각해 봤냐? 느그 부모님한테 먼저 말씀 디릴라다가 몬차 니 말을 확실하니 듣고 잪어서 그란다."

일을 다 할 때까지 아무 말도 없던 한마치가 삽에 몸을 기대고 서서 말했다. 사월이는 호미질을 멈추지 않은 채 대꾸했다.

"나는 아직 시집 안 갈 거여."

"그거는 큰애기들이 다 하는 말이지야. 그래도 내가 싫지는 안 허지?"

"싫은 거는 아니재."

"그라믄 되얐어."

한마치가 자리에서 일어서 가려 하자 사월이는 조급해졌다.

"나 진짜 시집 안 간당께? 울 엄마한테 말하지 마라고."

그의 뒤통수에 대고 쏘아붙이듯 말했다. 갑자기 한마치가 미워 견딜 수가 없었다. 가려던 한마치가 뒤돌아서 나직하게 말했다.

"나 싫은 거는 아니락 안 했냐. 우리가 몰른 사이도 아니고 살다 보믄 정들것재."

"안 싫으믄 다 시집 가간디? 좋아야 시집 가재."

그 말을 하고 나니 사월이는 말총이 생각이 나서 얼굴에 모닥불을 들이대는 것 같았다. 괜히 심술이 나서 뒤돌아 앉았다. 호미로 한마치가 뒤집어 놓은 밭두둑을 북북 긁어 내렸다. 한마치는 가지 않고 그녀를 보고 있는 것 같았다. 온몸에 그의 시선이 느껴졌다. 그녀는 한마치가 자주 그녀를 쳐다보는 걸 알고 있었다. 갈망하는 듯한 눈길을 느끼고 고개를 들면 항상 거기에 한마치가 있었다. 무심코 고개를 돌려 그와 마주치면 슬그머니 고개를 돌리더니 작년부터는 그러지 않았다. 눈길을 고정한 채 뚫어질 듯이 바라보아 그녀가 오히려 고개를 돌려 버리곤 했다. 그러던 그가 지난달에는 그녀의 부모님께 청혼을 하겠다며 한 달간 생각해 보라 하더니 오늘 또 온 것이다.

"너 누구 딴 사람 맘에 있냐?"

"……."

"누구여? 말총이냐?"

"……."

"말총이는 인자 목자 시작해 갖고 모태 논 것도 없을 것인디 어뜨케 혼인을 한다냐? 나는 군두님이 맹년에는 군부 시켜준다고 약조했어야. 그라믄 일도 더 수월해지고 돈도 더 많이 모텔 수 있어."

그의 목소리가 간절해졌다. 그가 말총이를 무시하는 듯하자 그녀는 화가 났다. 하지만 그녀는 속에서 들끓는 말을 차마 뱉지 못했다.

"어려서부텀 니를 좋아했어. 너는 말총이랑 꺼덜거리고 노니라고 나는 처다보도 안 했재만 내가 느그들보다 나이 많은 게 그란갑다 했재. 으찌 됐건 나는 낼이라도 느그 부모님 찾아갈 건게 그리 알어라이."

한마치는 뚜벅뚜벅 걸어 밭을 나갔다. 부모님은 믿음직스럽고 건장한 한마치가 청혼하면 바로 승낙할 터였다.

"싫당게. 나는 싫다고. 나 잔 카만히 냅둬. 허매, 미치것네이."

사월이는 앉은 채로 한마치의 등에 대고 악을 썼다. 한마치가 그 자리에 우뚝 섰다. 그녀는 숨을 씩씩거리며 밭고랑에 쭈그리고 앉아 호미질을 했다. 있는 힘껏 호미 날로 땅바닥을 내리쳤다. 돌멩이가 있었는지 호미에서 쨍 소리가 나며 불꽃이 튀었다. 손목이 얼얼했다. 언제 왔는지 한마치가 다가와 그녀의 양 어깨를 지그시 눌렀다. 뜨거운 손바닥이었다. 소름이 확 끼쳤다. 어깨를 확 돌려 그의 손을 뿌리쳤다. 한마치는 한숨을 내쉬더니 가 버렸다.

사월이는 골라 놓은 밭에 열무 씨와 물외 씨를 심었다. 머리가 터질 것처럼 복잡해서 힘든 줄도 모르고 씨근덕거리며 일을 했다. 밭 가장자리를 빙 둘러 옥수수까지 심었다. 어느새 해가 졌다.


어제 저녁 참에도 한마치가 사월이에게 왔다. 한마치는 이번 달 보름에는 사월이 부모님께 청을 넣겠다고 하였다. 오늘이 열사흘이니 이틀 후면 한마치네 어른들이 사월이의 부모님께 청혼할 것이다. 한마치네는 식구며 일가친척도 많고 살림도 포실했다. 부모님 보기에는 아버지와 단둘이 사는 가난한 말총이보다 한마치가 사윗감으로 더 나을 것이다.

열흘 전 사월이가 말총이를 따라간 것도 딴은 그래서였다. 그가 산으로 올라가는 것을 보고 부리나케 나물 바구니를 끼고 쫓아간 것이다. 누가 볼까 무서웠지만 말총이에게 손까지 잡혀 주었다. 그랬으면 사내가 똑 부러지게 일을 매듭지어야지 그는 지금까지도 어리벙벙한 모양이었다.

한마치가 사월이에게 마음이 있는 것을 동무들도 눈치챈 모양이었다. 마치 사월이가 한마치 색시인 것처럼 굴었다. 아니라고 도리질을 쳐도 동무들은 거짓부렁이라며 짓궂게 놀렸다. 미칠 지경이었다.

엊저녁에는 어머니와 아버지가 넌지시 이야기를 하다 그녀를 보는 것이었다. 중매쟁이 드나들 때 시집보내야 한다는 말을 하면서. 그녀는 마음이 불안했다. 어물어물하다가는 꼼짝없이 한마치의 색시가 되고 말 것 같았다. 하지만 서로 뻔히 다 아는 목장 마을에서 말총이를 단둘이 만나기도 어려웠다. 처녀 총각이 만나는 것도 큰 흉인데 한마치까지 얽혀 있어 사월이는 살얼음판 위에 선 것 같았다. 그녀가 말총이를 만나는 것을 알면 사람들은 화냥년이라 손가락질할 것이다.

'멍충이, 빙신.'

사월이는 데친 나물을 들고 일부러 석성까지 갔다. 석성 위에 보자기를 깔았다. 햇빛에 눈이 부셨다. 힐끗 보니 말총이가 말똥을 치우며 오고 있었다. 보자기 위에 데친 고사리를 널었다. 통통한 고사리를 겹치지 않게 하나하나 폈다. 말총이는 누가 보나 둘러보는 듯 두리번거리며 석성 곁으로 다가왔다.

"쩌번 참에 만났든 데서 기다리께. 지금 와."

그는 낮은 소리로 말하고 금세 멀어졌다. 우렁우렁 울리는 목소리의 여운에 귀까지 먹먹했다. 사월이는 돌아서 방긋 웃었다. 뛰듯이 집으로 돌아왔다. 재 묻은 치맛자락을 탈탈 털었다.

말총이는 집으로 갔다. 바가지에 물을 떠서 낯을 씻고 목도 씻었다. 입에 물을 머금고는 뱉어 내기를 두어 번 하고 낫과 새끼줄을 챙겼다. 뒷산으로 바삐 걸었다. 누가 볼까 봐 발걸음이 갈수록 빨라졌다. 사월이가 그 사이 먼저 와서 기다릴까 걱정이 되었다. 산에 올라 둘러보았다. 사월이는 없었다. 말총이는 낫과 새끼줄을 저만치 던져 놓고 멀리까지 잘 보이는 곳에 섰다. 사월이가 바구니를 옆구리에 끼고 종종걸음을 치며 오고 있었다. 사월이의 땋은 머리채가 햇빛에 반짝거렸다. 말총이는 얼른 조금 더 올라가 풀숲 속에 숨었다. 가슴이 두방망이질 치고 입꼬리가 자꾸 올라갔다. 조바심이 나서 내다보니 사월이가 오솔길로 올라섰다. 다시 숨었다. 치마 스치는 소리가 나더니 맨발에 짚신을 신은 발이 보였다. 말총이의 바로 앞까지 왔다. 말총이는 벌떡 일어나 길로 나섰다.

"흡!"

사월이가 놀라 숨을 들이켰다. 말총이는 사월이 손목을 잡아끌고 방금 제가 앉았던 자리로 데려갔다. 풀을 눕혀 앉기 좋게 만들어 놓은 곳에 사월이를 앉혔다. 볼이 발그레해진 사월이가 그를 바라보았다. 사월이 볼에 보조개가 깊게 파였다. 사월이가 웃으면 근처가 더 밝아지고 따뜻해지는 느낌이었다. 사월이 머리에서 동백기름 냄새가 났다. 그 냄새를 들이마시니 귀가 머는 듯 아득해졌다. 몸이 땅속까지 가라앉는 것만 같고, 이 세상에 둘만 있는 것 같았다. 말총이는 깊게 숨을 들이마셨다가 내쉬고는 사월이 손을 더듬어 잡았다. 사월이는 가만히 있었다. 손에서 땀이 났다.

말총이가 손을 놓고 사월이의 볼을 양손으로 감싸 그녀의 눈을 들여다보았다. 사월이의 눈동자가 늦가을 참나무 이파리 색인 걸 처음 알았다. 눈동자 속에 하늘이 담기고, 구름이 떠가고 있었다. 사월이가 눈꺼풀을 내리며 가만히 고개를 틀었다. 반듯한 이마에 솜털이 보송보송했다. 말총이는 사월이의 이마에 입을 맞추고 볼을 놓아 주었다. 그녀는 조금 떨어져 앉아 제 손으로 무릎을 감싸 안았다. 말총이는 사월이의 옆에 바짝 다가앉았다.

"사월아. 나는 니가 좋다. 너는 어쩌냐?"

사월이는 대답하지 않았다. 그는 조바심이 났다.

"니 속을 모르것다. 말을 잔 해 봐라."

"나도 니가 좋은게 나왔재."

말총이는 사월이를 꽉 껴안았다. 머리칼에서 나는 동백기름 냄새에 또 한 번 정신이 아득해졌다. 사월이가 말총이를 밀어내더니 조금 떨어져 앉았다. 그녀가 망설이다 입을 열었다.

"그란디 저어….."

"어째 그라냐?"

"우리 집서 지금 혼인을 서두르고 있은게 빨리 청을 넣어."

"알었다. 내 그리 하께."

말 울음소리에 둘은 정신을 퍼뜩 차리고 일어섰다. 일어서 들판을 보니 목자들이 말우물 근처에 모여 있었다. 말들이 우물가로 오지 못하게 하는 걸로 보아 우물 청소를 하는 모양이었다. 말총이도 가야 했다. 지금 달려가도 늦게 나왔다고 군두가 경을 칠 것이다. 말총이는 삭정이를 건성으로 모아서 들쳐 메고 산 아래로 달렸다.

　말총이의 아버지가 사월이의 집으로 찾아가 청혼을 했다. 다음 날 한마치네 어른들도 사월이 부모님께 청혼을 했다.


　진도는 땅이 기름지고, 산물이 풍부했다. 지력산뿐만 아니라 여러 곳에 관마를 공급하는 말목장이 있었다. 진도 감목관은 해남 화원의 말목장까지 속장으로 거느렸다. 한때 진도 부사가 감목관을 겸하기도 했지만 벼슬자리를 돈으로 사고팔게 되면서부터 감목관은 해남 화원 목장에 거처를 잡았다.

　중앙 정부에서는 남해의 요해지라 하여 진도에 정삼품 당상관을 부사로 임명하였다. 유사시에는 영광, 해남, 함평, 영암 네 개 군의 군수와 진도 내의 아홉 개 수군의 만호뿐만 아니라 임자, 지도, 목포, 마량 등의 수군만호까지 지휘할 수 있는 병권을 주었다.

　지산 말목장은 진도읍에서 서남쪽으로 삼십 리 떨어진 곳에 있었다. 소가 누워 있는 형상으로 느긋하게 펼쳐진 지력산 자락에 자리 잡은 말목장은 말 먹일 물이 풍부하고 마초가 잘 자랐다.

　진도 부사와 감목관의 가장 큰 임무는 마정(馬政)이었다. 진도의 주산이라는 진도읍의 북산 철마산 마조단에서는 마정이 원활하게 이루어지도록 매년 제사를 지냈다. 해마다 징발할 말의 수를 채우지 못하면 벼슬자리가 떨어지는 것이었다. 말의 병을 고치기 위해 마의까지 두었지만 그 말을 키우는 목자는 그들의 안중에 없었다.

말총이는 지산 목장에서 대대로 살아온 목자의 아들이었다. 말총이는 아버지와 단둘이 살았지만 외롭지 않았다. 어려서부터 함께 자란 사월이와 함께 노느라 심심한 줄 몰랐다. 말총이는 어려서부터 아버지가 돌보는 말의 갈기를 빗겨 주고, 말똥도 치우고, 가을에 마초를 베어 말리는 일을 도왔다.

말총이의 집은 석성 성벽에 잇대어 지은 한 칸짜리 오막살이집이었다. 거적문을 들치고 들어서면 낮에도 방이 컴컴하고, 어렸을 때도 머리가 천장에 닿았다. 방 가운데에서는 그나마 똑바로 설 수 있지만, 방구석은 지붕과 땅바닥이 맞닿아 있어 천장마저 없었다. 그가 집 안에서 하는 일은 잠자는 것밖에 없으니 사실 천장이 머리에 닿건 말건 상관은 없었다. 거적문 바로 앞이 부엌이었다. 지붕 아래 있긴 하지만 비가 많이 오면 아궁이가 무너져 내리기 일쑤였다.

목자들은 노비가 아니지만 노비나 매한가지였다. 목장 밖으로 나갈 수도 없고, 그 자식도 목자로 살아야 하기 때문이었다. 그러나 말총이는 목장에서 사는 것이 좋았다. 석성으로 둘러싸인 목장은 그의 집이자 놀이터였다.

말총이는 말을 좋아했다. 말도 말총이를 잘 따랐다. 아이들은 군부나 군두 몰래 말을 타고 놀았다. 말 위에서 부리는 기술에도 단계가 있었다. 달리는 속도뿐 아니라 달리는 말 위에서 만세 부르기, 말 등에서 뒤로 돌아앉기, 말 배에 바짝 붙어 달리기 등 배워야 할 기술은 끝이 없었다.

말총이가 가장 좋아하는 것은 '장군 놀이'였다. 말을 몰아 서로에게 돌진하여 막대기를 부딪쳐서 부러지는 쪽이 지는 놀이였다. '장군 놀이'는 해도 해도 질리지 않았다. 달리는 말 위에서 막대기를 칼처럼 쳐들고 맞은편 적을 향해 질주할 때는 진짜 장군이 된 기분이었다. 진 아이는 말에서 내려 머리를 조아린 후 "장군님, 부르셨습니까?" 하고 말해야 했다. 이긴 아이는 한참 동안 말 위에서 거드름을 잔뜩 피울 수 있었다. 나이를 한 살씩 먹어 갈수록 말총이가 거드름을 피우는 횟수가 늘어 갔다. 말총이는 장군이 되고 싶었다. 장군이 되면 이기는 싸움만 할 자신이 있었다. 말총이는 타고 놀았던 말들이 군마로 뽑혀 떠날 때마다 말과 함께 떠나는 꿈을 꾸었다.

목자 호적에 오르자마자 말총이에게도 말이 배당되었다. 목자는 네 명이 한 군이 되어 백이십 필의 말을 돌보았다. 매년 팔십오 필의 새끼를 생산해야 한다는 것은 그가 열여섯 살이 되어 목자 호적에 오른 후에 알게 된 것이었다.

아버지를 도와 일하는 것과 제 앞에 주어진 일을 하는 하는 것은 하늘과 땅만큼의 차이였다. 좋은 일에도 한도가 있는 법이었다. 날마다 빗질해 주어야 할 말이 삼십 마리였다. 눈코 뜰 새가 없었다. 일년 내내 목장은 쉴 새가 없었다. 게다가 목장에 딸린 둔토의 농사까지 지어야 했다. 늦가을 목장은 바빠서 혀를 빼물 지경이었다. 가을 걷이를 하면서 겨울에 먹일 마초까지 베어 말려야 했다. 희망이 보이지 않았다. 문득 어렸을 적 깔깔거리며 장군 놀이에 열중하는 말총이를 왠지 측은한 눈빛으로 바라보던 아버지의 눈빛이 떠올랐다.

'무슨 일이 있어도 도망치고 말리라.' 말총이는 다짐, 또 다짐하였다.

말총이는 아버지, 사월이 아버지, 한마치의 아버지와 같은 군이었다. 한마치의 아버지 한 씨는 이미 병이 들어 빼빼 마르고, 기침이 끊이지 않았지만 목자 호적에서 빼 주지 않았다. 그의 아들들이 틈틈이 아버지의 몫을 거들어 주었다. 그러나 한 씨의 병은 더해만 갔다. 한 씨는 육십 살이 되자 비로소 목자 역을 벗었다. 그러나 그는 역에서 벗어난 지 한 달 만에 죽고 말았다. 말총이는 한마치에게 갔지만 뭐라 위로해야 할 지 몰랐다.

"성 아부지 고생만 하다 가서 부러서 어뜨케 해?"

"마지막에는 고생 안 하셨어야. 짚불 꺼지데끼 조용히 숨 놓으시드라. 그라믄 됐재."

말총이보다 두 살 많은 한마치는 마치 세상을 다 산 노인처럼 말했다. 그는 다른 군에 배속되어 일하고 있었다.

한마치는 말총이 목자가 된 얼마 후 말총이에게 은밀히 동학을 전해 주었다. 말총이 목자 생활을 시작한 후 웃음을 잃어 가는 모습을 보고 나서였다. 목자들 중에 동학 도인들이 꽤 있다고 들었지만 자신도 누가 동학 도인인지는 모른다고 했다. 감목관이나 군두에게 들키면 죽을 각오를 해야 한다며, 동학을 하다 맞아 죽은 사람도 있다고 했다. 의신에 가면 동학을 전해 주는 양반네가 있다고, 다음에 때가 되면 데려가 주겠다고 하였다.

동학 세상에는 너도 나도 모두 한울님이라 양반도 없고, 상놈도 없다는 말을 듣고 말총이는 벼락을 맞은 듯했다. 의신에 다녀올 때마다 한마치는 동학 이야기뿐 아니라 바깥세상 돌아가는 이야기도 전해 주었다. 그러나 올봄 들어서면서부터 한마치는 말총이에게 오지 않았다. 말총이는 한마치가 새끼 낳는 말들을 돌보느라 바빠서 그런가 보다 했다.

# 2. 뱃사람 박중진 동학에 입도하다

박중진은 손행권과 함께 영광 법성포로 향했다. 모아 놓은 건어물을 넘기고, 그물을 짤 면사와 칡줄도 사야 했다. 손행권은 진도 고군임성포 사람이었다. 박중진의 아내와 손행권의 아내는 해남 삼촌면에서 함께 자란 동무였다. 아내들이 동향인지라 그들도 서로 친했다. 그들의 이번 법성포행에는 또 다른 목적이 있었다. 박중진은 항상 법성포 박중양과 어물 거래를 하였다. 박중양은 영광, 무장 등지에 물건을 넘기는 객주였다. 박중진은 그의 집에서 일하는 김유복을 통해 그들이 동학 도인인 줄을 알고 있었다. 박중진이 박중양에게 은밀히 동학에 대해 물었다. 박중진에게 띄엄띄엄 동학을 전하던 박중양은 더 깊은 이야기를 듣고 싶어하는 박중진을 위해 태인 대접주 최경선을 한번 모셔 오겠노라고 했다.

들물을 따라 수월하게 법성포에 닿았다. 박중양에게 어물을 넘기고 조창에 와 있다는 김유복을 만나러 갔다. 조창마다 배로 실어 온 곡식을 들이느라 바빴다. 법성포는 전라도 스물일곱 고을의 전세와

대동미가 모이는 곳이다. 전라도 조창은 본시 영산포에 있었다. 영산포는 내륙 깊숙이 위치하여 조세를 거두어들이기에는 편리했다. 그러나 토사가 쌓여 수로가 험해지자 조운선 같은 큰 배는 이용할 수가 없게 된 것이다. 법성포에는 조창 지키는 조군이 천 명 넘게 주둔하고 있었다. 법성포는 또한 서해안 국방상 중요한 요지였다.

무장 조창으로 가니 김유복이 배에서 쌀섬을 지고 나오는 중이었다. 그들은 조기 파시 때마다 만나 친한 사이였다. 김유복이 먼저 '성님, 성님' 하며 붙임성 있게 굴어 그들도 김유복을 이제는 스스럼없이 아우라 불렀다.

"어이, 유복이 동상!"

김유복은 쌀섬을 지고 오느라 고개를 푹 숙이고 있다가 부르는 소리를 듣고는 자라처럼 고개를 빼들었다. 나락 먼지가 하얗게 앉은 그의 얼굴이 활짝 펴졌다.

"성님, 쪼깐만 여기서 기다리쇼이. 이놈만 넣고 나믄 끝이요."

김유복은 금방 나왔다. 수건으로 어깨와 머리칼을 때리니 먼지가 풀썩풀썩 인다.

"아이고 징한 놈의 조세. 금방 져 나른 조세가 뭔 줄 아시오? 군병 훈련도감미라요. 넨장맞을, 군병 조세는 꼬박꼬박 받아 처묵음서 왜놈, 뙤놈, 로서아놈, 미국놈에 또 머시냐 불란 뭔 나라까지 뎀빈디 밥은 넘어가는 모냥이여라우?"

"나도 새끼들 믹일 쌀은 없어도 조세는 열댓 가지 냈네야. 닌장맞을 나라여."

손행권이 그의 말을 받아 투덜거렸다. 손행권은 진도 임성포에서 살지만 논농사도 지었기 때문에 조세라면 신물이 났다. 어선 두 척으로 어세만 내는 박중진은 옆에서 그들의 말을 듣고만 있었다. 손행권이 심심한지 김유복에게 농을 걸었다. 그는 사람됨이 솔직하고 체면을 차리지 않아 젊은이들과 잘 어울렸다.

"자네는 동에 번쩍 서에 번쩍 하네이. 중양이 형님 집에서 조기 간하다가, 무장 조창 채우다가 또 먼 일 항가?"

"헤헤, 성님은 내가 허는 일 다 셀라면 날 샐 것이요. 나가 말도 쪼까 타고라우, 또 낚시랑 그물질도 솔찬히 하고라이, 총질해서 노루, 퇴깽이 정도는 엔간히 맞추고라이, 그라고도 한 맷 가지 남었는디, 그것은 담에 이야기해 주께라이."

김유복이 왈짜처럼 다리를 건들거리자 손행권이 깜짝 놀라는 시늉을 하며 펄쩍 뛰었다.

"아이고야. 자네가 여간 재주가 많안 모양이여? 내가 몰라봐 부렀네이. 나가 인자부텀 성님으로 모시께라우."

손행권이 부러 깊이 허리를 숙였다. 김유복이 어쩔 줄 몰라 하며 그를 일으켜 세웠다.

"오매, 어째 이라시요. 성님. 내가 잘못했소. 성님 보고 내가 반가워 갖고 미쳤는갑소. 이렇게 날 성가시게 하지 말고 그냥 칵 죽에부쇼."

"니 말에는 내가 못 당하것다. 인자 너는 어디로 갈 참이냐?"

"지가 중양이 성님 집으로 최 접주님 모시고 저녁에 가께라우. 그라믄 성님들은 여그서 포구 더 귀갱하시다가 살살 올라가 계시써요. 나는 얼렁 무장 가서 조세 보고하고 다시 오께라이."

"올 때는 그라믄 걸어온가?"

"말 타고 와라우, 성님."

"와따이. 말 쪼까 탄단 말이 진짠가비다. 말 타믄 무장서 법성포까지 얼마나 걸린가?"

"반 시진이믄 떡을 치요. 나가 쪼깨 탄께라우."

김유복은 배를 타고 떠나고, 그들은 조창의 뒷길을 따라 걸었다. 그때 바로 옆 조창에서 "해남 삼촌리요!" 하고 외치는 소리가 들렸다. 귀에 익은 처가 동네라 박중진과 손행권이 동시에 그쪽을 돌아보았다. 항구에 댄 배에서 나락 가마니를 져 나르고, 가마니가 들어갈 때마다 서리가 서류에 표시했다.

"선치미 쉰아홉 섬, 대동치미 서른 섬, 호조 조군 호과미 스무 섬, 상납미 백팔십 섬이요."

나락이 산처럼 쌓였다. 그 규모에 놀라 손행권이 입을 벌렸다. 조세를 보니 과연 해남 농토가 많긴 많은 모양이었다. 조세 규모는 진도보다 해남이 더 크다. 조정에서는 한때 해남을 군으로 격상하려다 해남 백성들의 반발로 현으로 존속시켰다. 규모에 따라 부, 군, 현이 되는데, 부사는 정3품, 군수는 정4품, 현감은 종6품이었다. 높은 벼슬일수록 자릿값이 비싼 것은 불을 보듯 훤했다. 현으로 남은 해남은 그래서 관의 수탈이 덜하다는 소문이었다.

초겨울 해가 일찍 졌다. 저녁상을 물리자 김유복이 갓을 쓴 선비와 함께 들어왔다. 박중진과 손행권은 엉거주춤 일어나 인사를 하였다. 최경선도 그들을 향해 고개를 숙여 절했다. 서른다섯 살이라는 그는 둥글넓적한 얼굴에 젊은 사람답지 않게 무척 점잖아 보였다.

자리를 잡자, 최경선이 박중진에게 무엇이 궁금했는지 물었다.

"유학은 조상을 섬기고 충효하락 한디 동학은 뭣을 섬기고 어뜨케 살아라고 하요?"

"사람은 다 마음속에 한울님을 모시고 있습니다. 그러니 사람이 한울님이지요. 그래서 굳이 무엇을 섬기냐고 물으면 한울님을 모시고 있는 사람을 섬기라고 해야겠지요."

"한울님을 모시지 않은 사람은 그라믄 어쩐다요?"

최경선은 빙그레 웃으며 말했다.

"모든 사람은 한울님을 모시고 있습니다. 자신이 모르고 있을 뿐이지요."

"머시라고라? 그라믄 도적놈, 살인죄인도 한울님을 모시고 있단 말이요?"

"예, 그렇습니다. 자기가 한울님을 마음속에 모시고 있는 줄 알면 그런 짓을 안 했겠지요."

둘은 한참 동안 말을 잃었다. 침묵 속에 박중진이 조심스럽게 물었다.

"한울님이 마음속에 있는지를 어뜨케 안다요? 그라믄 샌님은 맘속에 있는 한울님을 만나 봤소?"

"예. 감히 말씀드리지만 저도 한울님이 제 안에 있다는 것을 조금은 알아챘습니다. 동학에서는 주문을 외우는데, 그 주문을 천 번이고 만 번이고 집중해서 외우다 보면 한울님을 만나게 됩니다."

"어뜨케 만나셨소? 샌님은 문자 공부를 많이 해서 만난 거 아니요?"

"아닙니다. 주문을 외우다 만났습니다. 마음을 가라앉히고 주문을 외우면, 한울님을 만나고 싶은 간절한 마음이 들면서 눈물이 나더이다. 그분께 어린아이처럼 의지하고 있는 저 자신을 보니, 고맙다는 마음이 가득 차고 평안해지더이다. 그리고 이것은 제가 하는 게 아니라 한울님이 마음속에 있기에 가능한 변화라는 것을 알았지요. 하지만 한울님을 만나는 것은 사람마다 다 다르니 여러분도 주문을 외우면 저마다 다른 모습으로 한울님을 만날 것입니다."

"동학을 하믄 나라에서 잡아 가둔단디라우. 보아하니 양반이신 것 같은디 멋이 성가새서 하는지 몰르것소. 그것이 목숨을 걸 만한 것이요?"

"목숨을 걸 만한 것인지 저울질해 보지는 않았습니다. 하지만 나라에서 금하는 것이라 해서 제가 옳다 믿는 것을 그만두고 싶지는 않습니다. 나라에서 동학을 허하면 하시겠습니까? 어르신이 동학을 하고 안 하고가 어르신의 뜻에 있지 않고 오직 나라의 뜻에 달렸습니까?"

최경선은 박중진을 지긋이 바라보며 물었다. 비난하는 어투는 아니었다. 몹시 안타까워하는 것 같았다. 박중진이 말문이 막혀 가만히 있자 손행권이 말했다.

"목숨이 없어지믄 내가 모시는 한울님도 사라지는 것인디 신중해야 하는 건 당연한 거 아니것소?"

"하지만 저라면 한울님을 모르고 백 날을 사느니 한울님을 내 안에 모시고 하루를 살겠습니다. 공자님도 아침에 도를 들으면 저녁에 죽어도 좋다 그러지 않았습니까?"

"동학 주문을 가르쳐 주시요."

박중진이 결심을 한 듯 요청하였다. 그러나 최경선은 웃음을 머금으며 고개를 저었다.

"입도하면 그때 가르쳐 드리겠습니다. 오늘은 동학의 문을 잠깐 열어 드린 것뿐이니, 그 문에 들어설지 말지는 좀 더 생각해 보시고 결정하십시오. 진도에도 동학도가 있는데 가까우면 찾아가 이야기를 나눠 보는 것도 좋으실 겁니다."

"진도에도 있소? 어디 사는 누구요?"

손행권이 반가운 목소리로 물었다.

"의신면 만길리에 사는 나봉익과 양순달입니다. 나주 사람 나치현이 일 년 전에 거기로 이사 가서 도를 전한 것으로 알고 있습니다."

"의신면 나봉익이라면 잘 알재라이. 그 사람이 동학 도인인 줄은 몰랐네이."

최경선이 다시 웃으며 말했다.

"동학을 전하는 것은 목숨을 거는 일입니다. 여러분도 혹시 누가 동학을 갈쳐 주더냐고 묻거든 다른 사람 이름은 일절 알은체 마시고 제 이름만 말하십시오."

"뭔 말인지 알겠소. 동학을 항게 무엇이 좋습디여? 죽을 각오라 함서도 얼굴이 펜안해 보여서 하는 말이요."

"한울님을 제 안에 모시니 무서운 것이 없고, 언제나 함께 있으니 외롭지 않아 좋습니다. 주문을 외우고 심고를 하면 저절로 마음이 편안해지고 즐거우니 좋습니다. 또한 동학을 전하면 이렇게 좋은 사람들을 만나니 좋습니다."

눈을 깜박이지도 않고 온몸으로 듣고 있던 박중진이 물었다.

"심고는 멋이다요?"

"무엇이든지 한울님께 고하는 것입니다. 유학에서도 아이들에게 가르치는 사자소학에 '출필고지 반필배알'(出必告之 反必拜謁)이라 하지 않았습니까? 들고 날 때 부모님께 고하는 것이 효도의 처음이듯이 동학에서도 한울님께 항상 고하라고 합니다. '한울님, 제가 친구를 만나러 갑니다. 그 친구랑 잘 만나고 오겠습니다. 한울님, 배 타고 고기 잡으러 갑니다. 많이 잡았으면 좋겠습니다. 혹은 먹을 만큼만 잡아오겠습니다.' 하고요. 심고를 하다 보면 저절로 한울님이 계신 줄 알아지고, 또 한울님답게 살려면 어떻게 살아야 할지 깨달아집니다."

"그라믄 동학에서는 부모님보다 한울님을 높이 보요?"

"부모님도 한울님이니 더 높이 보고 말 것이 있겠습니까? 부모님이 곧 한울님이요, 한울님이 곧 부모님이라고 보면 됩니다."

최경선이 미소를 지으며 대답하자 박중진은 고개를 끄덕였다. 박중진이 결심을 한 듯 간절하게 부탁했다.

"지는 꼭 입도를 하고 싶구만이라우. 다음 달에 또 올 것인게 그때 받아 주씨요."

"알겠습니다. 그러나 그 사이에 생각이 바뀌면 입도하지 않아도 됩니다. 동학에 입도하는 것은 신중에 신중을 거듭해야 합니다. 나라에서 허하더라도 신중해야 하는 것은 마찬가지입니다. 한울님은 우리가 쉽게 만날 수도 없고, 내 안에 있다고 해서 업수이 여길 수도 없기 때문입니다. 또 내 안에 있는 줄 알면서 없다고 속일 수 있는 만만한 분도 아닙니다."

좌중의 분위기가 숙연해졌다. 박중양이 입을 열었다.

"오늘은 이 정도로 자리를 마칠까라우? 중진이 자네 시원하게 궁금증이 잘 풀렸는가?"

최경선은 박중진과 손행권에게 정중하게 절을 하고 김유복과 함께 떠났다. 최경선의 뒷모습을 바라보던 박중진이 말했다.

"참말로 조단조단 말도 잘하시네이. 동학을 얼마나 하믄 저 경지가 된당가?"

"저분 말 듣고 동학에 입도한 이가 몇 천 명이라네. 참말로 인물이

재이. 태인에 사시는디 저분 형님이 성균관 진사시라든가? 내가 동학을 했은게 저런 분들하고 양존함서 살재. 난 그것만으로도 동학이 좋네. 사람 차별 안 하는 거."

다음 날 박중진과 손행권은 썰물에 맞추어 진도를 향해 출발했다. 손행권이 박중진을 보며 말했다.

"나도 동학에 입도할라네. 내 펭생 이런 말은 들어 본 적도 없고, 인자사 사람이 된 것 같은 기분이여."

그들은 나봉익을 찾아가 만나기로 했다.

며칠 후 박중진이 손행권과 함께 의신면 만길리 포구에 배를 대고 사람들에게 물어 나봉익의 집을 찾아갔다. 다행히 나봉익은 그물을 손질하느라 집에 있었다. 영광에서 최경선의 소개로 찾아왔다고 하니 반갑게 맞아 주었다. 나봉익은 그들을 방으로 안내한 후 형님을 모시고 오겠다며 잠시만 기다리라고 했다. 조금 있으니 나봉익이 재종형님이라는 나치현과 함께 들어왔다. 그는 자그마한 키에 수염이 단정했다. 맑은 눈빛이 부드럽고 차분하여 적은 나이는 아닐 것이라 짐작되었다.

"봉익이 자네는 동학 한 지가 몇년 됐담서 이 존 것을 자네 혼자만 알고 있었는가? 그라고 아깝등가?"

손행권이 나봉익을 향해 농을 던지자 나봉익이 어쩔 줄을 몰라 하면서도 역시 농으로 답했다.

"내가 도가 아직 덜 터졌는갑소. 관상을 딱 보믄 동학을 할 사람인지 아닌지 알아야 쓸 것인디 말이요."

"도를 알았으믄 빨리빨리 터야재. 열심히 안 한 티가 나구마."

"지가 이 동상한테 동학을 갈쳤웅게 다 지 불찰이구만이라우."

나치현이 웃으며 고개를 숙여 사죄하니 모두의 눈길이 나치현을 향했다.

"아이고, 먼 소리를 그리 하시요? 친하다고 잡도리하는 거재라우. 섬놈들이 원래 이래라우."

자세를 바로잡으며 박중진이 나치현에게 물었다.

"시상에 재종동상한테 동학 전할라고 이 먼 데 섬까지 이사를 오셨소?"

"예. 동학도 전하고, 봉익이랑 고기 잡으러 다녀봉게 어장도 좋고 해서 왔지라우. 또 여그가 영산포랑 물질도 좋아갔고 서너 시진이믄 간께라우."

"그라재라이. 진도가 참말로 땅이 걸어서 농사 잘되고, 바다는 바다대로 어물이 많고 좋은 데여라우. 일 년 농사 지스믄 삼 년 묵은다고 보배 진 자에 진도 아니요."

"좋은 데믄 머하것소? 땅도 걸고 바다도 건께로 뜯어갈 것도 많애 갖고, 아조 어세에 공물에 진상까지… 죽것소. 요번 가을에 으짤라고 민어가 씨알 큰 놈들이 엥기길래 다 공물로 내고 아부지 지사상에 올릴라고 딱 시 마리 냉게 났는디 염병할 호장이 어뜨케 알고 메칠 뒤에 오드니 뒤져 갖고 가부요. 내가 그때를 생각하믄 속에서 천불이 나요."

진도에는 왕족의 둔토가 많아 그들의 출입이 잦았다. 세도가들이 오면 지방관은 그들을 모시느라 진땀을 뺐다. 그들의 심기를 불편하게 하면 하루아침에 벼슬이 떨어지는 것은 물론이고 까딱하면 목이 떨어질 수도 있었다. 대동법의 시행으로 조세로서의 공물 진상은 없어졌지만 지방관들은 여전히 진상품을 구해 바치는 게 관례였다. 지방관들은 아전들을 시켜 진상품을 걷어 오게 하고, 아전들은 중간에서 착복을 하였다. 지방관들은 녹봉을 받지만 육방 이하 아전들은 녹봉이 따로 없었다. 그래서 조세 걷을 때 아문세를 백성들의 조세에 붙여 봉급으로 삼았던 것이다.

"해월 선상님이 머지않아 후천개벽이 온다고 그라든디 분명히 동학도 힘으로 올 것이요. 동학도들이 모태 놓게 참말로 후천개벽 시상입디다. 유무상자(有無相資)라고, 있는 자 없는 자가 서로 한 식구 같이 먹고 쓰고라우, 재물이 있는 자는 재물을 내고, 기술이 있는 자는 기술로 서로 도우니 참말로 동학 시상이 오기만 하믄 거그가 개벽 시상 이것습디다."

나치현은 임진년(1892) 동짓달에 삼례 집회에 참가하였다. 그 한 달 전 임진년 10월 20일경에 공주 집회가 먼저 열렸다. 충청 감사에게 수운 대선생의 억울한 죽음을 신원하여 줄 것을 요구하고, 더불어 동학도에 대한 금단을 중지해 달라는 의송 단자를 냈는데, 의송 단자는 손천민이 작성하였다. 천여 명의 동학 도인들이 물러서지 않고 버티자, 차일피일하던 충청 감사는 동학 금단을 빙자하여 양민을 침학하는 일을 금지하라는 감결을 각처에 시달했다. 동학의 금압을 푸는 일은 조정에서 할 일이라는 단서가 붙었으나, 동학이 관을 상대로 양보를 얻어 낸 그 소식은 바람을 타고 전국으로 퍼졌다.

충청 감사 조병식의 감결이 나온 사흘 후, 해월 최시형은 삼례 집회를 결정하고 또다시 통유문을 각지에 보냈다. 삼례는 전라도에서도 교통의 요지였다. 이번에는 더 많은 수천 명의 동학 도인들이 집결하였다. 서병학이 의송을 작성하였고, 전봉준과 유태홍이 자원하여 의송을 고정(告呈)하였다. 동짓달 추위에 동학 도인들이 곧 흩어지고 말 것이라며 전라 감사 이경식이 시일을 끌었지만 단호한 동학도들의 태도에 결국 이 감사도 동짓달 열하룻날 감결을 내렸다.

나봉익이 구기자물과 감태를 내왔다.

"감결에 어뜬 말이 써져 있었드라요?"

"사도난정의 죄목이라 감사 직권으로 신원은 불가하재마는 동학도라는 이유만으로 침학하는 일이 있으믄 앞으로 엄단하것다는 것이었재라우."

나치현이 옹골지게 말을 하자 일행은 무릎을 치며 탄성을 자아냈다.

"듣기만 해도 시원하구만이라우."

명령하기만 할 뿐 좀처럼 백성들 이야기에 귀 기울이는 법이 없는 관찰사로부터 잇따라 동학 금압을 중지시키겠다는 답변을 얻어 낸 일이 한편으로는 꿈만 같은 것이 사람들의 솔직한 심정이었다.

박중진과 손행권은 한 달 후 영광 박중양의 집에서 입도식을 봉행했다. 그들이 도착하자 박중양이 사람을 보냈고, 최경선이 김유복과 함께 말을 타고 왔다. 의관을 갖춘 최경선이 작은 상을 북쪽을 향하여 놓았다. 박중진 일행이 가져온 쌀과 건어물을 상에 놓고 향을 피웠다. 각자 한울님께 네 번 절한 후에 최경선으로부터 초학주문을 받았다. 초학주문 '위천주 고아정 영세불망 만사의'(爲天主 顧我情 永世不忘 萬事宜)를 한 번씩 외우고 입도식을 마쳤다.

"날마다 백 번이고 천 번이고 이 주문을 외십시오. 이 주문의 뜻은 '한울님께서 저의 마음을 돌리어 모든 일의 올바름을 잊지 않게 하소서.'입니다. 한 달 후에 다시 오시면 강령주문과 본주문을 드리겠습니다."

집에 돌아온 그날부터 박중진은 매사에 심고하기를 시작했다. 무슨 일을 시작하건 먼저 심고를 하여 한울님께 고했다. 심고는 마음만 모으면 되었다. 나중에는 한 걸음 한 걸음 걸을 때마다 심고가 저절로 되어 천천히 걷고, 무엇이든지 정성을 들이게 되었다.

박중진이 달라진 걸 처음으로 눈치챈 건 딸 순녀였다. 순녀가 아버지에게 무엇 때문이냐고 묻자, 박중진은 가족들을 모아 놓고 동학의 도를 전했다. 모든 사람이 한울이니 아내와 자식들이 모두 같은 한울이라 말하고, 최경선에게 들었던 말을 전해 주었다.

새벽마다 박중진은 청수를 모시고 동쪽을 향해 꿇어앉아 정성스럽게 주문을 외웠다. 박중진의 아내와 순녀도 주문을 외웠다. 박중진이 주문의 뜻을 풀이해 주었다. 한 달 후 다시 최경선을 만나자 그 역시 박중진의 달라진 모습에 적잖이 놀라면서 함께 기뻐하였다. 최경선은 이들에게 강령주문과 본주문을 전해 주었다.

'지기금지 원위대강 시천주 조화정 영세불망 만사지(至氣今至 願爲 大降 侍天主 造化定 永世不忘 萬事知). 한울님, 원컨대 지금 여기 내리소서. 한울님을 내 안에 모셔 조화가 이루어지고 영원토록 잊지 않아 만사가 깨달아지리이다.'

박중진과 손행권은 동학을 한 후로 마음이 평온하고 근심 걱정이 없어진 것을 느끼며, 이런 기분을 가리켜 최경선이 동학하는 즐거움이라 말하였나 보다 생각하기도 했다. 이들은 해남 처가에도 동학을 전했다.

동학은 나라에서 금했지만 가족, 친척, 친지를 통해 은밀하면서도 빠르게 전파되었다. 부인들은 해월 선생의 내수도문을 베껴 주문처럼 읽었다.

'부모님께 효를 극진히 하오며, 남편을 극진히 공경하오며, 내 자식과 며느리를 극진히 사랑하오며, 하인을 내 자식과 같이 여기며, 육축이라도 다 아끼며 나무라도 생순을 꺾지 말며, 부모님 분노하시거든 성품을 거스르지 말고 웃고, 어린 자식 치지 말고 울리지 마옵소서. 어린아이도 한울님 모셨으니, 아이 치는 것이 곧 한울님 치는 것이오니, 천지를 모르고 일행 아이를 치면 그 아이가 곧 죽을 것이니, 부디 집안에 큰소리를 내지 말고 화순하기만 힘쓰옵소서. 이같이 한 울님을 공경하고 효성하오면 한울님이 좋아하시고 복을 주시나니, 부디 한울님을 극진히 공경하옵소서….'

동학 도인이 된 이들이 아내와 아이들을 한울로 섬기고, 또한 아내들은 내수도문대로 행하기 때문에 가정이 화목해졌다.

그러다 보니 도인들끼리 사돈을 맺는 사례가 늘어났다. 딸을 출가시키기로는 동학 도인의 집안이 최고였고, 며느리를 맞기로도 동학도인 집안의 자식이 맞춤이었다. 박중진과 손행권도 내년 가을걷이를 끝내면 서로 사돈 맺기로 약조했다. 박중진의 딸 순녀와 손행권의 아들 종인을 혼례시키기로 한 것이다. 순녀의 어머니가 자란 산림리와 종인의 어머니가 자란 평활리는 서로 빤히 바라다보이는 옆 마을이었다. 순녀도 내심 종인이를 마음에 두고 있었는지라 부모님들 간에 사주단자가 오고 가자 겉으로는 아무렇지도 않은 척했지만 서로 눈길이 마주치면 가슴이 콩닥거렸다.

손종인도 아버지의 심부름을 올 때마다 일부러 사랑마루에서 미적거리며 안채 쪽을 힐끔거렸다. 그러다 순녀와 마주치면 또 불에 덴 듯이 놀라 눈길을 돌리는 것이었다. 박중진은 아이들을 보며 빙그레 웃었다.

# 3. 칠산 바다 닻배 조기잡이

오늘은 박중진의 닻배 출어일이다. 한식날 지나고 엿새째 되는 날이었다. 한식날에 맞추어 떠나면 망종 살까지 두 달여간 배에서 살며 조기를 잡는다. 날씨가 청명하면서도 바람이 적당히 불어 포구에 나온 사람들마다 얼굴이 환했다. 닻을 촘촘히 매단 닻 그물부터 배에 실었다. 닻 그물은 박중진의 아내가 면사에 들기름을 먹여 겨우내 짠 것이었다. 그물 윗벼리는 짚으로, 아래 벼리는 칡줄을 꼬아 만들었다. 선원은 선주 박중진을 포함해서 열네 명이었다. 선원 중에는 고군면 손행권 부자도 끼어 있었다. 각자 두 달간 먹을 식량과 김치, 껴입을 옷에 우장, 앞치마, 손토시를 챙기니 짐이 커져 둥둥하니 한 짐씩 짊어지고 배에 올랐다.

배는 돛이 팽팽해져서 굽을 치는 말처럼 곧 달려 나갈 태세였다. 울긋불긋한 깃발들도 바람을 가득 안고 부풀었다. 파란 하늘에 펄럭이는 빨강, 노랑, 검정의 깃발들이 고왔다.

풍장소리가 시작되었다. 쇠가 높고 강한 소리로 좌중을 일깨우자 북이 부르르 떨며 화답했다. 곧이어 징 소리가 묵직하게 이 모든 소리를 미는 듯 얼싸안는 듯 울렸다. 두 달 내내 선원들이 함께할 가락과 소리였다. 그물을 당길 때는 어부들의 힘을 모아 주고, 내릴 때는 어부들의 기대와 시름까지도 바다에 내려 줄 것이었다. 바닷가에 배웅 나온 가족들이 가락에 맞추어 박수를 치며 어깨를 들썩거렸다.

배 안에서 고사가 시작되었다. 상에는 돼지머리가 놓였다. 박중진은 한울님께 정성껏 심고를 드렸다. 선원 열네 명 중 여덟이 동학도였다. 그들도 입을 달싹거리며 주문을 외우고 있었다. 고사를 끝내고 배웅 나온 사람들에게 떡과 술을 나눠 주었다. 조류가 느린 정조 시간이 끝났다.

물이 들기 시작하자 선원들이 노를 잡았다. 넓은 판자를 댄 양쪽 뱃전에 노군들이 세 명씩 섰다. 닻을 끌어올렸다. 배가 들물 따라 수월하게 움직였다. 울돌목처럼 여울이 급한 곳만 조심하면 저녁이 되기 전에 칠산 바다에 도착할 터였다. 배가 속도를 내기 시작했다. 바닷가에 나온 사람들이 손을 흔들었다. 배를 향해 비손을 하는 사람들도 있었다. 선원들도 손을 흔들며 멀어지는 가족들의 얼굴을 뚫어지게 바라보았다. 바닷가에 선 사람들이 점점 멀어지더니 곧 보이지 않았다.

하조도에서만 오늘 일곱 척의 닻배가 뜨고, 나배도에서 아홉 척, 관매도에서 일곱 척의 배가 떴다. 배 안 여기저기에서 콧물 훌쩍이는 소리가 났다. 이번에 아들 종인과 함께 닻배에 타게 된 손행권이 소리를 버럭 질렀다.

"어이, 넋 놓고들 있지 말고 풍장소리나 허세."

선원 김 씨가 얼른 쇠를 잡아 가락을 이끌었다.

"채잰채잰 챈챈."

목청이 좋아 으레 소리를 맡아 하는 임 씨가 풍장소리를 매겼다.


돈 실러 가자 돈 실러 가자

칠산 바다로 돈 실러 가자


풍장소리가 시작되자 다들 기분을 추스르고 박자에 몸을 실었다.
고개로 박자를 맞추더니 궁둥이까지 들썩들썩 흔들었다.


이 그물 실어 돈하고 사면

우리 배 배 임자 어깨춤 추고

배 임자 마누라 궁치춤 춘다

재잰잰잰 잰잰


쇠 치는 이가 첫 노래는 양성으로 치고, 두 번째 노래는 왼손으로
꽹과리의 안을 대어 음성(陰聲)을 내자 노래 분위기와 딱 맞는 장단이
나왔다. 박중진이 일어서서 수건을 머리에 쓰고 엉덩이를 씰룩씰룩
거리며 마누라 궁치춤을 흉내 내자 와그르르 웃음이 터졌다. 사내들
의 호탕한 웃음소리에 뱃전에 닿을 듯 따라오던 갈매기들이 저만치

멀어졌다.

  풍장소리에 어깨춤을 추며 진도 체도 옆을 지나갈 때쯤 선원들도 고향 생각을 떨어냈다. 손종인은 아버지 옆에서 노를 저었다. 손종인은 처음으로 조기잡이 닻배를 타는지라 가슴이 뛰었다. 닻배를 가져야 큰돈을 만질 수 있었다. 몇 년간 박중진에게 조기잡이 기술을 배운 후에 닻배를 장만하는 것이 꿈이었다. 순녀와 결혼하면 그녀가 짠 닻 그물을 싣고 조기를 잡을 것이다. 아버지는 이번 조기잡이에서 번 돈으로 집칸을 늘린다고 하였다. 종인과 순녀가 거처할 집이었다. 종인의 팔에 힘이 들어갔다. 배는 벽파진을 지나고 있었다. 해남 옥동항이 지척으로 보였다.

  한낮이 되었다. 썰물로 바뀌어 물살을 거슬러 가느라 허리가 휘고, 노 젓는 어깨의 근육이 불뚝불뚝 솟았다. 새벽밥 먹고 출발했는지라 배에서 꼬르륵 소리가 났다. 밥 짓는 화장이 일어나 점심 채비를 서둘렀다. 넓죽한 돌로 아궁이 바닥을 하고 네모난 돌 세 개를 세워 화덕을 만들었다. 화덕 두 개를 만들어 솥을 얹은 다음 장작을 지폈다. 밥과 국이 끓으면서 곧 구수한 냄새가 퍼졌다. 다들 입에 침이 고였다. 꼭 필요한 노군들을 제외한 장정들이 화덕을 중심으로 빙 둘러앉았다. 된장국에 보리와 고구마를 섞은 밥이었다. 간간이 쌀도 보이는 게 선주가 인심으로 한 주먹 넣은 모양이었다.

  "이르케 툭 터진 바다 우에서 밥을 묵은께로 참 신선이 따로 없구마이."

"더런 놈의 땅 우에서 살지 말고 조세도 없고, 관아 서리도 없는 바
다 우에서 잠도 자고 밥도 묵고 살었으믄 좋것네."

"새끼도 까고이."

"배 우에서 하는 맛이 출렁출렁 진짜란디!"

"배 우에서 배를 타믄 출렁출렁 고것은 누구 배를 탄 것이까?"

진도 태생 아니랄까 봐 아무렇게나 말을 해도 타령이요 사설이다.
밥을 먹은 노군들이 교대를 해 주었다.

"이러구러 하다 봉게 칠산 바다가 쩌그구나. 신소리 떫은 소리 고
만 하고 일어나세."

박중진이 중모리장단에 맞추어 소리를 하며 일어났다. 화장은 밥
먹은 그릇을 바닷물에 부시어 담았다.

열 시진을 가니 드디어 칠산 꼭대기가 보였다.

"법성포 건너펜 구수산에 철쭉꽃 떨어지고 살구꽃 피면 참조구 알
슬 때가 된 거여."

조기는 제가 태어났던 바다에 와서 알을 낳는 습성이 있어 제주 남
서쪽 바다에서 겨울을 나고 봄이 되면 칠산 바다로 돌아왔다. 철쭉꽃
이 지는 이맘때쯤이면 백여 리 폭의 칠산 바다는 조기 울음소리로 가
득 찼다.

들물에 조기를 잡아야 했으므로 박중진 일행은 서둘러 이른 저녁
을 지어 먹고 조기 탐색에 나섰다. 속을 비운 대나무 장대를 바닷속

깊이 집어넣고 구멍에 귀를 대면 조기가 부레를 신축시켜 낸다는 울음소리가 들렸다. 여름 논 개구리 떼 소리 같기도 한 구-구- 하는 높고 큰 소리 때문에 조기를 '염불파어'(念佛婆魚)라고도 했다. 대나무 장대로 조기를 찾는 기술은 진도 사람들만 아는 것이라 흑산도에서부터 조기를 따라온 신안 사람들도 와서 구경했다.

옮겨 가며 조기 울음소리를 찾다가 어장을 할 자리를 잡으면 닻을 내렸다. 뱃머리를 서쪽으로 돌려 좌현에 조류가 닿게 한 후에 우현 뱃전에 그물을 내려놓고 들물에 올라오는 조기가 들기를 기다렸다. 기다리는 동안에는 다들 말이 없었다.

서쪽으로 내려앉던 해는 바다에 입맞추더니 하늘을 핏빛으로 물들이고는 꼬르르 잠겨 버렸다. 구름이 차츰 보랏빛으로, 검은빛으로 바뀌다가 그마저 어둠이 덮어 버리고 바다는 검게 번들거렸다.

가만히 앉아 있으려니 한기가 몰려와 몸이 부르르 떨렸다. 선원들은 주섬주섬 옷을 껴입고 옷 위에 두툼한 앞치마를 두른 후 박중진의 신호를 기다렸다.

바닷속을 응시하던 박중진이 순간 오른손을 들었다. 선원들은 조용하면서도 민첩한 동작으로 후다닥 우현 뱃전에 붙어 섰다. 그들은 옆구리를 뱃전에 바짝 붙인 후 그물을 움켜잡았다. 거친 숨소리 속으로 팽팽한 긴장을 일시에 깨뜨리는 소리가 터졌다.

"재잰잰잰."

그물을 당길 때 쓰는 짧고 강한 가락이었다.

"어야 술비야 어야 술비야

우리네 그물은 어야 술비야

삼천 발이요 어야 술비야

놈으네 그물은 어야 술비야

오백 발이다. 어야 술비야."


그물 당기기는 여럿이 손이 맞아야 했다. 풍장소리에 맞추어 그물을 당기니 그물이 쭉쭉 올라온다. 그러나 이제 시작이었다. 한 시진은 더 당겨야 하고, 중간에 쉴 수도 없다. 그물코에 머리가 걸린 조기가 물 밖으로 나오면서 파닥거렸다. 조기가 많이 걸린 성싶으면 당기는 어깨에 절로 힘이 들어갔다. 그물을 반 넘어 올리니 허리는 뻣뻣해져 오고 등짝에는 땀이 비 오듯 했다. 이마에서 콧등을 타고 턱 밑으로 땀이 뚝뚝 떨어졌다. 눈에 땀이 들어가 따끔따끔 하지만 손으로 훔칠 수도 없었다. 머리를 흔들어 땀을 털어 냈다. 그물 당기는 팔이 천근만근이 된 듯 감각이 사라졌다. 후렴 소리가 점점 악쓰는 소리로 변해 가자 상쇠가 가락을 조금 늦추어 주었다.


"어야 술비야 어야 술비야

그물코가 어야 술비야

삼천이믄 어야 술비야

걸릴 날이 어야 술비야

있드란다 어야 술비야."

그물 끝이 다가오는지 당기는 게 좀 수월해졌다. 끝을 향해 마지막 힘을 쥐어짰다. 드디어 칡넝쿨로 꼰 줄과 닻이 걸려 나왔다. 끝이었다. 그물을 모두 갑판에 들이고 선원들은 철퍼덕 자리에 주저앉았다. 어느새 꽹과리 소리도 멈추었다. 하지만 잠시도 숨 돌릴 틈이 없다. 조기를 떼어 내고 들물에 다시 한 번 그물을 내려야 했다. 모두들 그물을 차곡차곡 개어 가며 조기를 떼어 내느라 여념이 없다. 종인이 속도를 내지 못하자 어른들이 바짝 다가앉아 그물의 양을 줄여 주었다. 조심하느라 하는데도 종인은 조기 머리를 떼어 버리고 배창자를 터뜨릴 때마다 몸 둘 바를 몰랐다.

"조구가 뭔 죄냐? 효수시키지 말어라."

그물에 걸린 조기를 조심스레 빼 보려 하지만 여전히 그 모양이다.

"'조구만도 못한 놈'이란 말 들어 봤냐? 뭔 소린지 알고나 들었냐?"

"아니라우. 그냥 '새대가리' 허대끼 멍충하단 말인 중 알었는디 뭔 뜻이 있다요?"

"철모르는 놈이다 그 말이여. 조구는 때 되믄 여지없이 오는디 사람 새끼는 갈쳐야 알재 뭣을 안다냐?"

"첨부터 잘하믄 우리 같은 사람이 어뜨케 큰소리치고 산고? 거 젊은이! 앉어서 할랑게 죽것재? 뒤로 빠져서 쪼까 쉬어."

손행권과 함께 온 진도 본섬 출신 노군이 손종인을 위해 한 소리를 해 주었다.

"젊어 농게 장딴지가 실팍해 갖고, 저 봐라, 저는 앙근다고 앙겄어도 엉거주춤하니 다 앙거지질 안 해. 그랑게 더 뻗치재. 우리 봐봐. 늙은이들은 고개가 물팍 속으로 들어가 부러."

"젊은 거 같이 좋은 것이 어딨다냐? 아야, 너는 뭣할라고 꼬박꼬박 나이를 처묵어 부렀냐?"

안 씨가 유난히 말라 옆에서 보면 세운 다리밖에 보이지 않는 김 씨를 어깨로 밀쳐 대며 농을 던지자 김 씨의 대거리가 즉각 터져 나온다.

"이놈아, 묵을 것이 없어 배고파 디지것는디 나이라고 사양하것냐? 곱절로 줘도 묵어 불 판이다."

조기를 다 떼어 담은 후 다시 그물을 내렸다.

어느덧 한밤중이다. 앞으로 두 달간은 잠자는 시간, 일어나는 시간이 따로 없다.

법성포 박중양이 조기를 받으러 배를 타고 나왔다. 김유복도 함께 왔는데 그는 금방 손종인과 형님 아우가 되었다. 박중진이 궁금하던 동학 소식을 박중양에게 물었다. 동학 도인 아닌 사람들도 박중양의 말에 귀를 기울였다.


"삼월 열흘이 수운 대선생 조난일(遭難日) 아니등가? 충청도 청산에서 해월 선생이 스승님 제사를 모시는디 제자들이 모여서 동학도들고충당하는 참상을 이야기했닥 하네. 인자는 선생님이 나서야 할 때라고 말이여. 그래 해월 선생이 드디어 팔도 교도들한테 충청도 보은으로 모이라고 지시를 했다요."

손행권이 펄쩍 뛰며 말했다.

"워메, 그라믄 우리도 싸게 싸게 가야재. 광화문 앞에서 일이야 대두목들이 앞장서서 하는 일이라 참예를 못했는디 인자 이것저것 개릴 것 없는 쌈잉게 이참에는 빠지믄 안되재."

"그려 그려. 전라도 끝에서부터 쩌 웃 지방 함경 평안까지 모탤라믄 열흘은 걸리재. 열하루부터 스무날까지 모태락했응게 우리는 아직 시간이 있단 말시."

"그랑가? 여그서 배로 가믄 충청도까지 얼마나 걸리까?"

"군산까지 가설랑 밀물 타고 금강으로 들어가서 공주까지 가야재. 여그서 보은까지는 한 삼백 리나 될라나… 하루 반이믄 가재."

가만히 듣고 있던 사공 김 씨가 깜짝 놀라 물었다.

"조구 잡다가 자네들이 가불믄 동학도 아닌 우리는 어짜라고?"

동학도 아닌 화장 안 씨가 박중양과 김 씨를 번갈아 보더니 결단을 내리듯 말했다.

"이왕 이렇게 된 거 우리도 같이 가 보세. 우리는 한 배를 탄 사이 아녀? 교조신원, 그것이 반란도 아닌디 우리를 쥑이것는가?"

다른 사람들도 김 씨를 설득하였다.

"동학도들이 아니라 우리 아랫녘 뱃놈들이 일본놈 몰아내 주라고 더 싸워야 될 판 아닌가? 왜놈들이 우리 바다를 지멋대로 넘나듬서 괴기를 잡은디 우리 조정에서는 뭣을 해 주든가? 우리도 이참에 가서 우리 바다를 지켜 주라고 하세야."

"동학도들이 요구하는 것도 '척양척왜 창의(斥洋斥倭 倡義)'여라우. 남녘 바다도 일본 놈들 땜시 힘든 모양인디 강경이나 법성포도 일본 상인들 땜새 죽을 지경이라요."

김유복이 큰 목소리로 외치자 김 씨가 결심을 한 듯 고개를 끄덕이며 시원스럽게 말했다.

"그랍시다. 나도 이 나라 백성인디 할 일은 해야지라우."

가장 완강했던 김 씨가 따라가겠다고 하자 다른 노군들도 함께 하기로 했다.

"그라믄 사리 물때까지 잡을 만큼 잡고 법성포로 오시게. 나도 그날 같이 감세. 우리 접 사람들도 한 오십 명 나랑 같이 갈 것인게."

박중진 일행은 이틀간 조기잡이를 더 하였다. 그물코마다 조기가 걸려 일행들은 신이 났다.

"먼 일이당가? 조구새끼가 연통을 했능가? 어째서 우리 그물로만 다 모인다냐?"

"조구들도 동학을 한갑소야. '얼렁 잡고 가쇼.' 하고."


박중진이 이틀 만에 만선을 하여 법성포항으로 가니 박중양이 영광접 사람들과 기다리고 있었다. 두 척의 배에 나눠 타고 군산 포구로 향했다. 김유복이 박중진의 배로 옮겨 탔다. 김유복은 박중진과 손행권에게 인사를 하고는 손종인의 옆에 털썩 주저앉았다. 둘은 어느새 친형제간 같았다. 종인이 먼저 말을 냈다.

"형님은 언제부터 동학을 했소?"

"내가 조실부모하고 오갈 데가 없응게 최경선 대접주님 댁에서 거둬 주셨재. 그 댁에서 마부 일을 하는디 대접주님이 나한테 동학을 갈쳐 주셨어. 어느 날 나한테 한울님이람서 그동안 하대해서 미안하다고 하시는 거여. 내가 어찌할 줄을 모릉게 동학을 차근차근 갈쳐 주심서 동학 심부름을 시키신 것이 지금까지여."

보은 장내리는 충청, 경상, 전라도로 이어지는 교통의 요지였고, 동학도들의 한양이었다. 전국에서 모여드는 동학도들과 사람 입을 보고 모여드는 장사치들로 가득 찼다. 사통팔달로 뚫린 길마다 대기를 앞세우고 몰려드는 사람들, 청산으로 몰려가고 몰려오는 사람들로 인산인해였다.

본부 격으로 큰 산자락 아래 석성처럼 돌담을 쌓은 자리에 들어앉아 주문을 외는 동학도들의 모습이 각 포별로 질서 정연하였다. 박중진이 영광접, 무안접 사람들과 함께 들판에 임시로 거처를 마련하고, 진도접을 나타내는 깃발을 세웠다. 손종인과 김유복은 각 포의 깃발을 따라 구경하였다. '척양척왜', '보국안민'이라 쓰인 거대한 깃발들이 하늘을 찌를 듯했다.

모여서 이야기하는 사람들, 깃발과 깃대를 만드는 사람들, 돌성을 쌓고 솥자리를 잡는 사람들, 둥글게 둘러앉아 주문을 외는 사람들로 장내리는 활기가 넘쳤다.

"동학도들이 이렇게 점잖게 집회를 한디 어째서 반란이라고 한당가? 새복부터 저녁까지 주문 외움서 깃발에 써진 대로 해 주라는 것밖에 없는디 말이여."

"동학도들이 이렇게 수만 명 모태도 티거리 잡을 것 없이 행동한께 쩌 위에서는 더 성가셔락한디야."

"어째서?"

"요래요래 깨끗하게 행동을 항께로 사람들이 벌 떼 같이 동학에 입도해 부러. 동학을 사도난정이라고 해 놨는디 사도난정답게 깽판을 치믄 확 쓸어 불 것인디 말이여. 생각해 봐라, 얼마나 성가시겄냐?"

"성 말을 들은께 그란갑다 한디, 참말로 애통터져 못 살것소. 임금님은 백성들 뜻을 어째서 몰르까?"

"이렇게 모였은께 인자 임금님도 알것재. 하이고야, 임금님이야 알든지 모르든지 냅둬불고야. 말로만 듣던 동학도들이 이렇게나 많이 모인 것을 봉게 참말로 힘이 난다야."

최시형이 보은의 장내리에 도착한 날은 청산에서 교조 제례를 마친 다음 날인 삼월 열하룻날이었다. 장내리는 해월 최시형의 도피처였고, 동학 교단의 대도소가 있는 명실상부한 동학의 중심지였다.

한편 보은 장내리 집회에 하도 많은 사람이 모인지라, 장소 문제나

오가는 시간 문제, 물자 조달 문제로 보은에 모이지 못한 동학도들 만여 명은 전라도 금구의 원평에 모여 있었다. 그들은 보은을 오가며 상황을 주시하면서 척왜양을 부르짖었다.

이때 최시형을 보필하며 보은 집회를 주도한 두목들은 손병희, 김연국, 서병학 등이었다. 보은 집회가 일 년 전인 임진년(1892)의 공주, 삼례 집회와 다른 점은, 지금까지의 교조신원운동과 달리 보국안민, 척양척왜와 같은 백성들의 현실 문제를 다루고 있다는 점이었다. 이는 광화문 복소를 준비하고 시행하는 과정에서 나라 형편이 생각보다 위험한 지경임을 실제로 보고 들은 데 따른 자연스런 귀결이기도 했다.

무엇보다 보은 집회나 금구 집회를 통해 얻은 중요한 성과는 이들 각 지역의 대두목들이 자기의 조직을 드러내 놓고 지도 통솔하는 기회가 되었다는 것과, 또 동학도들이 소문으로만 접하던 전국 동학 도인들의 위세와 두목들의 면목을 실제로 접할 수 있었던 일이었다. 충청도, 경상도, 전라도, 황해도, 강원도, 경기도 각지에서 모여 온 동학도들에게는 서로 동도(同徒)의 우의를 다지면서 살 맛 나는 세상을 맘껏 누리는 기회가 되었다.

오랜 줄다리기 담판 끝에 선무사 어윤중이 지방 수령과 관속들의 침탈을 지적하고, 빼앗겼던 토지와 재산을 돌려줄 것을 약속하자 해월 선생은 4월 2일 자로 동학 도인들의 해산을 지시하였다. 해산 지시에 불만의 목소리가 없지 않았으나, 보은 집회에서 보고 들은 동학의 위세에 대한 감격이 커서, 한편으로는 얼른 고향으로 돌아가 그것을 자랑하고 싶기도 했다.

보은 집회에 다녀온 후 박중진 일행도 모두 동학 도인이 되었다. 열사흘 간 집회에 참가하며 입도해야겠다고 결심한 것이었다. 그들은 박중진에게 입도식을 부탁하였다. 박중진은 펄쩍 뛰었다.

"내가 아직 동학을 잘 모른께 법성포에 가서 최경선 그 양반한테 헙시다."

"그 양반은 태인 사신담서 어뜨케 또 오라고 허것어? 하조, 관매, 나배에서도 입도할란다고 떼거리로 달라들 것인디 인자 자네가 해사재."

떼밀리듯 도를 전하는 입장이 된 박중진은 맘 한구석에 뜨겁게 끓어오르는 책임감과 희열을 느끼며 재삼재사 심고하였다.

보은 집회 뒤로 관의 동학도 핍박이 눈에 띄게 줄어들긴 했지만, 완전히 사라진 것은 아니었다. 그러나 대도소로부터 관과의 마찰을 극력 피하라는 첩지가 연일 내려오고 있어서 동학 도인들은 몸고생에 더하여 맘고생이 이만저만이 아니었다. 그럴수록 오직 의지가 되고 위안이 되는 것이 동학 도인으로서 서로를 한울처럼 대하는 그 풍속이었다. 판을 넓게 보는 이들은 이 불안불안한 불화 속의 평온이 언제까지 지속될지가 근심이기도 했다.

박중진은 망종 사리까지 한 달간 더 조기를 잡아 박중양에게 넘기고 진도로 떠났다. 김유복이 박중진을 따라 진도 구경 좀 하고 오겠다고 박중양에게 사정했지만 저 많은 조기를 보고 놀러간다는 말이 나오느냐는 말에 입이 댓 발이나 나왔다. 대신 두 달 뒤에 밀어 넘기러 올 때 따라가라고 하자 입이 벌어져 군말 없이 주저앉았다. 두 달간 씻지도 못하고 조기를 잡은 일행들은 상거지 꼴이었다. 식수로 쓸 물도 부족한 판에 몸을 씻을 엄은 아예 내지도 못하였던 것이다. 손종인이 바가지 물에 세수를 하다가 들켜서 '물 떨어져서 어장 포기하고 법성포 갔다 올라믄 만 하루가 걸린디 책임질 거냐?' 하는 말에 그 후로는 씻을 엄두도 내지 못했다. 밤마다 머리에서, 몸에서 설설 기어 다니는 이 때문에 잠을 설쳤다. 어찌나 벅벅 긁어 댔던지 온몸이 벌개졌다. 화장 안 씨가 밤마다 옷을 뒤집어 입는 것을 보고 손종인이 왜 그러시냐 물었더니 집에 갈 때 가르쳐주겠다고 한 적이 있었다. 그 말이 생각나 손종인이 다시 물으니 안 씨 노인은 빙그레 웃으며 말했다.

"이 때문이여. 통통 살찐 뚱니가 옷 솔기마다 뻑뻑하게 들었는게 뒤집어 입은 것이재. 그것들이 추와서 다 딴 사람들한테 갔을 것이여."

"이 땜시 그랬다고라우? 그랑게 할아부지가 집에 갈 때 갈케 준닥 하셌구마."

"원래 조구잡이 배에는 이가 돛대 꼬작까지 올라간다는 말이 있어야. 추운께로 다들 몇겹썩 껴입었으니 이들이 얼매나 많것어!"

"워메, 뚱니 이약 잔 그만들 해. 말을 항게 그란가 아조 온몸이 설 렁설렁하니 개라 죽것네."

노군 김 씨가 몸을 배배 틀며 등이랑 옆구리를 긁더니 이번에는 열 손가락으로 머리를 벅벅 긁으며 소리쳤다.

"이것들이 즈그 말 하는 중 아는 모냥이여, 아이고 개란거."

임 씨가 서너 겹 껴입은 윗옷을 한꺼번에 가슴께까지 들어 올려 탈 탈 털었다. 옆에 있던 김 씨가 기겁을 하며 소리쳤다.

"성님, 고만 터쇼. 뚱니들이 시컴하니 떨어지네."

"아이고 통통한 것이 톡 볼가졌네. 이것이 엊저녁에는 니 뽈아 묵 든 놈인지 어찌 알 것이냐!"

임 씨가 엄지손톱으로 뚱니를 꾹 누르자 '툭' 터지는 소리가 났다.


"와! 조도 보인다. 다 왔다."

서망항을 지나자 납작하게 엎드린 조도가 두 팔을 벌리고 그들을 맞이해 주었다. 노군들의 팔에 힘이 들어갔다. 백오십여 개의 섬으로 이루어진 조도는 언제 봐도 다정했다. 새를 닮은 조도는 어류포를 파 도로부터 보호하려는 듯 오른쪽 깃을 넓게 펼쳐 포구를 감싸 안았다.

섬을 흔들어 깨우려 풍악 소리가 다시 시작되었다. 꽹과리가 앞에 서 가락을 이끌자 북이 둥둥 울렸다. 깨우는 듯 찌르는 듯 쇳소리는 떨며 날아가 어류포항의 소나무 가지를 흔들고, 둥둥 가죽 소리는 바 다 거죽까지 진동시켰다.

"장안을 둘렀네 장안을 둘렀네
우리 배 돛대에 장안을 둘렀네
만선을 하였네 만선을 하였네
칠산 바다에 만선을 하였네."

배가 들어오자 가족들이 하얗게 부둣가로 달려 나왔다.

두 달간 조기를 잡느라 여기저기 해진 그물을 조심히 뭍으로 끌어 내렸다. 이어 어부들은 보란 듯이 굴비 상자를 쏟아 내렸다. 그들이 잡은 첫물 조기로 박중양이 소금에 사나흘 절였다가 해풍에 한 달간 꼬들꼬들하게 말린 굴비였다. 법성포 조기는 간을 하는 법부터 다른 데, 조기 사이사이에 짚을 깔고 섭간을 하는 것이었다. 말린 후에도 짚으로 엮는지라 자연 발효가 되었기 때문에 여름내 겉보리에 넣어 두어도 그 맛이 변하지 않았다. 더운 여름에 노인들이 입맛을 잃을 때 조기처럼 좋은 반찬이 없었다. 보리밥에 물을 말아 한 술 뜬 다음에 잘 구운 굴비를 쭉쭉 찢어 고추장에 찍어 드리면 금방 입맛을 되찾았다.

무사히 만선을 하여 돌아온 가장을 맞아 가족들의 얼굴에 모처럼 웃음꽃이 피었다. 집집마다 지게에 굴비 상자를 지고, 옷 보따리를 이고 돌아갔다. 박중진은 배를 단단히 정박시켰다.

"아부지이."

순녀가 지게를 지고 활짝 웃으며 달려왔다. 박중진의 얼굴도 반가움에 활짝 피었다.

"순녀야, 지게 벗어라이. 안 그래도 못생긴 것이 지게까지 지고 있으니 누가 여자락 하것냐? 아이고야, 종인이가 아까 내렸기 망정이재 너 봤으믄 장개 안 온닥 했것다."

박중진이 순녀에게서 지게를 빼앗아 짊어지며 꼬투리를 잡아 놀렸다.

"지게 진 것이 숭이까? 안 그라요, 아부지?"

순녀가 보따리를 이고 박중진의 옆에서 걸었다.

"우리 순녀가 못 본 새 다 큰 처녀 돼 부렀네? 느그 엄니는 안 아프고 괜찮하다냐?"

"맨날 죽것닥 함서도 일만 하싱께 걱정이지라우. 엄니는 아침부터 무논 갈믄서 아부지 오시믄 내일이라도 바로 모를 쪄야것다고 그랍디다."

"그라것다. 망종이 벌써 메칠 지나 부렀으니 못자리에서 나락이 많이 커부렀것네."

집에 들어서자 해남댁이 부엌에서 달려나왔다.

"오셌소? 바로 들어가지 말고 쩌그 뒷간 가서 옷 활딱 벗어 놓고 모욕하쇼야. 더운 물 담어 놨응게 얼렁 하쇼."

해남댁은 남편이 벗어 던진 옷과 보퉁이에 싼 옷가지들을 솥에 넣었다. 진즉부터 아궁이에 불을 피워 물이 펄펄 끓고 있었다.

"이라고 삶아 부러야 서캐까장 다 죽재. 순녀야. 잿물 받어라. 이따가 다 삶아지믄 빨게."

　순녀는 아궁이에서 재를 긁어내어 함박에 부었다. 재를 가라앉힌 물로 빨래를 하면 미끈미끈하여 때가 잘 졌다.

　박중진이 두 달 만에 방구들을 베고 누우니 바닥과 천정이 출렁거렸다. 몸은 피곤한데도 잠이 오지 않아 오래도록 뒤척였다. 바다에서는 멀쩡하다가도 뭍에 나오면 땅 멀미 하는 천생 뱃사람이라는 생각을 하며….

# 4. 왜선을 몰아내다

모내기를 얼추 마무리한 후 하조도 선원들 일곱 명과 손행권 부자가 박중진의 집으로 모였다. 날이 부쩍 더워져서 방 안에 들어앉기도 갑갑하여 마당 가 감나무 아래 놓인 평상에 둘러앉았다. 박중진이 칡넝쿨을 째서 단단하게 엮은 두툼한 책을 가져왔다. 십 년째 이어 쓰는 치부책이었다.

"이번에 우리가 총 야닯 동을 잡았어라우. 일곱 동을 한 마리에 두 푼씩 받고 넘겠단 말이요. 일곱 동에 천사백 냥을 받았소야. 한 동은 우리 열다섯 맹이 세 두름씩 받았고, 남은 다섯 두름은 내가 진상품으로 바쳤고라이. 다들 애썼소."

둘러앉은 사람들은 다들 머릿속으로 자신이 얼마를 받을지 셈해 보느라 바빴다.

"배랑 선주가 세 짓인게 사백이십 냥을 제하고, 나머지 구백팔십 냥을 열네 맹이 나누믄 한 사람 당 칠십 냥이 나오요…."

박중진이 미리 칠십 냥씩 빼어 삼베 주머니에 담아 놓은 것을 주자 다들 하나씩 받아 안았다.

"선주가 내야 될 세금은 어뜨케 다 치렀는가? 자네 차지도 좀 되아야 할 것인디."

"영광에다 어장 통과세 예순 냥, 전라감영세가 오십 냥, 진도부에 서른닷 냥, 조도현에 스물닷 냥, 진도 아문세 서른 냥, 본관 지세가 열냥 해서 이백열 냥을 나라에다 바쳤구마이라우."

"뭔 놈의 세금이 그라고 많은고. 작년보다 더 낸 모냥인디?"

"야우, 작년에는 모다 해서 백팔십 냥이었는디 이번에는 뭐시 어짜고저짜고 함서 더 내락해서 언성이 높아졌는디, 잽해갈 거 같은게 야들 에미가 그냥 내놔 부렀소."

박중진에게 물었던 임 씨가 한숨과 함께 고개를 끄덕이며 하조도 관방에도 입다심을 하였는지 물었다. 임 씨는 육골 출신이었는데, 하조도 남쪽 육골에는 마을을 지나 바닷가 야산 중턱에 수군 관방이 있었다. 진도 남도진성 만호가 다스리는 이곳 하조도 관방에도 수군 장교 하나와 군졸 칠팔 명이 번갈아 가며 번을 섰다. 하조도 관방 관할 지역이 하의도까지인데 하의도까지는 순찰도 가지 않고 육골 앞바다에서만 소맹선을 타고 건들거리며 주민들의 그물을 훑어 내었다. 하의도 근처 우리 해역에서 일본 배가 득실거리고 고기를 다 잡아가도 모르쇠였다. 육골 읍구 주민은 군포를 내지 않고 군졸을 먹여 살리는 것으로 대신하는 군보 역을 섰는데 관방 수졸들 뒤치다꺼리에 허리가 휠 지경이었다. 설상가상으로 지난번 부임한 만호 때부터는 면제된 군포까지 걷어 갔다.

"관방에도 조기 한 두름 내놓기는 했는디 언제 와서 더 훑어갈지는 모르것소."

노군 김 씨도 읍구 출신이라 새삼 분이 나는 모양이었다.

"에팬네들이 호맹이로 긁어 모탠 반지락까정 다 삼칠제니 이팔제니 함서 뺏어 가니 못 살것소. 바다 한가운데서 만나믄 쥐도 새도 모르게 괴기밥을 맹글어 불 것인디….”

"수군이 아니라 수적들이여. 우리 육골 사람들은 관방 좀 지발 없어졌으믄 좋것닥 하요."

"그때 보은서 일본놈들 어장 넘어오는 거 잔 막어 달라고 했는디 그것은 하고 있당가? 내가 요 메칠 흑산도 쪽에서 민어를 잡었는디 이 씨부랄 왜놈들이 거그까장 와서 어장을 하드란 말이시. 그 놈들 배는 동력선이라 그 시끄런 소리가 온 천지에 등천을 한디 나라에서는 뭣을 헌당가?"

"보은 집회 끝나고 법성포에서는 세금 과다하게 걷지 마라는 '통문' 이 돌았닥 합디다마는….”

"성님은 왜놈 배를 보기만 했으니 천만다행인 줄 아쇼. 어뜬 사람은 추자도 근방에서 일본놈 배를 만났는디 잡은 거 몽창 뺏기고 죽을 뻔하다 내뺐닥 합디다. 그라고 소안도에서는 볕에다 말려 둔 어물을 왜놈들이 싹 다 걷어가 부렀닥하요."

노군 김 씨가 한 손으로는 연신 부채질을 하면서 입에 침을 튀기며 말했다. 다른 사람들도 들은 적 있다며 고개를 끄덕였다.

"우리도 왜놈들 맞닥뜨리믄 큰일이구마이. 어야, 우리 민어 잡으러 갈 때는 연통해 갖고 같이 가세야. 아무리 못해도 메칠은 바다에 있을 것인디 혼자 있다가 만나믄 먼 베락이것는가?"

"그랍시다. 빌어묵을 종자들, 우리도 여럿이믄 무서울 것 없어라우."

그들이 막 엉덩이를 털고 일어설 때 대문 밖이 소란스럽더니 동임이 씨가 숨차게 들어서며 닻배 선주 박중진을 찾았다.

"닻배 선주들 다 모태락 하네. 지금 당장 어류포 선창가에 곰보네로 가게. 호방이 와서 지달리고 있을 것이네. 아매도 세금을 더 걷을 모냥잉게."

"뭐시여라? 세금이라믄 작년보다 삼십 냥이나 더 냈는디 멋을 더 뜯은다요?"

"내가 알것는가? 나는 시킨 일이나 하고 댕긴디."

창리 선주들에게도 알리러 간다며 이씨가 바삐 대문가로 내달았다.

"시킨 일이나 하고 댕김서 본관지세는 열 냥썩이나 받소?"

노군 김 씨가 불뚝 성질대로 이 씨 뒤통수에 대고 내질렀다.

"관청 일 하는 사람한테 에먼 소리 하믄 먼 죈지 알어? 내가 잘해 중께 만만히 보는 모양인디 딴 섬에서는 호방이나 한가지로 대접을 받어. 오늘은 그냥 간디 한 번만 그 주둥아리 더 놀리믄 옥에 처넣어 블랑게. 그라고 본관지세는 나 혼자 묵가니?"

이 씨는 표독스러운 눈길로 내쏘아붙이더니 뒤도 안 돌아보고 쌩하니 나갔다. 평소와 다른 그의 서슬에 일행은 멍하니 서 있었다.

"얼마나 더 뜯어낼라고 저로코롬 설레발을 치까?"

임 씨가 중얼거리자 다들 불안한 표정이었다. 손에 쥔 칠십 냥을 누가 빼앗기라도 할까 봐 얼른 바지춤에 넣고 집으로 돌아갔다.

박중진이 고개를 넘어 곰보네 주막에 당도하자 마당가 평상에서 포졸 대여섯 명이 진도 호방과 이서들 네 명은 방에서 술을 마시고 있었다. 좀 있으니 육골 신전마을 선주들까지 여덟 명이 다 모였다. 이 씨가 아뢰자 호방과 아전들이 나왔다. 언제부터 마셨는지 이미 술이 거나하게 취해 있었다. 호방이 비틀거리며 나와 기둥을 잡고 서서 혀 꼬부라지는 소리로 말했다.

"전에는 그물 길이로 세를 받았는디 이번에 새로 오신 부사님이 잡은 양대로 다시 걷으라는 명이다, 꺼억. 조구 한 동에 스무 냥 썩 더 내도록 해라."

선주들은 입이 딱 벌어졌다. 한 동에 스무 냥이면 박중진이 더 내야 할 세는 백육십 냥이었다. 박중진이 기가 막혀 물었다.

"그물 길이로 세를 내는 것은 대대로 나라에서 정한 것인디 어째서 부사님이 새 법을 맹글었다요? 곱으로 내라는 말 아니요?"

호방은 눈을 게슴츠레 뜨고 있다가 버럭 고함을 질렀다.

"나라 법대로 하다 봉게 세가 부족해서 새로 더 걷는 것이다. 부사님이 새로 맹근 것이 아니고 부족할 때는 조정에서 그라고 하라고 시

킨 것이여. 돈을 더 번 놈이 많이 내는 것이 마땅한 것이 아니냐? 그
라믄 몇 동을 잡든지 상관없이 싹 똑같이 더 낼라냐?"

"똑같이 내잔 것이 아니라 어째 더 걷느냐 그 말이요?"

"나라에서 그란단디 너는 내기 싫다 그것이냐? 말 많은 것들은 매
가 약이라. 여봐라. 저놈을 묶어라."

포졸들이 달려들어 박중진의 팔을 잡으려 하자 박중진이 거칠게
팔을 빼는 서슬에 포졸이 쓰러졌다.

"저놈이 포졸을 친다, 저놈 잡아라. 나랏일을 방해한 놈은 사형도
싸다. 이놈!"

호방이 길길이 날뛰며 소리 지르자 주춤했던 포졸들이 다시 달려
들어 박중진을 에워쌌다. 술취한 아전들까지 마당으로 내려서고, 포
졸들이 박중진에게 다시 달려들었다. 이때 혹 무슨 일이 있을까 하여
뒤따라왔던 김 씨가 마당으로 뛰어들어 순식간에 포졸 두 명을 때려
눕혔다. 포졸들이 오히려 뒤로 밀리자 이번에는 하조도 선주들까지
가세하였다. 호방은 안 되겠다 싶었는지 허겁지겁 신발을 꿰어 신고
도망쳤다.

"저 오살할 것들이 언제고 다시 올 것인디 말이여."

도망치는 관선을 바라보던 신전리 선주가 걱정스러운 목소리로 말
했다.

"이판사판이재라우. 배를 뒤집어서 괴기밥을 만들어 불 것인디 그
랬어라우. 나중에 닥달하믄 그놈들은 여그 온 적도 없다고 입을 맞춰

불믄 되재라우."

선주들은 심란한 얼굴로 헤어졌다.

그 후 호방 무리가 상조도, 나배도, 관매도를 돌며 조세를 더 걷어 갔다는 소문이 돌았다. 소문은 흉흉했다. 버티는 선주는 그 자리에서 몽둥이로 때려 진도로 잡아가고, 집집마다 뒤져 말려 놓은 고기까지 훑어갔다는 것이었다.

그러던 어느 날이었다. 동임 이 씨가 박중진네 마당으로 들어섰다. 그의 뒤에는 아전 서너 명과 포졸 20여 명이 떼를 지어 몰려 있었다. 이번에는 모이라는 통기도 하지 않고 직접 돌며 징수하는 모양이었다.

마당에서 그물을 고치고 있던 박중진이 일어서자 아전이 말했다.

"전에 말했던 조세를 받으러 왔응게 당장 내놓아라."

그때 포졸들 중에서 수런거리는 소리가 나더니 포졸 한 명이 박중진을 가리키며 소리쳤다.

"이놈 땜시 우리가 그날 부사한테 깨지고, 군교한테 디졌당게."

포졸들이 마당으로 뛰어 들어와 박중진을 향해 막무가내로 몽둥이를 휘둘렀다. 박중진의 이마에서 피가 주르르 흘렀다. 박중진이 뒤로 물러나 지게 작대기를 집어 들었으나 뒤에서 내리치는 몽둥이에 무릎을 꿇고 쓰러졌다. 포졸 여럿이 달려들어 쓰러진 박중진의 등을 몽둥이 찜질하였다. 소동 소리를 듣고 부엌에서 해남댁이 부지깽이를 들고 달려 나왔다.

"이놈들아. 나도 죽여⋯."

해남댁이 말을 채 끝맺기도 전에 포졸 몽둥이가 옆구리를 강타했다. 해남댁은 그 자리에 푹 고꾸라지고 말았다. 순녀와 동생들이 달려 나오다가 포졸들의 몽둥이 위협에 뒤로 주춤하며 주저앉았다. 순녀의 어린 동생들은 울음을 터뜨리며 그 자리에서 오들오들 떨었다.

"오메, 아부지⋯."

순녀가 널브러지다시피 한 아버지를 부축하여 일으켰다. 한쪽에 서서 지켜보고 있던 아전이 말했다.

"지금 당장 세금을 내라. 안 그러면 잡어갈 텡께. 저 딸년도 묶어."

포졸들이 박중진에게서 순녀를 잡아떼어 두 손을 뒤로 잡아당겼다. 순녀는 팔을 뿌리치려 안간힘을 썼다.

"아이고, 순녀야. 이놈들. 그 손 놔라."

해남댁이 일어서지도 못하고 소리를 지르자 박중진이 아전에게 손짓을 했다. 그것을 본 아전이 옆구리를 찔벅거리자 포졸들이 순녀의 손을 놓았다.

박중진은 순녀의 부축을 받으며 돈 꾸러미를 가지러 방으로 갔다. 박중진의 뒤통수에 대고 아전이 소리쳤다.

"진상품도 더 걷어야 쓰것응게 조구도 있는 대로 내놔. 여봐라. 너희들이 직접 찾아 걷어라."

포졸들이 흩어져 장독대, 뒤란, 부엌, 곳간까지 뒤졌다. 장독대 쪽에서 항아리 깨지는 소리가 났다. 해남댁의 몸이 움찔하였다.

"겉보리 오가리 어디 있는가 찾어서 조구 싹 다 꺼내."

그들은 작정을 하고 온 듯 마당에 그물을 펼쳐 놓고 말린 생선을 거두어 담았다. 뒤안 시렁에 매달아 둔 문어 다리를 찢어 질겅거리며 히히덕거렸다. 광에 들어갔던 포졸들은 김을 한 톳씩 허리춤에 숨겼는지 버석거리는 소리가 났다. 박중진이 건네는 엽전 꾸러미를 받고 아전이 집을 나서자 포졸들도 서둘러 뒤짐질을 그만두고 따라 나갔다. 그들의 발걸음은 선주 집만 향하는 것이 아니었다. 산자락에 움막을 짓고 사는 땅쇠네 집에서도 고함 소리가 났다. 통나무배 한 척도 없이 남편은 남의 배를 타고, 아내와 딸들은 갯벌에서 바지락을 캐고, 해초를 뜯어 먹고 사는 집이었다. 그들이 한 집 한 집 옮겨갈 때마다 고함 소리, 비명 소리, 와장창 깨지는 소리가 났다. 진도 말목장에 한양에서 민씨들이 유람 왔다고 하더니 그들에게 바리바리 싸 보낼 작정인 모양이었다.

옆집에서 옥동댁 시어머니가 우는 소리가 들렸다. 옥동 양반이 재작년 겨울에 배를 타고 나갔다가 돌아오지 않은 뒤 눈물이 마를 새 없던 노인네였다. 옥동 양반은 배와 함께 수장되어 버렸는데 그 배에 대한 세금이 작년에 또 나왔다. 사망신고하고 배도 잃어버렸다고 했지만 아전들이 서류를 고치지 않은 것이다.

"선세 받어 갈라믄 내 아들 내놓고 받어 가그라아."

노인네가 고래고래 악을 쓰며 울부짖었다. 지난해에 세금을 받아 가던 아전들은 이번 세금은 이미 나온 것이라 어쩔 수 없으니 올해에

만 내면 내년에는 나오지 않을 것이라고 약조하였다. 돌아가는 즉시 서류에서 배를 제하겠다는 것이었다. 그러나 옥동 양반의 선세는 올해에도 나왔다. 달라진 것은 선세를 받으러 온 아전이 바뀐 것뿐이었다. 올해에도 하는 말은 똑같았다. 내년에는 꼭 제해 주겠다는 것이었다. 선세를 낼 때마다 아들 생각에 입에 거품을 물고 쓰러지는 노인의 집까지 그들이 온 것이다. 그 집까지 뒤지는 모양이었다. 노인의 울음소리가 커졌다. 노인은 바닥에 발을 뻗고 앉아 땅을 치며 사설을 하였다. 땅바닥을 얼마나 쳤는지 손바닥이 벌겋게 부어올랐다.

"멋할라고 살았으까. 생때같은 내 자석을 행이라도 보까 하고 이날까지 살았드니 아이고 내 팔자야. 이 지경을 당할라고 내가 내가 살았으까. 아이고 내 새끼야. 이 에미 좀 데꼬가재 이 꼴 저 꼴 다 봄스로 징그러서 못살것네. 아이고 내 자석아."

애간장을 끊어 내는 그 소리에 박중진네 가족은 망연자실하니 말을 잃었다. 그 며느리가 어머니를 달래는 소리가 났다.

포졸들이 한바탕 섬을 훑고 지나간 후 동임 이 씨가 통보하였다. 이제부터는 포구에 들어올 때뿐 아니라 포구에서 나갈 때도 세를 걷겠다는 것이었다. 이 씨에게 말해 보았자 아무 소용이 없는 줄을 알면서도 눈앞에 보이는 것은 이 씨뿐이라 어민들은 이 씨에게 따지고, 이 씨는 눈빛이 점점 흉포해져 갔다.


민어 철이었다. 며칠 후 박중진과 하조도 어민들은 약속한 대로 함께 포구를 나섰다. 눈을 시퍼렇게 뜨고 서 있는 이 씨의 손바닥에 모두 떨떠름한 표정으로 두 냥씩 떨군 후였다. 선원을 대여섯 명씩 태운 배가 네 척이었다. 서쪽으로 관매도를 지나 거차도 인근에서 멈추어 장대를 물속 깊이 꽂고, 고기 소리가 나는지 들었다. 꽬꽬 하는 소리가 거의 들리지 않았다. 왜선들이 동력선으로 그물을 끌고 다니며 어족 씨를 말린다더니 사실인 모양이었다. 일행은 기를 흔들어 서쪽으로 더 가기로 했다. 서남쪽으로 맹골도가 아스라이 보이는 곳에 당도하자 노 젓는 팔이 뻑적지근했다.

"싸게 싸게 더 가세."

"아이고, 맹골도가 아직도 뵈이네. 얼렁 내빼야재."

그들은 온 힘을 다해 북쪽으로 방향을 틀어 노를 저었다. 맹골도에서는 윤선도 후손이라는 윤 씨가 임금이었다. 맹골도는 윤 씨 집안 소유의 섬이기 때문에 땅에서 나는 수확뿐 아니라 바다에서 잡는 것도 아귀같이 소작을 매겨 떼어 간다고 했다. 조도 사람들은 맹골도 근처에서 고기 잡을 엄을 내지 못했다. 윤씨네 종들에게 들켰다가 맹골도 소작인이 아니라며 고기를 다 뺏겼을 뿐 아니라 두들겨 맞기까지 했다는 말을 들었기 때문이었다.

서거차도 쪽으로 틀어 올라가니 고기가 좀 있었다. 각자 자리를 잡고 그물을 내렸다. 멀리 가지 않고 서로의 배가 보이는 곳에서 고기를 잡았다. 고기를 잡는 동안은 마음이 평화로웠다. 적게 잡히면 적게 잡히는 대로, 많이 잡히면 많이 잡히는 대로 배를 곯지만 않으면 세상살이가 괜찮게 느껴지는 순간이었다.

저녁노을이 졌다. 노을은 언제 봐도 아름다웠다. 서쪽으로 서쪽으로 해를 쫓아왔건만 해는 끝내 잡히지 않고 붉은 치맛자락만 펼쳐 둔 채 물속에 몸을 담가 버렸다. 노군 김 씨가 먼 데 노을을 보느라 얼굴을 붉게 물들이고 있자 임 씨가 말했다.

"해 빠징 거 첨 봉가. 넋을 빼고 앉었네이."

"그랑게 말이여. 맨날 봐도 첨 본 거 맨치로 정신이 나가 부네."

그때였다. 아득한 바다 저 멀리서 통 통 통 하는 소리가 들려왔다. 박중진은 노을을 보던 눈길을 들어 소리 나는 쪽을 살폈다. 일어서서 살펴보아도 망망대해뿐 아무것도 보이지 않았다. 해가 떨어지자 바다는 시시각각 어두워졌다. 그때였다. 서거차도 쪽에서 어선 한 척이 나오더니 맨 동쪽에 있던 하조도 유토리의 김 씨 배 쪽으로 다가오고 있었다. 배 모양이 날렵하게 긴 게 왜선 같았다.

"왜놈 밴갑서야. 어째서 밑에서 안 오고 섬 쪽에서 온다냐?"

"오매, 저놈들이 멋할라고 우리 쪽으로 가차이 온다냐?"

노군 김 씨가 걱정스럽게 말하는 동안에도 왜선은 거침없이 다가오고 있었다. 박중진이 고물 쪽으로 가서 키를 잡았다. 키를 돌려 김 씨의 배 쪽으로 방향을 틀었다. 이물 쪽에 있던 임 씨가 다른 배들을 향해 깃발을 급히 흔들었다. 서쪽에 있던 배 두 척에서도 깃발을 흔드는 것이 보였다. 임 씨가 짓눌린 음성으로 말했다.

"먼 일 나것는디, 싸게 가세야."

서쪽에 있던 배 두 척도 이쪽으로 방향을 틀었다. 왜선은 이제 김 씨의 배에 바투 다가서 있었다.

박중진은 오른쪽으로 방향을 틀어 왜선의 남쪽으로 갔다. 육골 배들은 중진의 배가 오른쪽으로 트는 것을 보고는 왼쪽으로 틀어 왜선의 북쪽으로 나아갔다. 배 세 척이 왜선을 에워싸려 하는 것이었다. 허리가 휘어져라 노를 저었지만 조류를 거스르기가 힘들었다. 명량수로 다음으로 조류가 급하다는 곳이 맹골수로였다. 맹골도 바깥쪽이라 수로보다는 덜했지만 보름사리의 썰물 물살은 엄청난 힘으로 배를 남서쪽으로 밀어 대었다. 박중진의 배가 먼저 당도했다. 가까이에서 보니 왜선은 중선 정도 되는 큰 배였다. 김 씨의 배가 마구 출렁이고 있었다.

"어이, 김 씨. 괜찮애? 먼 일이여?"

박중진이 소리쳤다. 하지만 왜선의 발동기 소리에 묻혀 못 듣는 것 같았다. 김 씨 배의 선원들은 모두 우현 쪽에서 왜선을 바라보고 있었다.

왜선에서 서너 명이 밧줄을 들고 있었다. 이물을 김 씨 배의 우현에 대더니 밧줄을 김 씨의 배에 던졌다. 밧줄 끝에는 갈고리가 달려 있었다. 왜선은 김 씨 배보다 서너 배는 더 커 보였다. 왜놈 서넛이 김 씨 배로 옮겨 탔다. 번쩍 하는 것을 보니 일본도를 휘두르는 모양이었다.

박중진의 옆에 있던 안 씨가 비명을 지르듯이 소리쳤다.

"그놈들인디. 이물이 시커매 갖고, 내가 흑산도에서 본 그 배여."

박중진은 배를 김 씨 배에 바짝 댔다. 김 씨와 어민들은 노를 들어 왜놈들에게 휘두르고 있었다. 박중진의 배에 탔던 노군 김 씨가 유토리 김 씨의 뱃전에 선 왜놈의 뒤통수를 노로 쳤다. 왜놈은 김 씨의 배 안으로 고꾸라졌다. 임 씨는 장대로 왜놈의 등을 푹 쑤셨다. 왜놈 두 명이 바다로 고꾸라지자 배 안에는 한 명밖에 남지 않았다. 한 명은 이미 바닥에 널브러져 있었다. 박중진이 김 씨의 배로 옮겨 타 몽둥이를 들고 왜놈에게 다가갔다. 마지막 왜놈은 일본도를 치켜들고 있었다. 김 씨 배의 노군 한 명이 왜놈의 발아래 쓰러져 있었다. 다른 노군들도 피투성이가 되어 뱃전 아래에 주저앉아 있었고, 유토리 김 씨는 저고리가 피에 흠뻑 젖었다. 왜인은 돛대를 등에 지고 방어 자세를 취했다. 박중진이 몽둥이를 내밀며 왜인의 오른쪽으로 발을 옮겼다. 다른 사람들이 합세할 자리를 만들어주기 위해서였다. 순간 왜인이 박중진의 정수리를 향하여 칼을 휘둘렀다. 박중진은 잽싸게 몸을 숙이며 몽둥이로 칼을 비껴 막았다. 왜인은 다시 번개같이 칼을 들어 박중진의 옆구리를 향해 휘둘렀다. 임 씨가 한 발 빨랐다. 박중진이 옆으로 구르는 순간 임 씨의 장대가 왜인의 가슴을 찔렀다. 왜인의 복부를 겨누어 찔렀는데 그가 몸을 숙여 가슴이 찔렸던 것이다. 왜인이 뒤로 엉덩방아를 찧으며 주저앉았다. 임 씨는 다시 배를 찔렀다. 뱃전에 서서 연거푸 왜인의 배를 찌르자 잠시 후 왜인이 바닥에서 이리저리 구르다가 움직임을 멈췄다. 박중진의 배에 탔던 노군 셋까지 김 씨의 배로 와 왜인 둘을 바다에 던져 버렸다. 뒤늦게 온 육골 배 선원들은 부상자들의 상처를 묶었다.

"저놈들 다 죽여 부러."

육골 배 선원들이 왜선에서 던진 밧줄을 잡아당겼다. 육골 배가 왜선에 닿았다. 선원들이 왜선에 옮겨 타려 하자 왜인들이 놀라 밧줄을 끊었다. 왜선은 뱃머리를 돌리더니 동력을 최대로 올리고 도망치기 시작했다.

"형님, 우리 저놈들을 쫓아가서 아작을 내 부께라우."

육골 박 씨가 이를 빠드득 갈았지만 너무 늦었다. 설사 쫓아간들 동력선을 따를 수는 없었다.

다른 사람들은 팔뚝이나 다리를 베였지만, 유토리 서 씨는 옆구리를 찔려 피가 멎지 않았다. 숨을 들이쉴 때마다 옆구리가 결리는지 "흡!" 하고 숨을 멈추곤 하였다. 박중진의 노군 둘과 육골 노군 둘이 김 씨 배로 옮겨 타 노를 저었다. 그들은 침통한 표정으로 하조도로 향했다.

육골 포구에 닿자 읍구 동임 최 씨가 어슬렁어슬렁 나왔다. 어세를 받으려는 것이었다. 주막에서 술을 마시던 수군 세 명도 불쾌해진 얼굴로 거만하게 나왔다. 그들은 어민들이 고기를 챙겨 올라올 길목에 서서 내려다보고 있었다.

박중진이 먼저 배를 대고 김 씨 배 쪽으로 갔다. 육골 박 씨가 핏발이 선 눈으로 수군들을 흘겨보았다. 고기를 꺼내지 않고 김 씨 배로 달려가 부상자를 부축하여 나오자 동임 최 씨가 놀라 달려 내려왔다.

"먼 일이당가? 이것이 먼 일이여? 누구랑 쌈했어?"

"아, 씰데 없는 소리 말고 시신 옮겨야 됭게 대발이나 갖고 오쇼."

대발 가져오라는 소리는 들은 척도 않고 동임 최 씨가 시신에게로 갔다.

"오메, 유토리 서 씨구마."

서 씨는 끝내 돌아오는 배 안에서 숨을 거두었다. 서 씨의 시신을 모래미 사장에 내려놓자 수군들이 건들거리며 내려왔다. 수졸 한 명은 벌써 군교에게 알리러 바닷가를 끼고 달려가고 있었다.

"살변이여? 여럿 죽어나것구마."

"누가 죽였어? 너냐?"

수군 한 명이 씩씩거리며 노려보는 육골 박 씨의 얼굴을 가리켰다. 박 씨가 참지 못하고 수군의 멱살을 틀어쥐었다. 수군은 술에 취한데다 키가 작아 발끝이 땅에서 들려 대롱대롱했다.

"느그들은 밥 처묵고 하는 일이 뭐여. 바다 지키라고 여그 있는 거 아녀? 그란디 어째서 왜놈들이 우리 코앞에서 어장함서 수적질까지 한디 그냥 놔두냐?"

박중진과 일행들이 놀라 박 씨의 손아귀에서 대롱거리고 있는 수군을 잡아 뺐다. 군교가 금방 올 텐데 이런 모습을 보면 능멸죄로 곤장감이었다. 육골 선원들이 뒤에서 박 씨를 잡고 놓아주지 않자 박 씨는 발길질을 하며 고래고래 소리 질렀다.

"내가 틀린 소리 했냐? 이 도적놈들. 왜놈들이 고기 뺏을라고 사람까지 죽인디 느그들은 뭐했냐고? 술 처먹고 개팽 뜯을라고 나온 거 아녀? 나 저 도적놈 하나 죽이고 나도 죽어 불라요."

수군은 박 씨에게서 놓여나자마자 박 씨 뺨을 때리고 발로 찼다.

"이 새끼가 뒈질라고 환장을 했나? 너 오늘 지삿날 받은 중 알어라."

수군이 손바닥에 침을 퉤 뱉으며 박 씨의 멱살을 잡았다. 그러자 박 씨를 잡고 있던 선원들이 일제히 손을 풀었다. 박 씨가 주먹으로 멱살을 잡은 수군의 머리를 내리쳤다. 망치 같은 주먹에 맞아 수군이 푹 주저앉았다. 이번에는 선원들도 참지 않았다.

"오늘 이 수군놈들도 괴기밥으로 줘 붑시다."

발로 차고 모래밭에 굴려 가며 자근자근 밟았다. 다른 수군 두 명은 슬금슬금 뒤로 물러서더니 꽁지가 빠지라고 줄행랑을 쳐 버렸다.

육골 사람이 가져온 대나무 발에 시신을 넣어 묶었다. 시신을 지게에 지고, 부상자들을 부축하여 집으로 데려가는 동안에도 수군들은 나타나지 않았다. 동임 최 씨도 머쓱하니 서 있다가 돌아갔다.

# 5. 사월아 사월아


말총이는 잘 마른 마초를 새끼줄로 묶어 날랐다. 말총이는 새 저고리에 새 잠방이를 입었다. 사월이가 지어 준 옷이다. 알맞춤한 길이였다. 몸에 맞는 새 옷을 입으니 얼굴과 몸이 구김살 없이 반듯했다. 건초 더미가 산처럼 쌓였다. 여름에 이렇게 준비해 놓지 않으면 말이 겨우내 먹을 수 없었다. 사월이가 텃밭에 앉아 있는 게 보였다. 솔을 베고 있었다. 주위에 아무도 없는 것을 보고 사월이를 건초 더미 뒤로 불렀다. 사월이가 입을 다문 채 배시시 웃으며 다가왔다. 볼에 보조개가 깊게 파였다. 가무잡잡한 피부에 허리가 길고 곧았다. 말총이는 사월이의 손을 서둘러 잡았다. 그들은 올가을에 혼인할 것이었다.

부모님이 사윗감으로 한마치를 점찍자 사월이는 이불을 뒤집어쓰고 누운 채 밥을 굶었다. 어머니는 동네 소문날까 봐 쉬쉬하며 사월이를 설득했다. 그러나 사월이의 고집을 꺾을 수 없었다. 결국 사흘만에 부모님은 사월이에게 졌다.

"미친년, 쌀밥 걷어차고 보리밥 차지할 년. 으이그, 이것도 지 복이재."

사흘 만에 일어나 보리밥을 달게 먹는 사월이에게 어머니는 구시 렁거렸다. 사월이는 어머니의 말을 듣는 둥 마는 둥 밥 한 그릇을 뚝 딱 비웠다.

사월이는 그 길로 한마치를 찾아갔다. 사월이를 본 한마치의 얼굴 이 환해졌다. 하지만 그녀의 마음이 확고한 것을 알고는 땅이 꺼지듯 한숨을 쉬더니 어깨가 축 처졌다. 그는 이제 다시는 그녀를 괴롭히지 않겠다고 말했다. 그 말을 하고 돌아서는 그의 뒷모습에 사월이는 가 슴이 아팠다. 사월이는 하마터면 그의 이름을 부를 뻔했다. 혼인하자 고만 하지 않았으면 한마치는 한없이 듬직하고 좋은 오빠였을 것이 다. 사월이는 그가 보이지 않을 때까지 서 있었다. 그의 뒷모습이 점 점 작아질수록 미안함이 커졌다. 한마치는 한 번도 뒤돌아보지 않았 다. 다음 날부터 한마치는 목장에서 보이지 않았다. 도망쳤다고 했 다. 그 후부터 목자들에 대한 군두들의 감시가 부쩍 심해졌다.


말총이는 사월이에게 옷 치사를 했다. 사월이가 자신을 위해 바느 질했을 생각을 하니 가슴이 터질 듯 기뻤다.

"내 몸 치수도 모름서 어뜨케 이로크롬 딱 맞게 잘 만들었다냐?"

"치수를 왜 몰라? 날마다 보는디? 새 옷 입은께 새 신랑 같다야."

"나도 니한테 멋이든지 해 주고 싶은디 멋을 해 주끄나?"

"음…, 죽을 때까지 다른 여자는 쳐다보지도 말어."

"겨우 고것이여? 나는 죽고 나서도 그럴 것인디? 딴 거 말해 봐."

"없어. 해 주고 싶은 거는 많은디⋯."

"먼디?"

"옷도 더 해 주고 싶고, 밥이랑 국이랑 반찬도 해 주고 싶고 그러재."

"⋯⋯."

말총이는 눈물이 핑 돌았다. 가슴이 먹먹해졌다. 말없이 사월이를 꼭 안아 주었다. 평생 사월이만 알고, 그녀를 위해서라면 무엇이건 하리라 마음먹었다. 사월이가 숨이 막히는지 겨드랑이를 간지럽혔다. 말총이가 픽 웃으며 놓아주자 사월이는 쏜살같이 석성 쪽으로 달아나 버렸다.

칠월 초하루였다. 날씨가 푹푹 쪘다. 말들도 더위에 지쳐 살이 오르지 않았다. 감목관이 지력산 목장에 온다고 하였다. 한양으로 뽑아 보낼 말들을 선별하기 전에 말들의 상태가 어떤지 미리 보려는 것이었다. 감목관은 평시에는 해남 반도 서쪽 끝자락에 자리한 화원 목장에 상주하였다. 화원 목장은 진도부에 속한 곳이었다. 감목관이 온다는 소식이 들리면, 군두는 군부를, 군부는 목자를 복날 개 잡듯 다그쳤다. 평소에는 잘 나와 보지도 않던 목장에 아침저녁으로 나와서 설쳐 댔다. 말똥을 치워라, 갈기 솔질을 다시 해라, 건초 여분이 부족하다고 족치다 동작이 굼뜬 목자가 있으면 말채찍으로 갈겨 대기 일쑤였다. 목자들은 뼈가 녹아나도록 일했지만 걸핏하면 매를 맞았다. 게

다가 감목을 마치고 말 마릿수가 장부보다 많으면 감목관이 팔아서 착복하고, 죽거나 병이 들면 목자들이 책임져야 했다.

군마를 뽑아 한양으로 보내고 나면 간혹 목장에서 도망치는 말들이 있었다. 말들도 모자간이나 부부간에는 그 정이 각별했다. 며칠 동안 눈물을 흘리며 찾다가 결국 탈출해 찾아가는 것이었다. 하지만 진도는 섬이었다. 탈출한 말은 해안가를 따라 빙빙 돌며 울부짖다 끝내 탈진해 쓰러져 죽는 것이다.

도망쳐 버린 말 때문에 태형, 장형을 당하면서도 목자들은 말을 원망할 수 없었다. 울다 울다 탈출하는 말의 심정을 알기 때문이었다. 목자들은 떠나는 말을 부러워하기도 했다. 극진하게 보살핌을 받다 넓은 세상으로 나가는 말이 목자 팔자보다 낫다는 것이었다. 평생 목장에 갇혀 일만 하다 목장에서 죽어야 하는 목자 처지는 말만도 못했다. 자식들에게까지 대물림되는 처지를 비관하다 도망치는 목자들도 있었다.

그러나 때로는 목장으로 자진해서 들어오는 사람도 있었다. 땅이 없는 사람들이나 세금 때문에 그나마 있던 땅까지 뺏긴 사람들이었다. 아전들 꼴 안 보고, 세금 없는 곳에서 살겠다며 목자 호적에 스스로 이름을 올렸다.

"이 말 말굽이 왜 이래? 병들었잖아. 누구 말이냐?"

군두의 목소리가 쩅하고 높아졌다. 사월이 아버지 말이었다.

"지 말이구만이라우."

사월이 아버지가 벌벌 떨며 앞으로 나서자 군두의 채찍이 허공을 갈랐다. 사월이 아버지 등에서 인절미떡 치는 소리가 났다. '헉!' 들이킨 숨을 뱉어 내지도 못하고 그가 쓰러졌다. 한여름이라 베저고리 한 겹밖에 걸치지 않은 몸이었다. 채찍으로 맞은 자리에서 금방 핏물이 배어났다. 사월이 아버지를 바라보고 있을 새가 없었다. 군두가 군부둘과 함께 말총이 아버지 쪽으로 가고 있었다. 군두가 구석에 세워 둔 병든 말을 보고 소리를 빽 질렀다.

　"저놈 왜 저래? 엉치뼈가 하늘로 솟았잖아. 누구 말이냐?"

　말총이 아버지가 앞으로 한 걸음 나섰다. 깡마른 두 다리가 부들부들 떨렸다. 군두는 대뜸 채찍부터 갈겼다. 말총이 아버지도 푹 쓰러졌다. 말총이는 이를 악물고 주먹을 부르쥐었다. 말총이의 말은 지적받지 않았다. 한마치의 형도 채찍을 맞았다. 우물 주변이 제대로 정리되어 있지 않다는 것이 이유였다. 그러나 우물 주변은 깨끗했다. 또 우물은 그들 목자군의 공동 책임이기도 했다. 한마치가 도망친 것 때문에 그의 형을 때리려 구실을 일부러 잡아낸 것 같았다. 그것은 한마치의 형에게 군부로 승진할 것은 꿈도 꾸지 말라는 경고이기도 했다.

　열흘 가까이 시달리고 나자 감목관이 왔다. 군두가 목자들을 얼마나 다그쳤을지 뻔히 아는 감목관은 그저 둘러보는 시늉만 하였다. 군두는 감목관의 옆을 졸졸 따라다니며 '이 말은 병이 들었는데 자신이 어떻게 고쳤는지, 저 암말이 새끼 낳을 때 자신이 팔뚝까지 집어넣어 망아지를 빼내어 살렸다.'는 둥 자랑하느라 침이 말랐다. 감목관은 가끔 고개를 끄덕여 주며 건성으로 듣고 있었다.

그때였다. 사월이가 머리에 빨래 함지를 이고 다가왔다. 개울에서 빨래를 해서 돌아온 모양이었다. 그녀는 목장 석성에 젖은 빨래를 걸쳐 말렸다. 개울물에 머리를 감았는지 아직 덜 마른 머리카락이 칠흑같이 검었다. 더위에 발갛게 익은 볼이 터질 듯 고왔다. 저고리 소매를 걷어 올린 팔뚝이 가늘었다. 말들을 둘러보던 감목관의 눈이 순간 사월이의 얼굴에 꽂혔다. 군두는 입에 침을 튀기며 말을 하다가 대꾸가 없자 감목관의 시선을 따라 눈을 돌렸다. 사월이는 아무것도 모른 채 빈 함지를 머리에 이고 돌아섰다. 곱게 땋은 머리가 가늘고 긴 허리까지 닿았다. 한 손에 쥐어지지 않을 정도로 탐스러운 머리채였다.

"누구냐?"

감목관은 눈을 가늘게 뜨고 사월이의 뒤태를 뚫어질 듯 보았다. 군두는 감목관의 의도를 잽싸게 알아차렸다.

"예. 우리 목자 딸입니다요. 제가 오늘 밤에 선처할깝쇼?"

감목관은 '크음!' 헛기침을 하고는 군두에게 말했다.

"군두가 고생을 많이 했구나. 말들이 기름지고 마구간 청소도 잘 해 놓고. 내 올라가면 자네에 대해 특별하게 선처하겠네."

군두는 연신 허리를 조아렸다. 감목관은 아랫동네에 있는 관마청으로 돌아갔다. 군두가 사월이의 집으로 득달같이 달려갔다. 사월이 아버지가 웃통을 벗은 채 서 있었다. 며칠 전에 채찍을 맞아 핏자국이 맺힌 자리에 검붉게 딱지가 앉아 있어 흉측한 등짝이 그대로 드러나 있었다.

"일전에 채찍은 미안하게 되었네. 나도 일 욕심이 많아서 그러지 자네가 미워서 그러겠나. 그건 그렇고 자네는 이제 팔자 피었네. 자네 딸 사월이 있잖은가? 감목관님이 맘에 든 모양이여. 제일 존 옷으로 입혀서 얼른 델꼬 나오게."

"야우? 갑자기 그것이 먼 소리싱가라우? 감목관님이 언제 지 딸을 봤다고 그라요?"

"아까 여기 돌 때 잠깐 보신 모양이네. 자네가 복이 있을라고 그 잠시 잠깐 동안에 자네 딸이 눈에 띈 것이네. 어서 들어가서 데리고 나와."

군두가 등을 밀자 사월이 아버지는 할 수 없이 거적문을 들치고 들어갔다. 안에 있던 사월이의 눈이 동그래져 있었다. 밖의 말을 다 들은 것이었다. 사월이가 눈에 눈물이 가득 차서는 제 어미를 향해 고개를 절레절레 저었다. 울음소리가 새어 나올까 봐 한 손으로 입을 막은 채였다. 사월이의 어머니가 방구석에서 놀고 있던 사월이 동생을 쫓아냈다. 그녀는 사월이 아버지에게 귓속말로 군두를 좀 멀리 데려가 기다리라 했다. 어머니가 사월이에게 물었다.

"아가, 은제 감목관이 너를 봤다냐?"

"아까 빨래 널고 있는 디서."

사월이는 눈을 흡뜬 채 소리가 새어 나갈까 봐 손으로 입을 가렸다. 잔뜩 짓눌린 목소리였다.

"그렇게도 싫으냐? 여그 살어 봤자 목자 각시나 될 것인디 그라냐?"

"나 말총이랑 혼인할 거여. 나는 말총이 아니믄 죽어 불거여."

사월이는 고개를 저었다. 저고리 섶을 움켜쥔 사월이는 올무에 걸린 노루처럼 떨었다. 어쩌자고 그때 빨래를 널러 갔는지 후회막급이었다. 한사코 밖으로 다니지 말라던 어머니의 말을 듣지 않은 게 잘못이었다. 이런 일을 당할까 봐 그렇게 단속했던 것이었다. 어머니는 한숨을 쉬었다.

"인자사 지랄허고 자빠졌네. 더러운 팔자가 목자 각시도 못 될 팔자였는갑다."

"안 해. 나는 말총이 아니믄 못 살어. 나 죽는 꼴 안 볼라믄 어서 어뜨케 해 봐."

지금 믿을 사람은 어머니뿐이었다. 사월이는 어머니의 치맛자락을 잡고 흔들었다. 어머니는 입술을 잘근잘근 씹다가 옷고름으로 사월이의 눈물을 닦아 주었다.

"니년 땜에 내가 딱 환장을 허것다. 아이고, 그래. 감목관 놈이 너를 본처 삼것냐? 꽃 같을 때는 좋다고 달려들어도 금방 내땡개 불것재. 알었다. 그라믄 이라고 하자. 너 지금 몸엣것 하냐?"

"아니. 끝났는디."

"내가 마침 시작했은게 되았다. 이것도 니 복이재. 먼 말인지 알것지야?"

사월이는 살았다 싶어 고개를 크게 끄덕였다. 어머니가 속곳 속에서 개짐을 꺼내 주자 사월이가 그것을 찼다. 사월이네는 새것으로 갈아 댄 후 밖으로 나갔다. 사월이네는 군두에게 다가가 사월이 아버지를 저만치 가라고 한 후 말했다.

"우리 딸이 엊저녁부터 몸엣것이 있구마이라우. 지 복이 조랑복이라 그란디 으짤 것이요? 군두님이랑 감목관님한테 지송하구마요."

"거짓말 아니여?"

군두는 사월이네의 얼굴을 뜯어보더니 말했다.

"오매오매. 딸이 감목관님 은혜를 입으믄 우리는 팔자가 필 것인디 멋한다고 거짓말을 하것소? 애두루와 죽것구마는. 정 그라고 의심나믄 들어와서 직접 봐보쇼."

사월이네가 돌아서 군두를 이끌며 말했다.

"알었다. 어찌 됐건 감목관님이 직접 알아서 하실 것인게 나는 델꼬 가야쓰것다. 이리 나오락 해라."

"알었구마이라우. 쪼깨만 지달리시요야."

사월이네가 움막 안으로 들어가 사월이에게 말했다.

"인자 니한테 매였은게 알아서 잘 해라이."

사월이는 입은 옷 그대로 밖으로 나섰다. 군두를 따라가며 어그적거리고 걷느라 자꾸 처졌다. 군두는 애가 타서 뒤를 돌아보다가도 사월이가 아랫배를 누르며 찡그리는 것을 보고는 기다려 주었다. 동네

와 좀 떨어져 언덕 위에 서 있는 관마청까지 왔다. 대문을 들어서자 부엌 쪽이 부산했다. 군두는 사월이를 이끌어 중문을 열고 안으로 들어갔다. 갑자기 고즈넉한 분위기가 감돌았다. 사월이는 가슴이 옥죄이는 것 같았다. 좁은 마당 가운데에 아담한 정원이 있고, 댓돌 위에 갖신이 한 켤레 있었다. 군두가 목을 가다듬더니 아뢰었다.

감목관이 안에서 앉은 채 문을 열었다.

"수고했네. 그럼 가 보시게."

"그런데 이 아이가 달거리 중이라고 합니다. 어떻게 할깝시오?"

감목관이 못마땅한 듯 헛기침을 하였다. 군두와 사월이는 목을 움츠리고 기다렸다. 사월이는 어찌나 다리가 떨리고 가슴이 쿵닥거리는지 주저앉을 것만 같았다. 고개를 푹 숙인 채 아랫배를 움켜쥐고 얼굴을 찡그리고 있을 뿐이었다.

"오늘은 그냥 데려다 주어라."

군두는 안채에서 나오자마자 사월이에게 혼자 가라고 하고는 휭하니 가 버렸다. 사월이는 누가 볼까 봐 고개를 숙인 채 관마청 마당을 나왔다. 들판으로 나오자 주위를 살펴보고는 날 듯이 걸었다. 아직도 가슴이 두근거렸다. 용궁에 갔다가 살아나온 토끼 심정이 이럴 것이었다.

쉬지 않고 날 듯이 걸어 말목장 석성 가까이 이르렀다. 갑자기 말총이가 나타났다. 사월이는 깜짝 놀랐다. 말총이는 내내 사월이를 바라보고 있었던 듯 사월이를 보더니 휙 돌아서 앞장섰다. 그 자리에 붙박인 듯 서 있던 사월이도 부리나케 뒤를 따랐다. 관마청에서 말목장까지는 십 리 가까운 거리였다. 어느새 석양 노을이 하늘을 핏빛으로 물들이고 있었다.

말총이를 따라 걷느라 사월이는 숨이 찼다. 마구간까지 오자 사위가 어두워졌다. 말총이가 마구간 뒤쪽으로 돌아갔다. 사월이도 따라갔다. 마초 쌓아 놓은 옆에 말총이가 털썩 주저앉았다. 사월이도 옆에 앉았다.

숨을 돌리느라 둘은 한참 동안 말이 없었다. 거친 숨소리만 둘 사이에 가득 찼다. 사월이 이마에 땀이 흘렀다. 사월이 볼이 빨갛게 달아올랐다. 말총이가 힐끗 보더니 부채를 가져와 부쳐 주었다. 짚으로 만든 부채라 무겁고 컸다. 말총이 얼굴에도 땀이 흘렀다. 사월이가 말없이 부채를 빼앗아 옆에 두었다. 말총이가 부채를 다시 집으려 하자 사월이가 도리질을 하였다. 말총이 입술이 퉁퉁 붓고 핏물이 배어 있었다.

"안 더워. 참을 만해. 근디 어뜨케 알었어?"

사월이가 조심스럽게 물었다.

"니 가는 거 보고 다 알었제."

"……."

"내가 숨이 맥혀 딱 죽는 줄 알었다. 여그에 주먹만한 거이 얹혀 갖고 숨이 안 쉬어지고…."

말총이가 주먹을 쥐어 명치를 치면서 다시 아랫입술을 물었다. 이 사이로 피가 흘렀다. 급하게 들이켜는 숨을 따라 그의 어깨가 떨렸다. 부들부들 떨리는 목소리로 그는 간신히 말을 이었다.

"너 군두 따라서 가는 거 보고… 나 오늘… 감목관 죽여 불고… 나도 죽어 불락 했다."

"……."

"저지르기 전에 느그 엄니한테 말하고 갈라고… 낫 들고 느그 집 간게… 느그 엄니가 놀래 갖고 갈쳐 주드라. 쪼까 지달려 보라고. 그래서 낫 들고 관마청 보인 데서 있었던 거여. 밤까지 너 안 나오믄 처들어가서 감목관 죽여 불라고…."

말총이가 공중을 노려보고 있었다. 그의 눈에서 시퍼런 불길이 뿜어져 나오는 듯 했다. 사월이는 한 번도 자신의 얼굴을 보지 않는 말총이의 옆얼굴을 보며 가슴이 철렁하였다.

"니가 그럴 줄은 몰랐는디."

"그라믄 으짤 줄 알었가니야?"

"몰라. 그냥… 나는 내 일인 줄만 알었재."

"나랑 혼인하자 했는디 너는 니 일인 줄만 알었다고?"

말총이의 목소리에 노여움이 묻어났다. 자신이 말총이의 색시임을, 말총이는 자신을 빼앗기면 목숨까지도 버릴 것임을 사월이는 몰랐다. 사월이는 그 생각을 못한 자신이 한심하였다. 말총이와 얽힌 동아줄은 이제 풀지도 못하고, 풀리지도 않을 것이었다.

"다음 달에 감목관이 오믄 나를 또 부르까? 감목관이 나 같은 것은 잊어 부렀으믄 좋것다."

"그라믄 좋것재마는 그럴 리가 없어. 그 전에 내뺄 준비를 해야재. 요새는 군부들이 한밤중에도 목자들을 소집해 갖고 점검을 항게 내빼기도 애럽고, 동학 도인들 만나러 가기도 애럽고⋯."

"⋯⋯."

"내가 낮에라도 의신을 갔다 와야 쓰것다. 군두한테 맞어 디지드라도 우리가 살 방도는 거그밖에 없웅게. 마치 성이 쩌번에 동학 이야기 할 때 나치현 접주님이 거그 사신다고 했어. 성도 그분이 도와줬을 것이여. 마치 성이 시방 여그 있었으믄 우리를 도와줄 것인디⋯."

한마치의 말을 하자 사월이는 꿀 먹은 벙어리가 되었다. 말총이는 아무것도 모르고 있었다.

"으쨌든 니가 맘 깡깡하니 묵고 나를 믿어야 된다이. 으짜다가 이쁜 색시를 둬 갖고 내가 이 고상을 항가 몰르것다."

"내가 이쁜게 지도 좋아함시로."

사월이가 입이 뾰로통해져 응석부리듯 말하자 말총이가 픽 웃었다. 사월이가 가만히 말총이의 어깨에 고개를 기댔다. 말총이에게서 마른 풀 냄새가 났다. 사월이는 깊이 숨을 들이마셨다. 좋은 냄새였다. 그들은 손을 꼭 잡고 집으로 향했다. 초하루라 달이 없어 다행이었다. 숨이 막힐 듯 더운 밤공기가 물기를 가득 머금고 있었다. 비가올 모양이었다.

다음 날은 새벽부터 비가 왔다. 말총이는 아침 일찍 말들에게 여물을 넉넉히 주고 마구간을 단속했다. 비가 그쳐야 감목관이 떠날 테지만 머뭇거릴 때가 아니었다. 말총이는 말을 타고 몰래 목장을 나섰다. 동쪽으로 임회면을 지나 바닷가까지 곧장 가면 의신면 만길리였다. 동학에 아직 입도하지 못했지만 사정을 말하고 부탁해 볼 참이었다. 목장 안에도 동학 도인들이 있을 것 같았지만 말총이는 누구인지 알지 못했다. 한마치가 동학에 입도해 밤마실 다닐 때 바짝 따라붙어서 진즉 자신도 입도할걸 하며 후회했다. 한마치는 어쩐 일인지 말만 꺼내고는 더 이상 동학 이야기를 해 주지 않았다.

말총이의 마음을 아는지 세 살 먹은 수말 호동이는 쉬지 않고 잘 달려 주었다. 한 번도 와 보지 않았지만 바다가 보이는 걸로 보아 다 온 것 같았다. 동네 초입에서 만난 중늙은이에게 나치현 접주의 집을 물었다. 나치현은 다행히 집에 있었다. 자그마한 키에 인자하게 생긴 모습이어서 말총이는 안심하였다. 방에 들어서자마자 말총이는 무릎을 털썩 꿇고 조아렸다.

"지를 조까 도와주시요. 은혜는 잊지 않을게라우."

"젊은이. 좀 천천히, 자세하게 이야기를 해야 내가 뭘 도울지 알지."

나치현이 나직한 목소리로 말했다. 그의 입가에 웃음이 어려 있었다. 웃으며 말할 때에도 그는 목소리가 작았다.

"야, 지는 서말총이구마이라우. 저짝 말목장에서 목자로 일하는디유, 한마치 성님한테 접주님 이약을 들었어라우. 감목관이 지 색시를 욕심내 갖고 델꼬 갈락항게 내빼야 쓰것는디 지 주관으로는 이 섬을 나갈 방도가 없응께 접주님한테 왔어라우. 지가 지금 여그 온 것만으로도 다리 빼닥 한나는 내놔야 되구만이라우. 지를 쪼까 살려 주시요. 색시 뺏기믄 감목관 죽여 불고 지도 죽어 불 거구마요."

말총이는 이 말을 하고는 어제 일이 생각나 다시 입술을 깨물었다.

"엊저녁에 감목관을 죽여 부렀으믄 오늘 지가 이 자리에 없을 것인디 한울님이 도와서 색시를 아직 안 뺏겨구마이라우. 언제 또 그놈이 올지 몰른디 사내가 되야 갖고 멍청하게 있으믄 안 되지라우."

"한마치? 자네가 말총이라고? 허허."

나치현은 한마치 이름을 듣더니 말총이의 얼굴을 유심히 보았다.

"한마치 성님도 접주님이 주선해 주셨지라우? 마치 성님은 내뺄 일도 없었는디 가부러 갖고 그 뒤로 감시만 심해져 부렀단게요. 지도 쪼까 해 주시요."

"알었네. 내가 알아볼라믄 못해도 보름은 걸릴 것인게 보름 후에 자네가 색시를 델꼬 나오게. 그라믄 내가 배로 빠져나가게 해 줌세. 어디 생각해 논 데는 있는가?"

"생각해 논 데는 없구마이라우. 그냥 아무데서나 안 앵키고 살 수만 있으믄 좋것구만이라우."

"알었네."

"그라믄 샌님만 믿으께라우. 그라고, 동학에 입도하고 자운디 지도 된당가요?"

"암은. 되고말고. 심들고 괴로운 일이 있을 때는 마음속으로 자꼬 한울님한테 말을 허소. 한울님, 지가 어떻게 할까요? 하고 물어보고."

"알것구만이라우. 고맙고 또 고맙구만요."

말총이는 여러 번 고개를 주억거려 절을 하고는 그 길로 돌아왔다. 비는 그쳐 있었다. 다행히 목장에서는 그가 나갔다 온 걸 아무도 눈치채지 못했다. 비 온 뒤끝이라 군두들은 목장에 나오지도 않은 것 같았다. 우물가로 가서 땀에 젖은 호동이에게 물을 먹였다. 말총이가 호동이의 땀을 닦아 주고 있을 때 아버지가 다가왔다. 감목관은 비 그친 후 낮에 돌아갔다고 아버지가 알려 주었다. 아버지가 젖은 바위에 앉았다.

"말총아, 아부지한테 할 말 있지야."

말총이는 아버지와 좀 떨어진 돌에 앉았다. 무슨 말부터 해야 할지 어제부터 오늘까지 아득히 긴 세월이 흐른 것 같았다.

"아부지, 어지께 일은 들으셨소?"

"아까 사월이 아부지가 갈챠 주드라."

"사월이 델꼬 내빼야 쓰것어라우. 언제고 감목관이 또 올 것인디 지달리고 있것소? 보름 후에 갈라고라우."

"안 앵키고 갈 수 있것냐?"

"걱정 마시쇼. 마치 성 빼내 준 분한테 지도 갔다 왔구만이라우."

아버지는 말없이 먼 곳만 바라보고 있었다. 아버지의 옆얼굴을 보니 길고 무표정한 게 말을 닮았다. 아버지는 어느새 귀밑머리가 희끗

한 노인이 되어 있었다.

"아부지, 인자 가믄 아부지 언제 만날지 모르것소."

말총이는 사월이와 자신의 일만 생각하느라 혼자 남을 아버지 걱정을 한 번도 안 한 것이 죄스러웠다.

"언제고 만날 날이 있것재. 나는 여그 있을 것인게."

떠나는 말총이에게 아버지는 언제고 만나러 오라고 말하고 있었다. 뒤도 돌아보지 않고 영영 떠나리라 했는데 아버지가 있는 이상 영원히 떠날 수는 없는 모양이었다.

"잽힐 것 같으믄 오지 말고, 오 년이고 십 년이고 지나믄 감목관도 군두들도 다 배낄 거 아니냐? 너 한 번 더 볼 때까지는 내가 으짜든지 안 죽고 살아 있을 텡게, 그때 되믄 군부나 목자들이야 니 편 들어주 것재. 아부지도 있는디."

한없이 느리고 단조로웠던 아버지 목소리가 떨리고 있었다. 아버지는 입을 다물었다.

"언제고 꼭 다시 올께라우. 그라고 의신면 만길리 나치현이라는 분한테 소식을 꼭 전할게라우. 키가 쪼깐해 갖고 수염이 얌잔하게 난 분입디다. 목소리가 아부지 같이 나직나직하고라우. 그분이 약조하기를 있을 데를 알아봐 갖고, 내보내 준닥 했어라우."

"그리 되고, 니가 몸만 성할 것 같으믄 하늘이 보내 준 은인이시것다."

"아부지. 지는 걱정 마시고라우. 잘 잡숫고 몸 성히 계시시요이. 지가 찾아왔을 때 꼭 살어 지셔야 하요이."

말총이는 사월이에게 보름 후, 보름달이 뜨면 도망칠 것이니 준비를 하라 했다. 사월이도 부모님께 말씀드렸다. 사월이 어머니는 삶은 보리쌀과 나물만 섞어 짓던 밥에 쌀을 한 숟가락씩 얹었다. 쌀밥이 흩어지지 않게 보리밥과 조심조심 섞어 사월이에게 떠 주었다. 남편과 아들에게 남은 보리밥을 퍼 주고 나면 솥바닥에는 나물만 남았다. 어머니는 보리쌀이 드문드문 묻어 있는 나물밥을 바가지에 담아 들고 방으로 들어왔다. 그새 아들은 제 밥을 다 먹고 누나의 흰쌀밥을 보며 침을 삼켰다. 사월이가 밥을 동생에게 덜어 주었다.

"으이고. 허천 빙 난 새끼."

사월이네가 아들의 등짝을 후려쳤다. 그래도 사월이 동생은 쌀 섞인 보리밥이 입에서 살살 녹았다.


감목관이 왔다 간 지 이레가 지났다. 점심 참이 지났을 때였다. 군두가 정신없이 목장으로 올라왔다. 말총이는 가슴이 덜컥 내려앉았다.

"감목관님이 연통도 없이 들이닥쳤다. 잠시만 앉아 계시라고 주안상 들이밀어 놓고 올라왔은께 금방 오실 것이다. 빨리 빨리 말똥 치우고, 털 솔질해라."

군두가 정신없이 다그치자 목자들도 허둥지둥 마구간으로 달렸다. 말총이는 슬그머니 빠져나와 사월이 집으로 달렸다. 말총이 말을 들은 사월이는 사색이 되었다. 말총이는 사월이를 앞세워 뒷산으로 달렸다. 허둥지둥 달리느라 사월이는 엎어지고, 자빠지며 짚신짝까지 벗어졌다. 말총이가 짚신짝을 집어 들고 재촉했다. 봄에 둘이 앉았던 자리를 찾아 기어들어 갔다. 그러나 그곳은 오솔길에서 너무 가까웠다. 말총이는 사월이의 손을 잡고 더 깊숙한 곳으로 들어갔다. 사월이의 손이 축축했다. 부들부들 떨었다. 커다란 바위 아래 참꽃나무 잎이 무성했다. 바위를 끼고 돌아가니 알맞춤한 자리가 있었다. 말총이는 사월이를 거기에 들어앉게 했다. 바위 밑에 쭈그려 앉은 사월이가 말총이를 올려다보았다.

"감목관 이 새끼가 분명히 니 보러 왔을 것이여. 이라고 연통 없이 온 적이 한 번도 없었는디 니 달거리 끝났을 것이다 하고 온 것이여."

"어쩌까? 나 내뺀 거 알믄 감목관이 성나 갖고 우리 엄니 아부지 죽여 부리는 거 아니여?"

"감목관이 느그 엄매 죽이기 전에 내가 몬자 죽여 불 거여. 너는 여그 카만히 있어라이."

사월이가 돌아서는 말총이의 옷자락을 잡았다. 옷자락을 잡은 그녀의 손이 벌벌 떨렸다.

"안 돼야. 말총아. 잠깐만 생각 잔 해 보자아. 다른 일로 온 거 아니까?"

"그랄 일이 없당게. 이라고 있을 때가 아니여야."

"니가 가서 감목관 죽이믄 너도 죽을 것인디 나는 어쩌라고야. 나도 죽을 거여. 갈 거믄 같이 가."

"안 돼야. 너는 살어야재 으째서 죽어야?"

"바보 멍충아. 너는 죽으러 감서 나는 여그 있으라고야? 어째서 내 속은 그르케 몰르냐아."

사월이의 짓눌린 목소리에 울음이 담겼다. 사월이가 서 있는 말총이의 손을 더듬어 잡아당겼다. 사월이의 손이 얼음장처럼 찼다. 말총이는 맥이 풀렸다.

"그라믄 어찌케 하라고야."

"니가 몬자 나를 가져 부러. 애를 배드라도 니 애를 밸 것이여."

사월이는 이를 사려물었다. 옷고름을 풀고 저고리를 벗었다. 소매가 안 빠지자 말총이에게 내밀었다. 말총이는 엉겁결에 사월이의 옷소매를 잡았다. 저고리를 벗은 후 앞가슴을 동여맨 치마끈을 풀었다. 한 손으로 가슴을 가리고, 한 손으로는 치마를 바닥에 깐 후 속곳만 입은 채 누웠다. 젖꽃판 위에서 분홍색 작은 젖꼭지가 떨고 있었다. 사월이의 봉긋하고 하얀 가슴을 보자 말총이는 머리가 멍해졌다. 사월이가 말총이의 팔을 끌어당겼다. 말총이가 사월이의 가슴으로 엎어졌다.

"나는 니 색시여. 니는 내 낭군이고. 첫몸을 준 사람한테 시집가야 헌다고 엄니가 그랬어야. 그란게 나는 니한테 첫몸 주고 니한테 시집 갈거여."

말총이의 등을 꽉 껴안고 사월이는 연신 중얼거렸다.

사월이는 집으로 돌아갔다. 말총이는 멍하니 마구간으로 들어섰다. 눈을 부릅뜬 군두와 마주쳤다. 말총이는 군두를 멍청히 바라보았다. 군두가 다짜고짜 채찍을 휘둘렀다.

"이 개새끼가 어서 처 자빠져 놀다가 인자 기어와? 빨리 솔질하고 말똥 안 치워? 빌어묵을 놈이 누구 신세를 망치려고."

맞은 등짝이 싸아 하니 시원했다. 차라리 잘되었다 싶었다. 채찍에라도 맞아야 살 것 같았다. 고개를 푹 숙이고 말없이 말똥을 치웠다. 한참 후에 나온 감목관은 마구간을 건성으로 한 번 휘 돌더니 말했다.

"전에 여기 어디에 목자 딸이 하나 산다 했지 않았느냐? 여기 오니 기억이 나는구나. 네가 관마청으로 데려오도록 하여라."

"예. 예. 그랬습지요. 잊지 않고 찾아 주셔서 감사합니다요. 지가 곧 델꼬 가겠습니다요."

감목관이 돌아서자 허리를 굽신거리던 군두는 입을 삐죽였다. 자랄수록 눈이 가는 사월이를 온전하게 두길 천만 잘했다고 생각했다. 오래전 사월이 어미가 사월이만 할 때의 일이었다. 한 군두가 사월이 어미를 차지했다가 감목관에게 찍혀 군두 자리에서 떨려나고 쫓겨났다. 사월이 어미는 군두에게서 놓여나 목자에게 시집갔다. 그녀의 남편이 된 목자는 반편이라는 말을 들을 만큼 유순한 사람이었다. 그는 아내에 대해 아무것도 보지 못하고, 듣지 못한 사람처럼 흐뭇해하며 사월이 어미를 아껴 주었다. 그 뒤 군두들은 감목관 눈치를 보느라 얼굴 반반한 목자 딸들은 아예 건드리지 않는 게 불문율이 되었다.

연신 헛기침을 하며 관마청으로 가는 감목관의 뒤통수를 흘겨보다
가 군두는 사월이의 집으로 갔다. 사월이는 다소곳이 따라 나왔다.
사월이 어미가 따라오다 군두의 호통 소리에 그 자리에 섰다. 어차피
목자 마누라나 딸들은 관노비나 마찬가지였다. 감목관이나 군두들
이 부르면 꼼짝없이 따라나서야 했다. 그렇지 않으면 남편이나 아버
지가 시도 때도 없이 채찍에 맞아 피범벅이 되는 것을 보아야 했다.
감목관은 사월이가 마음에 들었는지 다음 날 화원 목장으로 데리고
가 버렸다. 칠월 칠일이었다. 말총이는 칠석날 밤을 뜬눈으로 샜다.
그날은 견우직녀가 일 년에 한 번 만난다는 날이었다.

말총이는 가슴속에 벌집이 들어 있는 것 같았다. 잠도 잘 수 없고,
밥도 넘어가지 않았다. 얼굴이 퀭해져서 눈빛만 번들거렸다. 낮에는
말을 돌보고, 농사일을 하느라 그래도 시간을 보낼 수 있었지만 깜깜
한 밤이 되어 움막 안에 누우면 사월이의 모습만 눈에 밟혔다. 발가
벗은 사월이가 감목관 밑에 깔려 능욕당하는 모습을 보고 또 보았다.

사월이의 비명 소리가 들렸다. 사월이가 미친개에게 쫓겨 도망치
고 있는데, 자신은 무슨 일인지 한 발짝도 움직일 수가 없었다. 발밑
을 보니 진흙구덩이였다. 몸부림을 치자 몸은 계속 구덩이 속으로 빨
려 들어갔다. 턱을 지나 코밑까지 빠져 들어가는데 몸부림도 칠 수
없어 '아악!' 하고 소리 질렀다. 아버지가 그의 몸을 흔들고 있었다.
코끝에서는 아직도 진흙 냄새가 생생하게 났다.

"말총아, 아가 말총아."

"야? 아부지."

말총이는 이마에 끈적하게 밴 식은땀을 손바닥으로 문질러 닦았다.

"말총아, 죽을 생각 하지 말고야 살 도리를 생각해라. 지금 사월이를 니 맘속에서 빼내는 참이냐? 아니믄 지달리는 것이냐?"

"나는 꼭 사월이 찾아 갖고 내뺄 것이요. 아부지."

"그라믄 어째 밥을 안 묵고, 잠을 못 자냐. 내 보기에는 니가 시방 사월이를 니 맴속에서 죽이는 것으로배끼 안 보인다."

'아부지, 아부지가 내 속을 어뜨케 알 것이요? 나는 시방 속이 타서 뭉그래지고 있는디.'

말총이는 속으로만 대들었다. 아버지는 한숨을 내쉬더니 한참을 있다가 입을 열었다.

"말총아. 느그 엄니 이약을 해 줄 것인게 새겨들어라이."

가슴에서 '쿵' 소리가 났다. 아버지 입에서 '느그 엄니'라는 말이 처음 나온 순간이었다. 자상하게 옛날이야기를 해 주다가도 어머니 이야기를 해 달라고 하면 아버지는 입을 꾹 다문 채 아득한 눈빛으로 말총이 얼굴을 바라보다 먼 데 산으로 눈길을 돌렸다. 아버지의 그 눈빛을 대할 때마다 말총이는 어머니 이야기를 꺼내지 않으리라 결심했다. 머리가 크면서부터 말총이는 어머니를 잊었다.

"사월이가 느그 엄니랑 팔자가 똑같은갑다. 내가 했대끼 너도 하믄 똑같은 팔자가 되것재."

"아부지가 어뜨케 했는디라우?"

"똑 지금 너거치 했다. 미친 놈맨치로 밥도 안 묵고, 잠도 안 자고, 눈에 살기가 하나 차 갖고 감목관 놈을 오기만 하믄 죽애 불라고 낫을 갈었지야. 군두 놈이 내 꼴을 앙께 감목관이 오기만 하믄 나를 마구간 뒤안에 있는 나무에다가 꽝꽝 묶어 부렀다. 군두도 죽애 불고 싶었재만은 군두 지가 허가니? 목자들 시캐서 묶웅께 죽일라믄 다 죽애야쓴디 목자들은 차마 못 죽이것드라. 내 속 다 알고 즈그들도 속으로 피눈물 흘리는 사람도 여럿인디."

"나 낳아 놓고 엄니를 뺏게 부렀는가비요?"

"그랬지야. 짐생만도 못한 그 감목관 놈, 젖 뿔아 묵는 핏댕이를 띠어 불고 애엄씨를 화원으로 델꼬 가 부렀다. 낸중에 감목관 그놈이 베슬이 올라 갖고 한양 감서 느그 엄니를 땡개 불고 갔닥 하드라."

"엄니는 그라믄 어뜨케 됐는디라우?"

말총이가 다급하게 물었다.

"내가 죄인이재. 나도 느그 엄니를 버려 부렀은께. 느그 엄니가 뭔 죄냐. 그란디 나는 느그 엄니도 못 보것드라. 느그 엄니가 날 지달리고 있을 중 암시로도 옹졸한 속아지가 찾으러를 안 갔지야. 낸중에 들은께 관마청에서 종으로 몇년을 더 있다가 시름시름 앓드니 죽어 부렀닥 허드라. 말도 못 허고 속이 숯뎅이가 됐것재."

"……."

"내가 그때 니 엄니를 델러 갔어야 된디… 죽어서 내가 느그 엄니 얼굴을 어뜨케 볼지 몰르것다. 너는 그라지 말어라. 니가 못나 갖고 사월이가 당헌 것인께."

"아부지. 이번에 군마 뽑아갈 때 나도 목자로 갈라요."

"……?"

"화원서 묵을 때 사월이 델꼬 내뺄 것인게 그리 아쇼. 내일 나치현 접주님한테 갔다 올께라우. 살라믄 그분 도움을 받는 것빼끼 질이 없 응께."

"그래라. 살 도리를 찾을라믄 잘 묵고 잘 자고 몸을 깡깡하게 해야 쓸 것 아니냐. 믿을 것은 니 몸땡이 한나여."

"알었소. 인자 그라께라우."

말총이는 다시 나치현에게 갔다. 나치현이 서찰을 주면서, 남리 전 유희가 사는 동네를 가르쳐 주었다. 말총이는 돌아온 후 군부에게 애 원하여 군마를 싣고 가는 배에 목자로 뽑혔다. 말총이는 다시 옛날의 모습으로 돌아갔다. 정성껏 말을 돌보고 둔답의 나락도 포기가 쩍쩍 벌어지도록 거름을 주었다.

칠월 스무하루로 날이 잡히고 군마 선별이 시작되었다. 이번에는 백오십 마리의 군마를 뽑아 간다고 하였다. 커다란 원형 목책 안으로 말을 몰아넣은 후 뱀처럼 좁게 만든 사장으로 한 마리씩 천천히 지나 가게 하였다. 말총이의 말들도 불안한 눈알을 뒤룩거리며 좁은 목책 안에서 서성거렸다. 목책 너머로 호동이가 말총이에게 다가와 얼굴을 비볐다. 말총이가 가장 아끼는 호동이는 밝은 잿빛 털을 가졌다. 말총이는 호동이의 갈기를 쓸어 주며 감목관을 노려보았다. 감목관은 붉은 도포를 입고 높다란 누각 위에 앉아 있었다. 간간히 부채로 말을 가리키며 뭐라 말하는 감목관의 몸피는 전에 봤던 때보다 작은 것 같았다. 늙은 염소처럼 성긴 수염이 매달려 있었다. 그 턱을 갈기고 싶었다. 호동이의 갈기를 주먹으로 그러쥐며 말총이는 이를 악물었다.

호동이가 말총이를 떠나 좁은 목책으로 들어섰다. 마의가 날카로운 눈초리로 걸어오는 말을 관찰하였다. 마지막에 말굽과 눈동자, 이빨을 점검한 후 '합' 하면 그 말은 오른쪽 목책 안으로 들어가고, '불' 하면 왼쪽으로 보내졌다.

호동이가 마의 앞에 멈춰 섰다.

"합!"

호동이가 군마로 뽑혔다. 잘된 일이었다. 키는 작지만 힘이 좋은 호동이를 타고 말총이는 도망칠 참이었다. 사월이가 탈 말로는 호동이의 연인 부용이를 점찍어 두었다. 밤색 털이 탐스러운 부용이는 사월이를 닮아 눈빛이 당차고 허리가 날씬하여 호동이의 마음을 사로잡은 암말이었다. 말총이는 호동이와 부용이에게 남몰래 맛좋은 풀을 더 주고, 틈틈이 타고 달려 체력을 길러 두었다. 잘 먹고, 실컷 달리면서 주인의 사랑을 듬뿍 받은 호동이와 부용이는 털에 윤기가 자르르 흘렀다. 호동이의 뒤에 서 있던 부용이도 '합'이었다. 내일 진도를 떠나 화원에서 백오십 마리를 더 싣고 한양으로 떠난다고 하였다.

무사히 말을 선별하고 나자 군두와 군부들도 한시름 놓고 경계를 늦추었다. 말총이의 아버지도 바빠졌다. 그는 가진 돈을 다 털어 내 술병에 맑은 술을 채우고, 사월이 어머니는 틈틈이 사월이의 옷을 지었다.

말총이는 품속에 간직한 나치현의 서찰을 꺼내 보았다. 글자를 읽을 수 없는 것이 안타까웠다. 한 획 한 획 써 내려가던 나치현의 붓끝에서 말총이는 자신의 운명이 바뀌는 것을 보았다. 글에는 운명을 바꿀 수 있는 힘이 있었다. 아니, 힘을 가진 자들은 글을 갖고 있었다. 말총이는 글을 가지리라 마음먹었다. 그는 서찰을 얼굴에 대고 숨을 들이마셨다. 코끝에 스미는 묵향을 깊숙이 들이마셨다. 세상 밖으로 나가면 무슨 일이 있어도 글을 배우리라, 글을 배워서 이제 자신의 운명은 자신의 손으로 헤쳐 나가리라 결심했다.

# 6. 동학, 마당 포덕의 시대를 열다

　백중 다음 날이었다. 말간 얼굴을 내민 지 일각도 안 되어 여름 해
는 이글이글 타올랐다. 물을 방방하게 채운 논이 더운 숨을 내뿜기
시작했다. 이른 아침부터 매미가 목청껏 울었다.

　박중진은 아침 일찍 조반을 들고 배를 띄웠다. 순녀가 야무지게 묶
은 말린 생선 보따리를 배에 실었다. 박중진의 아내 해남댁은 어린
아들을 업고 배에 탔다. 해남댁의 친행길이었다. 그녀는 빳빳하게 풀
먹인 모시 저고리를 입었다. 박중진은 여름내 햇볕에 검게 탄 그녀의
목덜미가 안쓰러웠다. 마흔이 넘어 아이를 낳은 그녀는 아직도 몸을
추스르지 못하고 있었다. 실은 망종 지나 조기잡이를 끝내고 오자마
자 부쩍 야윈 아내에게 친행을 재촉했다. 그러나 해남댁은 모내기하
느라 바쁘다며 가지 않았다. 그런데다 포졸에게 옆구리를 얻어 맞은
후 그녀는 자주 옆구리를 싸안고 주저앉아 숨을 쉬지 못했다. 병어,
민어철을 정신없이 보내고, 세 벌 김매기를 끝내니 칠월 백중이 닥쳐
왔다. 백중 호미씻이를 하며 노는 것도 그녀는 버거워했다. 빈 지게
를 짊어지고 선 순녀의 배웅을 받으며 배가 출발했다.

이번 길에는 손종인과 무장 출신 김유복도 함께였다. 손종인은 이번에 김유복을 따라 세상 구경을 해 볼 참이었다. 김유복이 해남읍 동학 도인들을 만나 보고, 남리역에서 가깝다는 전라 우수영도 돌아보자고 했던 것이다. 외가가 삼산면이었지만 일가친척에게 인사만 다녔지 일삼아 구경을 나서는 것은 처음이었다. 우수영을 구경한 후 진도에 돌아올 때에는 아무 배나 얻어 타고 돌아오면 되었다. 황원 옥동 나루에는 진도 벽파 나루까지 왕래하는 배가 많았다. 젊은 나이에 친구 있을 때 세상 구경하는 것도 좋겠다 싶었는지 자초지종을 이야기하자 아버지 손행권도 쉽게 허락하였다.

김유복은 그동안 손수 삼은 짚신 여섯 켤레를 봇짐 뒤에 주렁주렁 매달았다. 박중진이 건어물을 넘기러 영광에 갔을 때 따라온 김유복은 내내 박중진 집에서 일을 거들었다. 김유복이 사랑방에 눌러 있자 손종인도 와서 함께 일했다. 김유복은 나이 서른이 다 되었지만 성품이 소박하여 스무 살 종인과도 친구처럼 지냈다. 그들은 일만 한 게 아니었다. 밤에는 하조도 동네 곳곳을 돌며 젊은이들을 만나고 다녔다. 김유복은 세상 구경을 많이 하여 아는 이야기도 많고, 동학 이야기도 잘했다. 김유복은 저녁을 들면 으레 짚뭇 한 단씩을 들고 나갔다. 그가 돌아올 때는 어김없이 새로 삼은 짚신을 주렁주렁 매달고 오는 것이었다.

날이 갈수록 입도식을 해 달라고 박중진을 찾아오는 젊은이들이 늘어 갔다. 동학에 입도하는 도인들의 숫자가 하루가 다르게 급속히 불어나는 것은 전라도 하조도뿐만이 아니었다. 바야흐로 동학의 마당 포덕 시대가 열리고 있었다. 그동안 혼인을 통해 동서간에 은밀하게 동학을 전한다고 하여 동서 포덕이라고 했다. 그러나 동학 도인들은 공주와 삼례에서 집단으로 시위를 하며 의송 단자를 제출하고, 광화문에서 복합 상소를 하고, 또 보은에서 엄청난 수의 도인들이 모여 민회를 치르며 스스로의 힘을 확인했다. 또한 의송의 결과로 감사가 지방관의 동학 도인 침탈을 금지한 것도 동학 포덕이 늘어나는 데 한몫을 했다. 사람들은 이제 더 이상 쉬쉬하며 동학을 하지 않고 마당에서 와자지껄 모여 포덕을 했다.

시천주(侍天主). 사람이면 누구나 한울님을 모셨다는 말에 그들의 눈이 번쩍 뜨였다. 그 말에 따르면 반상(班常)의 구별도, 남녀의 구별도 가당치 않은 법도가 되었다. 빈부도, 귀천도, 노소도 없이 사람은 누구나 귀한 것은 똑같다 했다. 열심히 공부하면 누구나 다 군자가 되고 성인이 되고 신선이 된다 했다. 사람마다 다 이 꿈을 함께 꾸면 곧 개벽 세상이 오리라 했다. 가슴에 소중한 보물을 받아 안은 듯 했다. 영부를 태워 마시고 불치병이 씻은 듯 나았다는 사람, 주문을 외워 신통력을 얻은 사람이 손을 대자 고름이 흐르며 썩어 가던 다리가 깨끗해졌다는 이적(異蹟)의 소문도 함께 퍼졌다.

박중진이 허리를 곧추세웠다. 그동안 고물에 서서 발로 까딱까딱 젓던 노를 손으로 잡았다. 어느새 배는 울돌목으로 들어서고 있었다. 좁은 바다 건너편은 해남 반도이다. 물살이 세차게 돌았다. 그 소리가 바다가 우는 소리 같다고 하여 울돌목, 즉 명량(鳴梁)이라 불리는 곳이다.

해남댁은 고물 쪽에 아기를 안고 앉아 있었다. 순녀를 낳고 딸 둘을 더 낳고 나서는 아기가 들어서지 않았다. 12년을 단산하다 재작년에서야 뒤늦게 아들을 낳았다. 내심 아들을 바라면서도 아무 말을 하지 않는 남편에게 죄스럽던 차였다. 시댁 어른들 앞에서 비로소 낯이 섰다. 노령에 키울 일이 걱정스러웠지만 흐뭇한 마음을 감추기 어려웠다. 아들을 낳고 나서 그녀는 시난고난 앓았다. 노산인데다가 몸까지 약해지니 젖이 잘 나오지 않았다. 순녀가 쌀을 입에 물고 한나절씩 오물거리다 어린 동생에게 먹여 살려 냈다. 아기는 뱃멀미를 하는지 젖을 빨지도 않고 품에 늘어져 있다. 그녀는 햇볕이 들지 않게 아기를 품에 꼭 껴안았다. 아기는 가벼웠다. 잠깐 입을 오물거리다 다시 혼곤한 잠에 빠졌다. 이번에 친정에 가면 사물탕이라도 두어 첩 지어 먹으리라. 그러면 젖이 많아질 것이고, 아기도 곧 살이 오를 것이다.

해남댁은 김유복과 함께 앉아 있는 손종인을 바라보았다. 나무랄 데 없는 사윗감이다. 손종인의 어머니와 해남댁은 어렸을 적 소꿉동무였다. 엇비슷한 시기에 동무는 진도로 시집가고 자신은 하조도로 출가하여 서로 의지하며 살았다. 박중진이 말수가 적어 해남댁은 신혼 때 신랑이 어렵기만 했다. 동무가 신랑 손행권이 말이 많고 다정하다 했을 때 얼마나 부러운지 몰랐다. 그물 일 할 때 본 손행권은 동무 말마따나 우스갯소리도 잘하고, 사람이 경솔해 보일 정도로 속말을 털어놓는 것을 보고 놀라기도 했다. 하지만 그가 아내에게 다정하고, 자식들에게 자상한 아버지라는 것을 알고 있었기에 흔쾌히 순녀를 며느리로 보내기로 했다. 아버지를 닮아 손종인도 진중한 맛은 없었지만 정이 갔다. 사위는 백년손님이라는데 손종인은 어렵지 않고 아들처럼 편했다. 딸 순녀는 종인이와 오순도순 다정하게 살 것 같았다.

손종인과 김유복은 무슨 이야기를 하는지 서로 마주 보며 또 웃음을 터뜨렸다. 김유복이 혼기를 훨씬 넘기도록 장가를 못 간 게 그녀는 안타까웠다. 당자만 보면 어디에 내놓아도 빠지는 게 없는 총각이었다. 부모 형제도 일가친척도 없다니 자신이 중매를 서 줄까 생각하고 있었다.

그는 그물을 손보거나 고기 잡을 때, 논밭일 할 때도 걱실걱실 일을 잘했다. 유들유들 말도 잘해서 그가 온 후에는 집에 웃음이 끊이질 않았다. 순녀와 두 여동생도 입을 막고 키들거리다 친해졌다.

"다 큰 가스낙년들이 어서 본데없이 킥킥거레 쌓냐?"

해남댁은 김유복의 넉살에 자신은 웃어 대면서도 딸들이 웃으면 나무라 쫓아냈다. 정혼까지 한 순녀뿐만 아니라 어린 딸들이 외간 남자랑 내외하도록 가르치는 것이었다.

"아따, 엄니. 나가 사우감으로 맘에 안 찬갑소? 나가 등짐을 지믄 장모깜들이 줄을 슨디 어째 그란다요?"

"아야, 저라고 속창아리 없이 키득거리는 거 델다가 어따가 쓸래?"

"아이고, 쓸데없으까마니 그라요? 쓸 사람이 다 알어서 항게 꺽정을 마쇼."

그는 어깨춤을 덩실덩실 추면서 말에 가락을 실었다.

"어따가 쓸란지 꺽정을 마시요. 짜그라진 담뱃대도 연기만 잘 나고, 밑 터진 오가리도 쓸 데가 있응게."

부엌에서 눈만 내놓고 보고 있던 딸들이 또 키득거리는 소리가 들렸다. 그의 넉살에 그녀도 웃고 말았다. 말만 걸지게 하지 행동거지는 반듯한 총각이었다.

해남 땅이 손에 잡힐 듯 가까웠다. 바람결에 찔레꽃 향이 실려 왔다. 그녀는 숨을 깊이 들이마셨다. 어렸을 적 꺾어 먹었던 찔레 순을 생각하자 입에 침이 고였다. 봄이면 동무랑 논둑에 앉아 쑥을 캤었다. 댕기머리에 내리쬐던 그 햇볕은 얼마나 다사로웠던고. 쑥을 캐다 말고 삘기를 뽑기도 했다. 솜털처럼 보드라운 삘기를 씹으면 달큰한 맛이 났다.

"아침부터 서대니라 곤할 텐디 눈 좀 붙이지 그런가?"

박중진이 연장을 담아 두었던 동구리를 비우자 그녀는 거기에 아기를 뉘였다. 아기를 안았던 팔에 땀이 흥건했다. 저고리 앞섶도 축축하다.

"내가 눈을 돌린 데마다 산들이랑 들판이 반갑다고 말을 건게 잠이 안 오요. 이녁한티는 안 들리요?"

"나는 암 소리도 안 듣기네. 새각시 데레다가 디지게 고생시캐 갖고 헌각시 맹글어 부렀는디 나한테 먼 말 할라등가? 머시락 할지 모릉게 귀를 꽉 막어 불라네."

박중진은 동학을 한 뒤 더 자상해졌다. 무뚝뚝하게 말이 없던 양반이 요즘 들어서는 농도 건넬 줄 알았다. 해남댁은 빙긋 웃었다. 남편의 말을 들으니 가슴속이 따뜻해지는 느낌이었다.

"내년에 순녀 여울 때까지는 몸을 추슬러야 써. 엄니가 골골해 갖고 있으믄 순녀가 시집가서 맘이 편하것는가? 이참에는 애기 살 오를 때까장 참고 있어 보소이. 내가 처남한테 말은 해 놀 텡게."

구수 나루에 닿았다. 해남 구수 나루로 들어서서 왼쪽 윗물은 해남읍으로 들어가는 물길이다. 금강곡에서 흘러내린 맑은 물이 해남을 빙 돌아 이곳으로 흐른다. 아랫물은 어성포를 지나 처가가 있는 삼촌면으로 이어진다. 두륜산에서 흘러내린 물이 삼산천을 따라 내려온 물길이다. 물길을 따라 뭍으로 쭉 들어가면 어성 포구가 나온다. 어성포는 아늑하고 작은 포구다.

김유복이 지게를 받치고 자반이며 미역 보따리를 엎었다. 박중진이 배를 단단히 고정시킨 후 일행은 동쪽으로 길을 잡았다. 삼산천을 따라 십 리를 가면 손종인의 외가 평활리가 나오고, 바로 옆 산림리가 해남댁의 친정 동네다. 널따란 벌을 지나자 두륜산이 앞을 가로막았다. 두륜산이 동쪽과 남쪽으로 양 날개를 펼쳐 평활리와 산림리를 감싸 안았다. 일행은 두륜산이 보이는 길목에 앉아 잠시 다리쉼을 하였다.

두륜산은 호남 정맥의 줄기다. 호남 정맥은 서쪽으로 벋어 지리산

과 광주 무등산을 야무지게 틀어 올려놓고도 아직 힘이 넘쳤다. 장엄
하면서도 뼈대가 앙상하게 드러나는 월출산을 솟구쳐 놓고 그 맥은
두륜산 봉우리로 이어졌다. 두륜봉을 짓고 난 후 해남에서는 산맥도
그 기개를 내려놓고 비단 자락처럼 부드러워졌다. 해남의 기상은 산
진수진(山盡水盡)이라. 굽이쳐 흐르던 물도 이곳에서는 그 걸음을 늦
추어 한없이 느려진다. 두륜산에서 명을 다한 듯한 산맥은 그러나 느
린 걸음을 남쪽으로 옮겼다. 맥이 끊어진 것 같은데 문득 마지막으로
용틀임을 한 곳이 송지 달마산이다. 마지막으로 크게 용을 써서인지
달마산 봉우리는 뼈마디를 드러낸 모습이 다시 월출산을 닮았다. 맥
은 달마산 너머 땅끝으로 몇 걸음을 더 걷다 바다로 미끄러져 들어갔
다. 그 맥의 뒷모습에서도 만만치 않은 기백이 느껴진다.

평활리 마을 안쪽에 손종인의 외가가 있다. 그의 외숙 백장안의 집
솟을대문이 멀리서도 보였다. 대문 옆으로는 뒤편 언덕으로 올라가
는 제법 큰 길이 있고, 길옆으로는 대나무 숲이 우거졌다. 손종인과
김유복은 백장안의 집으로 들어가고, 박중진은 산림리로 들어섰다.
해남댁은 새 힘이 솟고 발걸음이 가벼워졌다. 친정어머니는 딸의 손
을 잡고 놓을 줄을 몰랐다. 머리카락을 쓸어 올려 주고, 야윈 볼도 만
져 보며 혀를 찼다. 박중진이 어찌할 바를 몰라 하자 손아래 처남 김
경재가 눈치껏 데리고 나왔다. 김경재는 광대가 높고 눈매가 부리부
리했지만 다행히 입꼬리가 치켜올라가 그나마 웃을 때는 인상이 부
드러워졌다. 김경재는 박중진을 데리고 옆 마을 백장안의 집으로 갔

다. 백장안과 김경재는 죽마고우일 뿐 아니라 향교에서 함께 동문수
학한 사이였다.

　손종인의 외숙 백장안은 강진 병영에서 치른 무자년(1888) 식년시에
무과 급제한 인재였다. 선원록청 서사였던 아버지 백용담은 둘째 아
들 장안이 벼슬에 나아갈 것을 기대하였지만 장안은 벼슬에는 뜻이
없었다. 과거에 급제해도 돈을 쓰지 않으면 벼슬자리에 나갈 수 없는
시대였다. 백장안이 일어나 김경재와 박중진을 반갑게 맞이하였다.

　손종인은 김유복과 함께 동네를 나왔다. 가까운 곳에 녹산역이 있
다고 했더니 말타기를 좋아하는 김유복이 가 보자고 했던 것이다. 해
남에는 녹산, 별진, 남리 세 곳에 역이 있었다. 남리역은 진도에서 해
남으로 올라오는 도중의 역이고, 녹산역은 제주에서 나온 군마, 물화
가 화산 관두포에 내려 한양으로 떠나는 첫 번째 역이다. 관두포는
관사와 영사, 말을 돌리고 쉬는 몰돌지가 있어 규모가 큰 포구다. 또
관두포는 제주도에서 말을 싣고 갈 때 중간에 쉬는 곳이라 평시에도
관리들이 득실득실했다. 녹산역에는 말 여섯 마리가 매어져 있고, 역
졸들이 말을 돌보고 있었다.

　"엥? 몇 마리 안 되네. 시시하네. 다음 역은 어디냐?"

　"다음 역은 별진역이여. 여기서 북쪽으로 삼십 리 떨어진 비곡면
(현 계곡면)에 있어."

　"한 번 타 봐도 될까? 오랜만에 말을 보니 근질근질하다야."

　김유복은 서슴지 않고 말 옆으로 가서 역졸들에게 웃으며 말을 걸

었다.

"말들이 신수가 훤언허네유. 지는 무장에서 말 조까 타 봤는디 한 번 타고 한 바쿠 돌아봐도 될까유? 말 운동도 시킬 겸 해서유."

"이런 만들다 만 놈을 봤나. 어디서 관마를 집적대는 것이냐? 손모가지를 뿐지러 불랑게."

역졸은 눈을 부라리며 말채찍을 휘둘렀다. 김유복은 펄쩍 뛰며 피했다.

"아이고, 내가 말이요? 왜 채찍으로 때릴라고 그라요? 안 되것으믄 타지 마락하믄 그만이재."

"너 같은 놈 상대하다 날새라고야? 네 목숨보다 열 배는 비싼 말이여. 열 배가 뭐냐. 니 꼬라지 봉게 개 값이것구마."

손종인이 가까이 가자 다른 역졸이 힐끗 보더니 대꾸했다.

"백씨가 도령이 먼 일 보러 왔소? 혼나기 전에 어서 가씨요."

"외숙 집에도 말 있응게 그놈 타."

"에이, 그라자. 나 같은 전문가가 한 번썩 몰아 줘사 말이 명마가 되는 것인디. 장개가는 도령 타대끼 구종 세와서 타 버릇 하믄 말이 똥말 되부러."

둘은 하릴없이 역참에서 나와 나범리 쪽으로 꺾어 들었다. 논에는 벼 포기들이 뿌리 내리기를 마친 후 한참 땅심을 빨아들이고 있었다. 그런데 밭 두락 바로 아래 논에서 한 농부가 마른 논에 씨앗을 뿌리고 있었다.

"멋 뿌리고 계시요?"

"메밀 숭구네. 한정 없이 비 올 것만 지달리다가는 없는 자식 장개 가게 생겼길래."

"메밀묵해서 맛있게 잡수쇼."

"이 논이 역토라 내가 묵을란지 저 역졸놈들이 다 묵을란지 모르것네. 나한테는 식량인디 지놈들은 별미라고 메밀까지 걷어 강께."

"참말로 먼 놈의 시상이 이라까라우? 쌔빠지게 일한 놈 따로, 묵는 놈 따로니. 어르신, 동학에 입도하믄 굶지는 않을 것이요."

"나도 들어는 봤는디 나는 동학하고도 연이 없는 모냥이여."

"연이 있고 없고 그란다우? 기냥 입도해 불믄 되지라우?"

농부를 뒤로 하고, 김유복이가 날 어둡기 전에 말을 타 보고 싶다 하여 그들은 바쁘게 집으로 향했다.

마구간에서 마부 한마치가 말 갈기털을 솔질해 주고 있었다. 말이 세 마리나 되었다. 김유복은 백장안의 백마 앞에서 갈기를 쓸어 주고, 뺨을 어루만져 주더니 말 등에 훌쩍 올라탔다. 김유복은 말을 타고 집 뒤 언덕으로 나갔다. 한참 만에 김유복이 상기된 얼굴로 돌아왔다. 김유복은 마구간으로 들어가 한마치의 뒤를 졸졸 따라다니며 말을 걸었다.

"훈련이 잘된 말인디? 보통 말이 아니랑게."

그는 입에 침이 마르도록 칭찬했다. 김유복이 말의 굽을 손보고 있는 한마치를 보며 말 탈 줄 아느냐고 묻자 그는 빙그레 웃기만 했다.

"웃지만 말고 말을 해 보쇼. 말이 보통 말이 아니여라우. 나보다 수하 같은디 동상이락 해도 되것지라우? 어이, 동상. 나랑 말타기 시합 한번 해 보세야."

어떻게 구워삶았는지 한참 후에 그들은 같이 말을 끌고 나왔다. 둘은 말을 끌고 나란히 집 뒤 언덕으로 올랐다. 종인이도 함께 말 뒤를 따라갔다. 집 뒤 언덕을 올라서자 너른 밭이 아득하게 펼쳐지고 밭에는 콩과 깨, 고추가 한참 자라고 있었다. 둘은 한참 더 가더니 말에 올라탔다. 곧 말들이 내닫더니 순식간에 그들은 연동을 향하여 멀어져 갔다.

김유복은 한마치와 한참 만에 돌아왔다. 그새 친해져서 김유복은 한마치에게 동생이라 불렀다. 그들을 기다리고 있던 종인을 보더니 미안한 생각이 들었는지 김유복은 종인에게 말타기를 가르쳐 준다며 말 앞에 세웠다.

"말이 전쟁터를 누빈게로 용감한 줄 아는디 절대로 안 그란다이. 등치는 이만치나 크고 빠름서도 어뜨케나 겁이 많은지 몰라. 소갈딱지는 밴댕이만 하고. 한마디로 지 좆같다 그 말이여."

그래 놓고는, 또 김유복은 마치 말이 알아듣기라도 한 양 미안하다며 말 얼굴을 쓰다듬었다.

"큰 소리로 말하믄 말이 놀래 뗑게 말 옆에 있을 때는 고함치지 말고, 조용조용해야 쓰고, 지나댕길 때는 채인게로 말 궁뎅이 쪽으로 지나댕기지 말고, 꼭 말 앞으로 지나댕겨야 써. 타고 나믄 고상했다고 이라고 볼따구니를 문대 주고."

김유복이 말 왼쪽으로 가 서더니 왼손으로 고삐를 말아 쥐고 등자에 발을 끼웠다. 오른손으로 갈기털을 한 줌 잡고는 가볍게 훌쩍 올라탔다. 그러고는 말 등에 앉아 고삐를 두 손으로 갈라 쥐고 새끼손가락에 끼었다.

"인자 가는 거랑 스는 것을 갈쳐 주께. 가고 싶으믄 고삐를 이라고 쥐고, 발로 배를 살짝 참서, 쩨 차는 소리를 내는 것이여."

김유복이 입을 비틀어 '쯧쯧' 하고 혀를 차자 말이 걸었다. 몇 걸음 가다 몸을 뒤로 제끼며 고삐를 당겼다.

"설 때는 '워어' 함서 양손으로 이라고 허리 옆까지 고삐를 땡겨. 자, 타 보드라고."

손종인은 반쯤은 겁먹은 자세로 엉거주춤 말에 올라탔다.

손종인은 다음 날 아침 가랑이 뼈가 아파 어기적어기적 걸어 나왔다. 김유복이 그 모습을 보며 낄낄거렸다.

"그랗게 첨으로 말 탈 때는 여자들 개짐 안 있냐, 그것을 차고 하는 것이여. 아이고, 볼 만하네."

사흘째 아침 손종인과 김유복이 괴나리봇짐을 둘러메고 해남읍을 향할 때 박중진은 용한 의원이 있다는 독천으로 떠났다. 해남댁이 긴장이 풀렸는지, 오는 길이 힘들었는지 맥을 놓아 버려 자리에서 일어나질 못했다.

# 7. 천어가 어찌 따로 있으리오

손종인과 김유복은 해남읍을 향해 떠났다. 김유복은 남동리에 있다는 해남 접소를 보고 싶어 했다. 접소 근방에 동학 도인 백동안이 살고 있었다. 손종인은 외숙부뻘인 백동안의 집에서 묵기로 했다. 연동을 지나니 해남읍이 보였다.

뒤로는 금강산이 북풍을 막아 주고, 좌로는 덕음산, 우로는 남곽산을 거느린 해남읍은 아늑해 보였다. 풍수상으로는 옥녀탄금형인데 서쪽으로는 해창만과 면해 있어 서해와 연결되었다. 그래서 예로부터 일본이나 중국과 교류하기에 좋은 한편으로 그만큼 왜구의 노략질에 자주 노출되기도 했다. 남문 밖으로는 들판이 질펀하게 펼쳐져 있었다. 관아는 금강산을 등지고 자리 잡고, 향교는 관아의 북동쪽에 있었는데 관아 근처 성안에는 기와집들이 즐비했다.

백동안은 손종인과 김유복을 반갑게 맞아 주었다. 손종인도 처음 뵙는지라 공손하게 절을 하였다. 그는 외숙 백장안과 외모가 많이 달랐다. 백장안은 기골이 장대하고 각진 얼굴이었다. 항상 입술을 굳게 다물고 있는데다 눈길이 상대 눈을 꿰뚫을 듯 매서웠다. 그래서 손종인은 외숙이라도 그 앞에서는 왠지 어렵고 조심스러웠었다. 그러나 백장안의 집안 동생이라는 백동안은 인상이 부드러웠다. 둥글고 흰 얼굴에 눈이 컸다. 활짝 웃으며 격의 없이 말하는 그는 어려 보이기까지 해서 나이를 짐작하기 어려웠다. 홀어머니를 모시고 사는 백동안은 슬하에 딸 하나를 두고 있었다. 백장안의 사랑채만큼 크지는 않지만 정원을 갖춘 사랑채가 제법 규모가 컸다. 어린 딸이 안채 쪽으로 난 중문을 빠끔히 열고 나왔다. 아이는 깡충거리며 달려와 수줍은지 백동안의 다리 뒤에 숨었다. 백동안이 딸을 번쩍 안아 들었다.

그들은 금세 친해졌다. 김유복이 아재 아재 하다가 헛갈린 듯 성님이라고 하면 백동안은 짐짓 호통을 쳤다.

"예끼 순 호로상놈이로구만. 아재한테 성님이라니?"

"양반 상놈 없어진 지가 언젠디 상놈 타령이쇼? 지랑 나이 차도 얼마 안 나는 것 같은디 그냥 성님이라고 해 붑시다. 객지에서 십 년 차이는 벗이락 안 합디요?"

셋은 낄낄거리며 멀지 않은 곳에 있다는 동학 접소로 향했다. 접소는 동네 가운데에 있었다. 초가였지만 다섯 칸 집에 토방도 널찍했다. 곳간 채가 따로 있고, 행랑도 달려 있어 그럴 듯한 규모였다. 해리 사람 홍순이 접소 장을 맡고 있었다. 해남 도인들이 십시일반으로 정성을 모아 장만한 접소였다.

도인들은 아침저녁으로 밥쌀에서 쌀을 덜어 딴 그릇에 모았다. 그것을 달포쯤 모았다가 다시 전체 도인들 것을 모아 내다 팔기를 몇 달에 걸쳐 계속하여 접소를 장만한 것이다. 식구 수대로 한 숟가락씩 떠 넣으며 심고하는 것도 잊지 않았다.

"여그서 기도도 하고, 접주들 모태서 회합도 하고 그란께 도인들이 더 쑥쑥 늘어나드라."

"성님, 아니 아재. 아재요."

김유복이 실수인 듯 형님이라 했다가 바꿔 부르자 백동안은 또 뒤통수를 후려치는 흉내를 냈다.

"아재, 해남읍에 김춘두 접주님 사신담서 나 좀 뵈 주시우."

"너는 첩자냐? 어째 알고 자운 것이 그라고 많냐?"

"첩자라니. 아재는 먼 그런 서운한 소리를 하시요. 내가 이래 뵈도 태인 최경선 대접주님 연락병이요. 최 두령님이 나한테 많이 보고, 많이 배우고 오락 했단 말이요. 나 같은 까막눈이 배울라믄 경을 읽것소 염불을 외것소? 나가 잘하는 것은 사람 사구는 것인게 나보다 잘난 사람 만나서 배와야재. 안 그요?"

"참말로 니는 말 한나는 타고 났어야. 청산유수네."

"아재는 참. 나가 말을 타고난 것이 아니라 맘을 타고난 것이여. 맘이 지대로 되야 있응게 말이 다른 사람 맘에 박히는 것이재."

"어디서 들어 본 말 같은디? 내가 접소에서 들었다냐?"

"하이고, 엥케 부렀소. 이실직고 헐게라우. 내가 한 말이 아니고 해월 선생님이 하신 말이어라우."

"어짠지 내 가심에 콱 박히드라. 그나저나 니가 말한게 여간 재미

지고 귀에 쏙쏙 들어온다이. 더 해 봐라이."

"한울님 말씀이 멋이냐. 사람 소리, 새 소리가 모다 시천주(侍天主) 소리드라. 근디 사람 소리가 한울님 소리가 될라믄 사사로이 욕심을 내믄 안 되야 부러. 그라믄 어째야 되냐. 이치에 맞고 한울님 좋아하 것다 싶은 소리를 하믄 그것이 한울님 말씀이다. 끝."

"그것이 해월 선상님 천어 법설 아니드라고? 나도 누구한테 그라고 알려 줘야 쓰것다잉? 참말로 쉽네."

"나가 말이 많고 수선스러운께 최경선 접주님이 내 귀에 못이 백 이게 해 준 소리요. 맘을 똑바로 가지믄 내 입에서 나오는 것이 다 천 어, 하늘 말이 된다고 하심서."

손종인은 김유복을 다시 보았다. 손종인은 그가 놀러다니기 좋아 하고, 말이 좋다고만 생각했다. 나이 차이가 꽤 나는데도 어렵지 않 아 철이 없어 보이기도 했다. 그런데 그의 말을 듣고 보니 마음이 모 시베처럼 깨끗해서 구애될 것이 없는 사람이었다. 하는 말마다 듣는 사람 추켜 주고, 일마다 잘되라고 했던 말들이었다. 손종인은 슬며시 부끄러웠다. 여태까지 그의 말이 재미있다고만 여겼던 자신이 한심 했다. 동학에 대해서도 글을 아는 자신이 더 많이 안다고 여겼던 것 이다. 알고 보니 건들건들 걸으며 이리저리 쏘다니기 좋아하는 떠꺼 머리총각 김유복은 동학 포덕 일꾼이었다. 하조도에서 마당 포덕을 펼치는 것을 보고서도 그의 인물됨을 알아보지 못한 자신이 어리석 었다. 손종인은 혼자서 얼굴이 붉어졌다.

"성님, 나도 해월 선상님 천어 법설 좀 갈처 주소."

"아이고, 먼 소리다냐. 니는 글까장 읽을 줄 암서. 이 봇짐에 말씀을 쓴 글이 있은께 이따가 찬찬히 찾어 봐라이."

그들은 백동안의 뒤를 따라 현일리 김춘두 접주의 집으로 향했다. 동쪽으로 해남천을 따라갔다. 해남천은 해남 뒷산 금강산에서 흘러내린 물로 맑고 수량이 풍부했다. 빨래터에서 아낙 서너 명이 빨래를 하고 있었다. 그 위쪽에서는 조무래기들이 대나무에 그물을 묶어서 물풀 속을 훑었다. 고기가 잡혔는지 아이들이 환성을 질렀다. 김유복은 금방이라도 그 아이들 속으로 뛰어들 것처럼 입맛을 다시며 쳐다보다가 "아서라, 갈 길 바쁘다 유복아." 하고 스스로에게 중얼거리는 것이었다. 손종인은 그 모습을 보며 빙긋 웃다 백동안과 눈이 마주쳤다. 어처구니없다는 듯 입을 벌린 서로의 얼굴을 보며 둘은 크게 웃고 말았다.

김춘두의 집은 금강산 자락과 맞닿아 있었다. 사랑방 앞에 짚신이 여러 켤레 있었다. 백동안이 기침을 했다. 방문을 열고 김춘두가 나왔다. 열린 방문 안으로 모여 앉은 사람들이 보였다. 김춘두는 덥수룩한 수염에 유난히 광대뼈가 도드라졌다.

"이 아이는 내 조카 손종인이고, 야는 조카 친구 유복이요."

"어서 들어오게. 마침 우리 도인들이 와 있네."

"들어갈 것은 없고, 내 조카가 자네 얼굴 한번 보는 것이 원이락 해서 델꼬 왔네."

"안녕하시요? 지가 무장서 온 김유복인디요. 접주님 얼굴 한번 뵙고잡어서 오작 했구마이라우. 최경선 접주님이라고 아신가라우? 지가 모시는 분인디 접주님이 덕 있는 분이라고 해서라우."

유복이 얼른 나서서 넙죽 절을 했다. 김춘두는 껄껄 웃었다.

"최 접주는 먼 그런 씰데없는 소리를 해 갖고. 암튼 다들 들어가세야."

방 안에는 세 명이 앉아 있다가 일행이 들어가자 엉거주춤 엉덩이를 들었다. 그들은 남리 전유희, 현산 최원규, 김춘두의 동생 김춘인이었다. 김춘두는 하던 말이 있었는지 다시 그들을 향해 말했다. 전유희와 최원규는 종이에 받아 적었다.

"날마다 밥을 할 때 쌀이건 보리쌀이건 한울님 몫으로 한 순가락썩 밥쌀을 제해 났다가 모태서 했지라우. 우리 접 도인들은 각제금 모탠 곡식을 매달 초하룻날에 한반데다가 모탰어라우. 첨에는 모태기만 했는디 서너 달 지남서부터는 행펜이 애러와서 굶는 도인들 있으믄 찾어서 도와주고, 그라고 남은 거를 도인들한테 새꺼리를 났어라우. 안 이방이나 윤 병사한테 고리로 빌리는 거보다 헐하게 새꺼리를 났는디도 한 일 년 지난께 집 한 칸 하것습디다."

현산 최원규가 짙은 눈썹을 찡그렸다. 그는 상투를 틀었지만 수염 자리도 아직 잡히지 않은 젊은이였다. 모시 두루마기 밖으로 보이는 손이 고왔다. 괭이를 잡아 보지 않은 손이었다.

"우리 접은 도인들 숫자가 적응게 접소를 마련키는 애럽것구만이

라우. 그래도 유무상자, 있거나 없거나 형편대로 서로 돕는다는 유무
상자는 당장 우리 접에서도 해 봐야 쓰것구마이라우."

콧수염도 나지 않은 그의 목소리가 뜻밖에도 낮고 걸걸했다. 낮은
그의 목소리는 귀를 기울이게 하는 힘이 있었다.

"유무상자를 실천해 보믄 개벽 시상을 바로 눈앞에 볼 수 있을 것
이요."

"참말로 이것이 개벽 아니고 멋이 개벽이것소? 말에 돈이 돈을 번
다고 안 합디요? 돈은 있는 사람만 버는 것인 중 알었드니…."

전유희도 맞장구를 쳤다. 손종인과 김유복의 눈길이 이번에는 그
를 향했다. 삼십대 중반으로 보이는 전유희는 깡마른 몸에 중키의 사
내였다. 그는 좁고 긴 얼굴에 들쑥날쑥 덧니가 많았다. 아래턱이 내
밀고 있는데다 눈이 단춧구멍만 해서 가만히 있어도 그의 얼굴은 웃
는 상이었다.

"도인들이 급전 필요할 때 질로 좋닥 합디다. 접소에서 빌려중께
부자들한테 아순 소리 안 해도 되니 작히나 좋것소? 우리도 다 쩎어
봤재마는 새꺼리 얻으러 갈 때 얼마나 어깨가 처집디요? 발등의 불
끄는 것이 급하다고… 할 수 없은께 우선 얻재. 참말로 갚을 때는 그
이자가 도적보다 무서운 거 아니요? 까딱하믄 전답 날라가고 집문서
잽히기 십상이재라우. 인자 우리 도인들은 몇 년만 지나믄 꺽정 없
이 살것어라우. 쪼까 더 지내보쇼. 바다 쪽 접이랑 뭍에 접이랑 서로
산물을 바꿔 묵으믄 되라우. 이라믄 장사치가 가운데 안 낀게로 싸게

사기도 하고, 폴 때도 지값 받을 거 아니요? 그것이 참말로 우리 동학 세상 아니것소?"

방문을 등지고 앉아 있던 김유복이 입을 떡 벌렸다. 듣고 보니 천지가 개벽하는 말이었다. 더럽고 추접스럽다 여겼던 돈도 동학 도인의 손에 들어오니 한울님 일을 하는 것이 아닌가? 가슴이 벅차올랐다. 그는 두 손으로 무릎을 탁 쳤다.

"인자 외울 것이 또 생겼구마이라우."

큰 목소리로 끼어들자 사람들의 눈길이 김유복을 향했다. 모두 자신을 쳐다보자 김유복이 활짝 웃으며 말했다. 원래 큰 목소리가 신이 나니 더 커졌다.

"입도하고 나서부텀 지는 아침마다 '사람이 다 한울님이다.' 하고 외왔는디 인자는 '사람도 한울님이고 돈도 한울님이다.' 하고 외워야 쓰것소. 맞소?"

"허허. 맞네, 맞어. 그 생각이 바로 해월 선생님께서도 하신 말씀이네."

그러자 최원규가 그 말씀을 읊조렸다.

"萬物莫非侍天主敬物則德及萬方. 만물이 시천주 아님이 없으니 만물을 공경하면 그 덕이 만방에 미치리라."

목청은 크지 않았지만 울림이 좋았다. 김유복이 막걸리 한 잔을 들이킨 듯 손등으로 입을 쓱 훔쳤다.

"카아."

저절로 웃음이 터졌다. 최원규는 쑥스러워 어쩔 줄 몰라 했다. 그 모습을 본 도인들이 다시 웃었다. 최원규가 붉어진 얼굴로 입을 열었다. 그의 입매가 야무졌다.

"동학이 주문 외우고, 도 닦는 것도 중요하재마는 어떤 시상을 맨들어 갈지도 인자 쪼금은 알것구만이라우."

접소 이야기를 하다 어느새 화제는 농사일로 돌았다. 김춘두 형제는 삼십 마지기 남짓한 농사를 짓는 중농이었다. 전유희도 남리에서 열 마지기 남짓 농사를 지었다.

"그란디 올봄에 이르케 가물었으니 흉년이 뻔한디 가실에는 세 걷은다고 또 얼마나 염병지랄을 할지 깝깝하요."

"그랑게. 안 이방이 현감보다 더 우게서 해남 일을 좌지우지한 거이 하루 이틀이 아니라 어뜨케 할지는 뻔한디 말이여."

"안 이방한테 그동안 당한 것만 해도 씨럭씨럭한디 으째야 쓰까. 그놈한테 딸 뺏긴 집이 한둘이요? 박 도인도 딸 뺏기고 한 도인도 딸 뺏겼재. 한 도인 딸은 첩실로 델꼬 살고, 박 도인 딸은 고분고분 안 한다고 우수영 기생집에 폴아 부렀다여."

"다른 골들은 보통 호방이 조세를 담당한디 어째 해남은 이방이 세를 걷고 날뛴당가요?"

김유복이 조심스럽게 물었다.

"안 이방이 아전 관속들 숫자를 늘려 갖고 다 즈그 사람들로 채왔다네. 해남이 크기로는 부가 되야 마땅할 것인디 현이라 땅덩어리가 크고, 면면이 돌아 댕길라믄 질도 안 좋아서 이속들을 더 뽑아야 된다고 해 갖고 차근차근 늘린 것이 몇 백 맹이여. 이속들이야 녹봉 주는 것도 아니고 즈그들이 일하는디 필요하다 항게 오는 현감마당 그라락 했재. 현감이야 일이 년 지나믄 뜰 사람인디 이 지방 속을 번연히 아는 안 이방이 이러저러 하작 하믄 웬만하믄 들어주재. 세 착착 걷어서 관아 창고 잘 채와 주재, 따로 찔러 넣어 주재. 민란만 안 일어나믄 현감이야 안 이방이 능력 있는 관속이것재."

김춘두는 안 이방 말을 하면서 고개를 설레설레 흔들었다.

"그 한한 관속들 입을 백성들 세금으로 다 멕일라니 심들었것소. 그라믄 호방까지 한 통속이요?"

"호방이 사람이 잔 물러. 자기 잇속도 벨라 안 차링게 좋단 소리는 들은디 자기 일에 안 이방이 이라고 설친디 냅두는 것도 따지작 하믄 호방한테도 책임이 있재."

"윤 병사는 어짜고라우. 윤 병사는 관아 아전들이랑 노비들 품까지 띠어 묵는 사람이여라우."

김춘인도 옆에서 말을 거들었다.

"이방보다 한 수 위가 또 있는가비요? 뭔 일이 많앴는갑소?"

"한 수 위라기보담은 그 양반은 권력이 있응게 그것으로 재산을 늘리는 것이여."

"관노비 품값을 어뜨케 뜯어냈으까라우?"

"윤 병사가 해남현 관노비를 지 사노비 쓰대끼 부려묵은 것이 한

두 해가 아니여. 몇 년간 요 남문 밖에 배드리 땅을 간척한다고 산을 허물었소. 관노비는 물론이고 3년간 농한기마다 백성들까지 울력을 했지라우. 올봄까지 해서 백 두락이 실하게 논으로 맹글었소. 그라기까지 얼매나 많은 사람들 빼가 녹아 내렸것소. 현감은 전세 걸을 토지 늘어낳게 관노비 델다가 쓰락 했는디 안 이방이 윤 병사 땅은 은결로 해 주고 현감한테도 바치고 저도 묵고 그랬재라우. 그란디 인자는 윤 병사가 해창에서 점포를 내고는 왜놈 물건 장사를 시작해 갖고 해남 돈을 다 긁어 들이고 있닥 합디다."

전유희와 최원규는 한참을 더 김춘두 형제와 이야기를 나누더니 가야겠다며 일어섰다. 백동안 일행도 따라 나왔다. 전유희는 황원 남리로 가기 위해 서쪽으로 길을 잡았다. 김유복은 전유희에게 절을 꾸벅 하였다.

"우리 둘이도 내일이믄 우수영 갈 것인디 남리 지나갈 때 접주님 만나 볼 수 있을까라우?"

"그라소. 남리 역에서 왼쪽으로 길을 잡어 가믄 오리 못 가 우리 동네시. 찾어 오소. 내가 멕에 주고, 재워 주고 할 것인게."

"갈게라우. 꼭 갈 것인게 지달리쇼."

"허허허. 그람세. 꼭 오소."

김유복이 형님이라 칭하자 전유희가 호탕하게 웃었다.

"좌우지당간에 성님 오지랖은 얼매나 넓소?"

손종인이 어이없다는 듯 김유복에게 말했다.

"내 오지랖 속에 조선 팔도가 다 들었다. 자석아."

김유복이 자신의 가랑이 사이를 손으로 휘휘 저으며 말했다.

"우리 집에도 가세야. 어째 우리 집은 온다고 안 항가?"

최원규는 현산 백포 사람이었다.

"아이고, 가야재라우. 가고 말고라우. 오란 데는 사양 않고 가자는 것이 저의 신조구만요. 그라믄 현산 성님 집을 먼저 가야 쓰것는디?"

김유복이 덤벙대며 계획을 짜는 것을 보고 모두 웃었다.

"그라믄 내일 백포 갔다가 거그서 하룻밤 자고 남리로 오소. 백포에서 올 때는 육로로 와도 되재마는 그럴라믄 하루 걸려 부러. 자네 주변머리믄 백포에서 우수영이나 목포 가는 배를 얻어 타고 남리에서 내래주락 하믄 금방일 것이네."

"그랄라요. 성님. 담에 뵙것습니다이."

전유희와 헤어져 그들은 함께 걸었다. 해남 오일장 앞에서 최원규는 남창 가는 길로 내려갔다.

"내일 뵐게라우."

"그라소. 백포 오믄 우리 집은 물어볼 것도 없이 찾을 것이네. 공재 윤두서 선생 옆집인게."


그날 저녁 손종인은 김유복에게 해월 선생의 말씀 적은 것을 보여 달라고 하였다. 김유복은 바랑 속에서 종이 뭉치를 꺼냈다.

"나는 까막눈이라 못 읽어도 누가 주라고 하믄 줄라고 갖고 댕겼어. 여기 있다. 천어 야그도 어딘가 있응게 니가 찾아 가그라."

손종인은 한 장 한 장 넘겨 가면서 내용을 훑어 읽어 갔다.

"천지부모 4자(天地父母四字)는 자수각이(字雖各異)나 기실도시일천자야(其實都是一天字也)니라. 이건 도결의 말씀이고, 인시천(人是天)이니 사인여천(事人如天)하라. 오견제군(吾見諸君)하니 자존자다의(自尊者多矣)니라. 이건 대인접물의 말씀이고, 수심정기 4자(守心正氣四字)는 갱보천지운절지기(更補天地隕絶之氣)니라. 이건 수심정기의 말씀…. 정말 없는 것이 없이 다 모아 부렸소이. 성경신의 말씀도 있고, 부화부순의 말씀도 있고, 천어? 오, 천어 여기 있네. '내 항상 말할 때에 천어를 이야기하였으나 천어가 어찌 따로 있으리오. 사람 말이 곧 한울님 말씀이며 새소리도 역시 시천주의 소리이니라.' 그라믄 여그 있는 것이 하나도 빠짐이 없는 셈요?"

"천어 골랐으믄 됐재 뭣을 계속 주워 재끼냐?"

"아녀라우. 다 보고 싶어 그라요. 나도 이러코롬 문서로 된 것을 보는 건 첨이요. 부인수도, 내수도문, 내칙 이런 것은 엄니 갖다 주믄 좋닥 하것는디."

"그라믄 그것은 엄니 갖다 드려."

"아녀. 성님. 내가 가지믄 글이 귀가 빠져분께 오늘 저녁에 베끼께. 다른 사람한테도 맘에 든 거 있으믄 골라 가지라고 그랬어?"

"어. 그랬는디?"

"그라지 말고 한 벌은 항상 온 놈으로 성이 갖고 있고, 가져가고 싶으믄 베께 가라고 그래. 그라고 워디서든 성님한테 없는 말씀을 한 사람이나 글이 있으믄 반다시 베껴 가지고 보충을 허고."

"아이고, 어느 세월에 베께 간다냐? 질에서도 만나고, 나룻배에서 도 만나고 그란디?"

"알었어. 내가 오늘 저녁에 베께서 적어 주께."

"야, 너 쓸 만하다야. 신통방통한 꾀를 낼 줄 아네!"

손종인은 백동안에게 지필묵을 달라고 하여 해월 선생의 말씀이 적힌 글들을 베끼기 시작했다. 종인은 어려서 서당에 다닐 때부터 필체가 좋고, 속필이라고 인정받던 글씨였다. 김유복은 팔을 베고 누웠다. 그는 열심히 붓을 놀리는 손종인을 흐뭇한 얼굴로 보았다.

"심심항게 베끼는 데를 읽어 감서 해라야."

"…그러면 천어와 인어의 구별은 어디서 분별되는 것이냐 하면, 천어는 대개 강화(降話)로 나오는 말을 이름인데 강화는 사람의 사욕(私慾)과 감정(感情)으로 생기는 것이 아니요, 공리(公理)와 천심(天心)에서 나오는 것을 가리킴이니, 말이 이(理)에 합(合)하고 도(道)에 통(通)한다 하면 어느 것이 천어 아님이 있겠느냐."

"천어라. 주문을 일심으로 외면은 천어가 터진닥 하드라. 무장에서 어뜬 사람이 한시도 안 쉬고 주문을 외웠다여."

"그랬는디?"

"어느 날 새복에 뜬금없이 천어가 터졌드란다."

"천어가 어뜨케 터졌다요?"

"새복이믄 그날 일어날 일을 귀에다 천둥 치대끼 여일하게 갈쳐 주드락 안 하냐. 누가 오것다, 먼 일이 있것다 그르케 말이여. 그 사람은 또 눈을 감고 있어도 눈앞에 둥시런 달이 항상 떠 있드란다. 낮에도 밤에도 말이여."

"신기하네이."

손종인은 도인들의 신통력에 대해서 처음 들었다. 아버지가 석현리 김수종에게 도를 전하였는데 그가 일심으로 주문을 외운다는 말을 들었었다. 동쪽을 향하여 무릎을 꿇고 주문을 천 번이고 만 번이고 외우는데 주문을 다 외우고 나오는 그의 얼굴이 말갛게 비쳐 보이더라고 했다. 손종인은 신통력에 대해 거푸 물었다. 김유복은 벌떡 일어나 앉아 침을 튀기며 말했다.

"해월 선생님 주변에도 천어를 하는 사람이 있닥 하냐. 그랗게 30년을 넘게 댕김서도 안 잽히셨재. 잡으러 가믄 귀신같이 알고 도망친 것이 비일비재락 하드라. 나도 천어 한번 들어 봤으믄 원이 없것다."

그는 동학이 좋았다. 모두 다 한울님을 모셨고, 신분 차별을 없애야 한다니 좋았다. 광세창생, 보국안민 깃발이 좋았다. 동학을 하면 개벽 세상이 온다니 그는 팔도가 좁다 하고 다니며 동학을 퍼뜨릴 작정이었다. 하지만 주문이나 기도는 도무지 좀이 쑤셔서 하지 못했다. 기도해서 신통력이 생겼다는 말을 들으면 김유복은 부러울 뿐이었다. 도인이라고 말하기가 슬며시 불안하기도 했다.

"천심에서 나오는 말은 다 천어락 안 하요. 성님 말도 다 이치에 맞은게 그것이 다 천어재."

"그라고 생각했다가도야, 한울님이 직접 이 귀에다가 들려줘 갖고 내가 그것을 말하면 얼마나 좋으까 그런 맘이 든단 말다."

"외숙 말씀하신 것 같이 사십구일 기도를 하든지, 못해도 열흘 기도는 해야 그러고 되것재?"

"아이고, 나는 못하것다. 열흘씩이나 어뜨케 처백혀서 주문만 외운다냐. 그랑게 나는 폴새 틀려 부렀는디 내가 봉게 니는 허것다야. 담에 천어를 듣게 되믄 꼭 나한테 말해 주라. 공갈 한나도 섞지 말고 이."

김유복이 다시 자리에 벌렁 누웠다.

# 8. 하늘이 한울님을 내버려 두겠느냐

　다음 날 아침을 든든하게 먹고 손종인과 김유복은 현산으로 떠날 채비를 했다. 백동안은 손종인의 봇짐에 아내가 싸 준 주먹밥을 넣어 주었다. 훌훌 돌아다니는 젊은이들이 부러워 그는 대문간에 붙들어 놓고 한숨을 푹푹 쉬었다.

　"성님, 아니 아재, 한숨 소리에 땅 꺼지것소. 포기를 하든지, 다 땡개 불고 우리랑 내빼 불든지 양단간에 정하쇼."

　"정하것으믄 내가 이라고 한숨만 쉬것냐. 맘 설렁설렁항게 얼른 가 부러라이. 언제라도 또 오고. 알었지야?"

　백동안은 홀어머니의 외아들이었다. 그의 모친은 딸도 없이 달랑 아들 하나 낳고는 단산하고 말았다. 결국 종손을 보지 못하고 남편이 죽자 어머니는 더욱 안절부절못했다. 아들이 눈앞에 있어야 밥술을 들고 잠을 자는 어머니 때문에 백동안은 출타도 자유롭지 못했다. 그러나 백동안은 효자였다. 성정이 유난스런 어머니에게 어려서부터 불뚝 성질 한 번 낸 적이 없었다. 아들을 치마폭에 싸안는 시어머니와 효자 남편 때문에 고생하는 사람은 백동안의 처였다. 다행히 백동안의 처 홍 씨도 성정이 무던했다. 백동안의 어머니가 중문 밖으로 나왔다. 아들이 따라갈까 싶어 걱정이 된 것이다. 백동안은 붙들었던 둘의 등을 떠밀었다.

둘은 최원규가 어제 갔던 길을 따라갔다. 고도리로 나서자 벌판이 펼쳐졌다. 윤 병사가 만들었다는 배드리벌인 모양이었다. 어성포에서 삼산천을 건너니 해창이었다. 불볕더위에 땀이 줄줄 흘렀다. 바다를 오른쪽에 끼고 계속 걸었다.

"아이고, 좀 쉬었다 가자. 20리는 왔것재? 인자 20리만 더 가믄 백포것다."

백포 최원규의 집에 도착하니 녹초가 되었다. 최원규의 말대로 그의 집은 찾기 쉬웠다. 고래등 같은 기와집이 바다를 바라보고 있는데, 바로 옆 대문 없는 마당에 최원규가 나와 있다가 그들을 반갑게 맞았던 것이다. 둘은 물부터 들이켰다.

"염천에 길 나섰다가 디질 뻔 했소."

김유복은 혀를 빼물고 헉헉거리며 두 손으로 마루를 잡고 간신히 몸을 부렸다.

"공재 윤두서 집은 몇 칸 집이라요? 겁나 크네."

"마흔여덟 칸인디 공재 증조부 윤선도가 잡어 준 터라고 허드라고."

셋은 말없이 바다를 바라보았다. 서쪽 바다에 노을이 지고 있었다. 그날 저녁에 장극서가 와서 네 사람은 밤이 깊도록 이야기를 나누었다.

"해월 선생님이 그라셨단디라우. 개벽 시상이 올라믄 산이 꺼매지고, 질에 비단이 깔려야 한닥 합디다."

김유복이 말하자 최원규가 물었다.

"그것이 먼 말이까?"

"모르재라우. 산에 나무가 많아믄 꺼매진게 나무를 많이 심어사 쓸랑가?"

"그란디 어째 질에다 그 비싼 비단을 깔어야 쓰까? 그것은 그란닥 하고 유복이 자네, 삼부지 비결이라고 들어 봤는가?"

"들어 봤지라우. 그 비결은 거의 다 성사됐다고 사람들이 그랍디다."

손종인이 그 비결이 무엇이냐 묻자 장극서가 읊었다.

"무곡풍년일부지(無穀豊年一不知). 곡식이 없는데도 풍년이니 첫 번째 모를 일이요, 무문다사이부지(無文多士二不知). 글을 모르는데도 선비가 많으니 두 번째 모를 일이요, 무군태평삼부지(無君太平三不知). 임금이 없어도 나라가 태평하니 세 번째 모를 일이로다."

김유복이 뜻을 풀었다.

"첫째는 동학도들이 서로 유무상자한게 풍년이라고 한 것이고, 둘째 우리가 서로 접장 접장하지 않은가! 접장은 선비들끼리 부르는 말이라 선비가 많다 하는 거라든디? 시째는 먼 말인지 다 모르것닥 허드라고."

백포 앞바다에 들물 들 듯 개벽 세상이 그들에게로 오고 있었다. 천 사람이 입으로 지으면 그대로 된다고 그랬다.

다음 날은 남리 전유희에게 가기로 한 날이었다. 손종인과 김유복은 백포 나루로 향했다. 개벽 세상에서 다시 만나자며 최원규와 장극서가 악수를 청했다. 마침 동네에 목포 가는 배가 있어 최원규가 주선해 주었다.

뱃전에 앉아 바닷바람을 쐬니 시원했다. 어느새 칠월 끝자락이었다. 하루가 다르게 더위가 물러났다. 오른쪽으로 보이는 해남의 해안선은 들어갔다 나왔다 뭍과 바다가 서로 희롱했다. 검고 기름진 개펄에는 바지락을 캐는지 아낙들이 엎드려 있다. 간신히 허리를 펴 등을 두드리는 늙은이를 보니 가슴이 짠했다. 유심히 그들을 보고 있던 김유복이 말했다.

"밥이 한울이여. 해월 선생님 말이 딱 맞어. 입 한나 공양하기가 저르케도 심이 드니."

"밥이 한울이고 말고라우. 물고기도 밥 땜시 낚시에 걸려 죽고, 산짐승도 배고파서 돌아댕기다 올가미에 걸려 죽고, 우리네 사람도 묵을 거 찾아서 이리 건둥 저리 건둥하다 죽재라우. 아궁이하고 사람 뱃구레같이 무서운 것이 없다 안 합디요? 처넣고 처넣어도 끝이 없응게."

키를 잡은 사공이 사설 조로 말을 이었다. 이물간에 앉아 있던 목포 간다는 사람도 맞장구쳤다.

"그 말이 참말이여. 저 산 나무들은 다 아궁이에서 꼬실라져 재 되불고, 저 많은 나락들은 뱃구레로 다 들어가 똥 되분께."

"아궁이고 뱃구레고 넣을 것만 있으믄 살만 한디 말이여라우."

"누구 아궁이는 참나무 잉걸만 넣고, 누구 뱃구레는 입쌀만 넣는고? 우리네 부삭은 검불도 못 넣고, 우리네 뱃구레는 나물죽도 못 넣네."

김유복이 말에 가락을 실어 읊조리자 배에 탄 사람들이 손바닥으로 뱃전을 두드려 장단을 맞췄다.

"쩌그 바우 보이요? 징의도 포구 옆에 쩌 바우가 바닷물이 차믄 잼기고, 빠지믄 보이는 바운디 이름이 고천암이라요. 곡간이 천 개란 말이지라우. 언제나 저 바우가 곡간 천 개가 되야 갖고 배고픈 시상 끝날랑고."

손종인과 김유복은 바위를 바라보았다. 그것은 백성의 미륵불이었다. 도처에서 미륵이 백성들을 위로하고 있었다.

남리 전유희의 집에 도착한 것은 저녁 참이 되었을 때였다. 김유복과 전유희는 10년 만에 만난 것처럼 서로 반겼다. 그의 집은 초가지붕에 다섯 칸 흩집으로 조출했지만 마당이 정갈했다. 조무래기 둘이 방에서 나와 마당까지 내려서서 절을 했다. 손님들에게 절하는 아이들의 몸가짐이 단정했다. 전유희는 그들을 사랑으로 안내했다.

최원규의 집에서 장극서도 만났다는 말을 듣더니 사람됨이 어떠한지, 무슨 이야기를 했는지까지 자세히 물었다. 궁금한 것 많기로는 전유희도 김유복 못지않았다. 한참 김유복에게 묻더니 이번에는 전유희가 남리 소식을 전해 주었다.

"해남읍에서 돌아오자마자 김신영 접주님하고 접소 차릴 방도를 의논했네. 우리 접주님 연비가 근 천 명이 되니께 남리는 지금 당장이라도 접소를 차릴 수 있것어. 나한테 은밀히 접소 채릴 데를 알어보락 하셨구마."

"남리역이 큰 역인가 동네가 우쩍우쩍하니 심 있게 보입디다. 우수영은 여그서 얼마나 머요?"

"서쪽으로 30리 정도 가믄 되재."

그때 번개가 치더니 곧 우르릉쾅쾅 천둥소리가 들렸다. 전유희가 밖으로 나갔다. 손종인과 김유복도 비설거지 할 게 있는가 하고 따라나갔다. 하늘에 구름이 두텁게 몰려오고 있었다.

"큰비가 올 거 같은디라우. 바람이 어째 후꾼후꾼함서 부는 것이 영락없는디."

김유복이 걱정스럽게 말했다.

"금메 말이시. 인자 곧 있으믄 나락 이삭이 팰 것인디 큰일이구마. 이종할 때는 가물어서 물 대니라고 그 고상을 했는디…. 까딱 잘못하믄 올해 실농하것어."

한숨을 쉬며 전유희가 하늘을 보았다. 순식간에 사방이 어두컴컴해졌다.

그날 밤 바람이 더욱 세졌다. 축시 무렵부터는 장대비까지 내리기 시작했다. 비바람 소리가 온 세상을 찢어발기는 듯했다. 손종인은 밤새 뒤척거리다 깜박 잠이 들었다. 눈을 뜨니 아침이었다.

다음 날도 하루 종일 장대비가 퍼붓고 세찬 바람이 불었다. 우지끈 하는 소리에 놀라 문을 열었다. 집 앞 은행나무 가지가 생살을 드러내며 찢겨 나갔다. 앞집 지붕의 마람이 벗겨져 벌렁거리더니 그예 일부가 떨어져 날아가 버렸다. 한 두름이 벗겨지자 그 아랫단도 이내 펄럭거리기 시작했다.

"이 바람에 지붕 덮으러 올라갈 수도 없고…. 쯧쯧. 지붕 흙이 물러져 불믄 큰일인디 어쩌끄나."

전유희가 내다보며 안타까워했지만 어쩔 수가 없었다.

석양 무렵이 되어서야 바람이 조금 잤지만 비는 여전히 내렸다. 전유희가 잠방이 밑단을 걷어 올리고 헌 짚신을 꺼내 신더니 삽을 들고 밖으로 나갔다. 손종인과 김유복도 그대로 있기가 좀이 쑤셔서 밖으로 나갔는데 사람들이 당산 꼭대기에 모여 있어 그리로 갔다. 온 들판에 물이 방방하게 차 있었다. 어제까지만 해도 짙푸른 논이었던 곳이 어디서부터 논인지 바다인지 알 수 없었다.

"큰일이시. 바닷물이 이렇게 차 부렀으니 농사는 베래 부렀네."

돌아오는 길에 보니 몇몇 집들은 물에 잠겨 버린 모양이었다. 손종인과 김유복은 도울 일이 있을까 하고 들러 보았다. 노인이 방에서 물 젖은 짚자리를 걷어내느라 용을 쓰고 있었다. 둘이 들어가 양 모퉁이를 들어 주자 손쉽게 밖으로 들어냈다. 짚자리는 흙감탕이 되어 있었다.

　정지간 흙벽이 무너져 뻥 뚫려 있고, 부뚜막은 허물어져 솥단지가 아궁이 안에 고꾸라져 있었다. 물에 다 떠내려간 모양인지 장독간은 항아리 한 개도 없이 횅했다. 할머니가 부엌에 멍하니 서 있었다.

　"아짐. 힘 내쇼야. 사람 안 상하고 살았응게 다행으로 알고 일어습시다. 내가 낼 일찌거니 와서 솥자리 맹글어 걸어 주께라우."

　"누구신디 이라고 고마운 말씀을 하시요. 집집마당 다 자기 집 손보니라고 바쁠 것인디."

　"아짐 일 도와줄라고 우리가 왔는갑소. 우리는 쩌그 전유희 접주 집에 일 보러 온 사람들인게 꺽정 말고 시킬 일 있으믄 말만 하쇼."

　김유복과 손종인이 짚자리를 헹궈 탱자나무 울타리에 걸쳐 두었다. 곧 어둑어둑해졌다.

　"성함이 어뜨케 되시요? 낼 찾아오께라우."

　"젊은 사람들이 참말로 고맙구마. 박 영감네락 하믄 다 알 것이네. 이러고 신세를 져도 될랑가 몰르것네."

　둘은 그런 소리 마라며 손사래를 치고는 전유희의 집으로 향했다. 몸은 고되었지만 마음은 가벼웠다. 생각해 보면 손종인은 생판 모르는 사람을 도와준 것이 처음인 것 같았다.

　"성, 성 덕분에 내가 오늘 많이 배왔어. 넘 도와주는 것이 솔찬히 재미나구마. 왜 그라까? 손해 봄서 왜 재밌으까?"

　"손해가 아닝게 재밌지야. 그 양반도 한울님, 나도 한울님. 한울이 한울을 내팽개쳐 불믄 그것이 손해막심이재. 안 그라냐?"

"……."

손종인이 말을 않고 멍청히 김유복의 얼굴을 쳐다보자 자신의 얼굴을 세수하듯 훔치며 말했다.

"내 얼굴에 뭐 묻었냐? 비 맞어갖고 깨깟할 것인디? 아야 동상아. 비 들어간다. 입 닫어라와."

손종인은 무슨 말을 하려다가 입 닫으란 소리에 픽 웃고 말았다.

"헐 말 있으믄 싸게 해 부러."

"그냥 나 성 따라댕김서 평생 살어 부까? 이라고 넘들 도와줌서?"

"지랄한다. 내년 가을이믄 장개갈 놈이 뭔 소리냐? 사주단지까장 왔다 갔다 했담서 생과부 맹글래?"

"하여간 먼 말을 못해. 나 띠어 놓고 성 혼자서 이라고 재미나게 살라고 그라재?"

"나는 장개가도 이라고 살 거여. 각시랑 같이 댕기믄 더 재밌것재? 그라고 봉게 니 오지랖도 솔찬히 넓어져 부렀다야?"

김유복이 손종인의 가랑이로 손을 넣어 휘저으려 하자 손종인이 펄쩍 뛰어 달아났다.

"뭐하는 거시여? 시방?"

"놀래기는 자석. 얼마나 쪼깐하고 걸리적거린 것도 없구마는…."

"언제 봤다고 쪼깐하닥 해?"

"척 하믄 삼천리재. 니 꺼는 보나마나 요만허다야. 아이고, 종인이 동상은 복도 없재. 인자 어짤랑고?"

　김유복이 새끼손가락을 치켜든 채 놀리며 도망치자 손종인이 주먹을 휘두르며 쫓아갔다. 김유복은 낄낄거리며 달려가 물웅덩이에서 모둠발로 찰박 굴렀다. 뒤따라온 손종인까지 흙탕물 범벅이 되었다. 저만치 전유희네 집이 보이자 김유복이 딱 멈춰서더니 뒤돌아서 말했다.

　"동상아, 안 되것다. 내가 첫날밤 치르는 법을 갈쳐 줘야 쓰것다야. 누구 같이 찾도 못허고 찍찍 울믄 으짤꺼시냐?"

　"그것이 먼 소리여?"

　"어뜬 모지란 놈이 장개를 갔는디야, 새각시 집서 첫날밤을 잤을 거 아니냐? 다음 날 죽을상을 해 갖고 오드란다. 와서는 즈그 부모 앞에서 찍찍 울드라여."

　어지러이 떨어진 생나뭇가지를 치우느라 마당에 있던 전유희가 물었다.

　"먼 재미진 이야기를 하니라고 집에를 안 들어온가? 나도 좀 들어보드라고."

　"성님, 종인이 야가 내년 가을에 장개를 간다라우. 꼭 해 줘야 쓰것는 이약이 있어서 해 주는 참이요야. 성님도 같이 들어야 쓰것네. 나도 종인이랑 미장가 매일반이라 성님이 거들어 줘야 쓰것어라우."

　"어디 이약을 해 보소. 내가 거들어 줄 수 있으믄 해 줘야재."

　"신행 갔다 오자마자 아들이 부모 앞에서 운께 '어째 그라냐, 말을 해 봐라.' 했을 거 아녀? 그랑게는 '없어라우. 신부 구녁이 없당게라우.' 하드라여."

손종인은 얼굴이 벌개져서 누가 들을까 주위를 둘러보는데 전유희는 깜짝 놀라 김유복에게 물었다.

"자네 그 이약 어디서 들었는가?"

"어째 이라요? 성님 이야기요?"

"아니 그것이 아니고. 여그 서서 이라지 말고 싸게 안으로 들어가 보드라고."

전유희는 대문간을 힐끔거리며 다짜고짜 김유복의 등을 밀어 마루로 올라서게 했다.

"아이구. 성님. 흙물이 뚝뚝 떨어진디 어뜨케 그냥 들어간다요. 옷잔 쪼깨 벗고라우."

"알었네. 자. 지스락물로 시치고 들어가."

전유희가 낙숫물을 받아 놓은 항아리에서 물을 떠 둘의 발에 끼얹어 주었다. 베수건으로 머리를 닦으며 들어오자마자 전유희는 빙긋빙긋 웃으며 김유복을 채근했다.

"어이, 유복이 자네 그 이약 어디서 들었다고?"

"태인, 무장, 영광 천지에 몰르는 사람이 없는디 어디서 들었냐고 물어보믄 뭐 할 것이요? 조선 팔도 사람은 다 알 것이요."

"하이고, 발 없는 말이 천 리 간다드니 참말로 진짜네이."

"엥? 성님 아는 사람 이야기요? 얼렁 해 보쇼. 세세히 잔 들어 봅시다."

"이 동네 사는 내 갑장 이야기여. 그랑게 벌써 열세 해 전이구마. 세세히 말하고 자시고 헐 것도 없이 그 이약이 맞어."

"아, 그래서 성님이 아까 그 말 듣고 깜짝 놀래셨구마."

"우리도 진짜 입이 근질거린디 참니라고 얼매나 고상한 줄 안가? 인자는 잊어 불만 한디 자네가 그 소리 항께 누가 들음감시 혼겁을 해 부렀네야."

"시방은 잘 찾는다요? 그 양반?"

"넥끼, 이 사람. 아들딸 낳고 잘만 살고 있다네. 폴새 입도한 동학 도인이고 말이시."

"도인이라고라우? 그라믄 그 양반 쪼까 만내고 싶은디 성님이 주선해 주실라우?"

김유복이 배를 잡고 또 낄낄거리자 손종인이 말머리를 돌렸다.

"내일 새복에 인나서 쩌그 아래 박 영감네 아궁이 잔 고쳐 주고 올께라우."

"그라게. 그 노인이 자식이 없어서 힘이 없는디 잘했네. 고맙네."

# 9. 이랴, 개벽 세상으로 가자

 

 

화원에 도착해서 말을 목장에 넣고 말총이는 감목관 거처부터 알아보았다. 관마청은 목장에서 5리 정도 떨어져 있었다. 말총이는 군두의 지시대로 말에게 풀을 먹이고 우물가에 있는 말똥을 치웠다. 한양으로 뽑혀 가는 말들이라 그 사이에 몸이 축나거나 병이 들까 봐군두는 말 관리를 철저하게 시켰다. 저녁 일을 마친 후 말총이는 목자들 몰래 군부를 찾아갔다. 그는 아버지가 준비해 준 말린 생선포와술을 싼 보자기부터 내밀었다.

"머시여? 이것이?"

군부의 입이 헤 벌어지는 것을 놓치지 않고 말총이가 입을 열었다.

"옆집 사월이가 시방 관마청에서 대감마님 수종 들고 있는디라우.사월이 어매가 지한테 눈물 바람을 함서 이 옷을 꼭 사월이한테 잔갖다 주락 하요."

말총이는 옷 보따리를 보여주었다.

"에미라고 딸을 시집보냄서 이불은 다 두고, 보신 한 짝도 못 해 줬다고라우."

"군두님이 알믄 베락 떨어질 것인디?"

군부는 손에 든 술병을 보고 입맛을 다시다 술병을 밀며 고개를 살래살래 흔들었다. 말총이는 다급해져 술병을 다시 밀며

"지가 군두님한테도 직접 가서 말씀을 드릴랑께 꺽정 마쇼. 군두님도 사람인디 어매가 시집간 딸 생각하는 거를 못하게 하지는 않을 것이구만이라우. 오늘 저녁 자시 전까지 갔다 올께라우."

"그때까장 안 오믄 내가 사람 풀어서 끌고 올 것인께 그리 알어."

"야우. 알것구만이라우. 꺽정 말고 맛있게 잡숫고 기시쇼. 다 잡숫기도 전에 올 것인게."

군부는 술병과 안주를 들고 들어가며 빨리 돌아오라고 다시 한 번 신신당부를 했다. 말총이는 옷 보따리와 술병을 챙겨 호동이의 등에 올라탔다. 오랜만에 들판을 달리는 것이 신났는지 호동이는 박차를 가하지 않아도 나는 듯이 달렸다. 관마청 밖에서 말을 내려 큰 나무 밑에 호동이를 매 놓고 콧등을 쓸어 주었다.

"곰방 오께 쪼깨만 지달려라이."

관마청 목자에게 진도 군두를 만나러 왔다고 하자 군두들의 처소로 안내해 주었다. 진도 군두는 화원 목장 군두와 함께 장부를 정리하고 있었다.

"말총이냐? 무슨 일이냐?"

"군두 나으리. 사월이 땀시 디릴 말씀이 쪼까 있는디라우."

군두는 붓을 놓고 방 밖으로 나왔다.

"사월이 어매가 지한테 이 옷을 줌서 사월이한테 꼭 전해 주라고 했구만이라우. 에미가 되 갖고 시집가는 딸한테 보신 한 짝도 못 해 줬다고 날마다 눈물 바람인디 이참에 지가 여그를 온다고 항께로 이것을 잔 갖다 주라고 하드만요."

"알았다. 내가 전해 주마."

"아니구만이라우. 지가 지금 들어가서 전해 줘야 하구만이라우. 사월이 어매가 신신당부를 함서 딸이 몸이나 성한지 꼭 만나 보고 오라 했구만요. 그라고 이것은 따로 싸 줌서 꼭 감옥관님한테 디리라고 하드만이라우. 그래도 맹색이 사운디 술 한 잔도 대접을 못했다고 함서 어뜨케나 당부를 하던지…."

"……."

군두는 마루에서 말총이의 얼굴을 내려다보며 한참 동안 서 있었다. 태연한 척했지만 말총이는 속으로 애가 바작바작 탔다. 오금에 힘을 주고는 쐐기를 박듯 다시 입을 열었다.

"지가 그랬지라우. 사월이는 인자 팔자가 펴 부렀는디 멋할라고 이런 옷 쪼가리를 갖다 주락 하냐고. 그랑께는 그 어매가 발을 뻗고 울드만이라우. 딸 시집보내고 얼굴 한 번 못 봤다고, 이라고 못 볼 줄 알었으믄 안 보낼 것인디 그랬다고 함서 우는디 지가 안 올 수가 없었구만이라우. 이참에 소식을 안 주믄 어매가 여그로 올란다고 한께…."

"알았다. 따라와."

군두는 못마땅한 얼굴로 앞장섰다. 내아로 들어가 군두가 기침을 하더니 아뢰었다.

"지산 말목장에서 마님 심부름을 왔습니다요."

문이 열리고 사월이가 나왔다. 사월이는 말총이를 보더니 흠칫 놀랐다. 말총이는 사월이에게 고개를 깊이 숙여 절을 했다.

"누가 왔느냐?"

안에서 나지막한 감목관의 목소리가 들리자 말총이가 얼른 나섰다.

"대감마님. 마님 친정서 어매가 보내서 왔구만요. 꼭 직접 뵙고 전해 드리락 해서 이라고 염치불구하고 들왔구만이라우."

"들어오너라."

말총이는 보따리를 들고 마루로 올라섰다. 그는 방에 들어가 넙죽 엎드려 감목관에게 큰절을 하였다.

"마님 어매가 감목관님을 한 번 꼭 뵙고 술 한 잔 드리고 자운디 그리 못했다고 함서 이것을 전해 주락 했구마요."

말총이는 술병이 든 보따리를 감목관 앞으로 내밀었다. 감목관이 '크흠' 하고 헛기침을 하며 수염을 쓰다듬자 사월이가 술병을 아랫목 쪽으로 밀어 놓았다.

"그라고 딸을 시집보냄서 이불 한 채도 못 해 주고, 보신 한 짝도 못 해 준 것이 한이락 함서 이 옷을 꼭 딸한테 전해 도라고 했구마이라우."

말총이가 옷 보따리를 사월이 앞으로 내밀자 사월이가 끌어당겨 안았다. 옷 보따리에 얼굴을 묻더니 사월이가 '흑' 하고 울음을 터뜨렸다.

"오랜만에 어머니 소식을 들으니 기쁜가 보구나. 너는 이번에 한양에 갈 목자냐?"

"야우. 지산 목장에서 마님 옆집에 살았구만이라우. 지가 어매가 없어서 마님 어매를 어매같이 알고 커서 마님이랑은 성제간 같이 컸구만요."

"알았다. 잠깐 이야기 나누다 가거라."

감목관이 나가자 곧 약과와 인절미, 식혜가 놓인 다과상이 들어왔다. 치자 물 들인 저고리에 남색 치마를 곱게 입은 사월이는 전보다 더 야위어 보였다. 아침에 핀 나팔꽃처럼 싱그럽던 얼굴이 피기도 전에 사그라지고 있는 것 같았다. 말총이는 가슴이 아프면서도 한편으로는 마음이 놓였다. 말총이 자신을 잊어버리고 감목관의 첩실이 되어 행복하게 살고 있는 사월이를 보게 될까 봐 두려웠던 것이다. 말총이가 뚫어지게 바라보자 사월이가 고개를 숙였다.

"나랑 혼인한 거 맞지야? 나 아직 그리고 있재?"

사월이 눈에서 눈물이 투둑 떨어졌다. 그녀가 고개를 여러 번 끄덕였다. 사월이는 눈에 눈물이 가득한 채 말총이에게 떡을 들어 권했다. 말총이는 고개를 저었다. 말총이가 문밖을 힐끗 내다보고는 급하게 낮고 빠른 목소리로 말했다.

"뒷간이 어디냐?"

"어째?"

"언제라도 내뺄 요량이 생기믄 뒷간 담 너머로 바로 보이는 나무에다 내가 베수건을 묶어 놀 것인께. 너도 담 넘을 디를 잘 봐 놔. 넘기 높으믄 허물어 놓고. 담 너머에 내가 말을 두 마리 준비해 놀 텡게 나올 때는 남복을 입고 와라이. 저 옷 속에 남자 저구리, 바지 있어."

"……."

사월이는 하나라도 놓치지 않으려고 바짝 귀를 세웠다. 전할 말을 끝낸 말총이가 식혜를 들이켰다.

"느그 엄니랑 식구들은 잘 있은께 꺽정 말고 니 몸이나 챙겨. 그렇게 야워 갖고 쓰것냐?"

"……."

사월이의 눈에서 다시 눈물이 흘렀다. 그때 감목관이 들어왔다. 그는 아직까지 가지 않은 말총이가 못마땅한지 한마디도 하지 않고 아랫목에 앉았다. 말총이가 얼른 일어섰다. 말총이가 나가며 허리를 주억거렸지만 감목관은 쳐다보지도 않았다. 말총이가 배를 잡고 뒷간이 어딨는지 묻자 사월이가 감목관 눈치를 한 번 보고는 따라 나왔다.

사월이가 마루에서 뒷간 쪽을 가리켜 알려 주었다. 말총이는 뒷간에 들어가 가장 가까운 곳의 나무를 확인하고 나왔다.

감목관의 방에서 '흐흠' 하는 헛기침 소리가 났다. 말총이는 마루에서 있는 사월이의 얼굴을 한 번 바라보고는 뒤돌아섰다. 사월이는 꼼짝도 않고 서서 말총이가 사라질 때까지 치마만 움켜쥐고 있었다. 선걸음 그대로 말총이를 따라 달려가고 싶었다. 다리가 후들거렸다.

그녀는 가슴이 터질 듯했다. 얼마나 여러 번 자결해 버리고 싶었던가? 치마끈을 뜯어내 놓고도 목을 매지 못했다. 자신이 죽어 버리면 감목관이 부모님께 해코지하지는 않을까 두려웠다. 감목관에게 처음 능욕을 당하던 날 말총이와의 인연은 끝난 것이라 여겼다. 첫몸 준이에게 시집간 거라고 자신의 입으로 말총이에게 말했지만 그것은 자신의 마음일 뿐 말총이가 내치면 어쩔 수 없었다. 감목관의 첩실이 된 몸으로 말총이를 기다리는 것은 염치없는 짓이었다. 사월이는 그래도 혹시 말총이가 자신을 빼내러 올까 고대했지만 기다리지는 않았다. 감목관이 기거하는 내아는 목자가 함부로 드나들 수 있는 곳이 아니었다. 죽지도 못하고, 제대로 살아 보지도 못하고 이렇게 시들어가야 할 팔자인가 보다 생각했다. 세월이 어서 흘러 늙어 버렸으면 좋겠다는 생각도 했다. 말총이가 혼인했다는 소식을 듣는 광경을 수도 없이 상상했다. 그 소리를 들으면 그날로 죽으리라 결심했다.

감목관이 다시 안에서 헛기침을 했다. 어서 들어오라는 소리였다. 사월이는 고개를 세차게 흔들었다. 이 구렁텅이에서 가슴을 태우는 일은 이제 다 끝났다. 말총이는 그녀를 잊지 않았다. 사월이는 입술을 한 번 꼭 깨물어 보았다. 환호성을 지르며 팔짝 뛰고도 싶었다. 사월이는 숨을 크게 들이마셨다가 후우 내쉬고는 방문을 열었다.

다음 날부터 바람이 몰아치고 큰비가 내리기 시작했다. 쉽게 그칠 비가 아니었다. 목자들은 정신없이 마구간에 말을 집어넣고, 마초를 베어 창고에 들였다. 사나흘은 꼼짝없이 화원에서 발이 묶일 것이었다. 말총이는 가슴이 뛰었다. 첫날 저녁은 군두와 군부들이 마구간을 단속하느라 목자들을 다그치더니 다음 날에는 코빼기도 비치지 않았다. 지대가 낮은 논들이 물에 잠기고, 목자들의 집도 수해를 입은 모양이었다. 화원 목자들도 자기 집과 논밭을 단속하느라 정신이 없었다.

밤이 깊어 목자들의 코 고는 소리가 들리고, 말들이 뒤척이는 소리도 줄어들자 말총이는 조심조심 일어나 마구간으로 갔다. 호동이와 부용이의 입에 재갈을 물리고 나와 주위를 둘러보다 호동이 등에 훌쩍 올라탔다. 눈 깜짝할 사이에 관마청에 닿았다. 등잔불을 켜 두었는지 빗속에 내아의 방문이 부옇게 떠 보였다. 보아 둔 나무에 말고삐를 맨 후 머릿수건을 벗어 뒷간에서 바로 보이는 곳에 묶었다. 말총이는 풀이 우거진 곳에 숨어 한참을 기다렸다. 금방이라도 누구에게 들킬 것만 같아 가슴이 조마조마한데 방문은 열릴 줄 몰랐다.

'사월아, 사월아 새집 줄게 헌집 다오. 사월아, 사월아 새집 줄게 헌집 다오.'

말총이는 어렸을 때 사월이와 함께 부르던 두꺼비집 노래를 주문처럼 속으로 외웠다. 손을 구부려 땅바닥에 대고 손등에 흙을 수북하게 올린 후 가만가만 두드리며 부르던 노래였다. 노래를 스무 번쯤 부르고 손을 가만히 빼면 무덤처럼 동그란 집이 생겼다. 말총이가 집을 다 짓는 동안 사월이는 댓잎으로 국자와 숟가락을 만들고 조개껍데기에 풀 쪼가리를 얹어 상을 차렸다. 말총이의 노래가 열 번을 넘어갈 즈음이었다. 문이 가만히 열리더니 버선발이 먼저 나왔다. 사월이었다. 멈칫하더니 다시 문을 닫고 들어가 버렸다. 말총이는 사월이가 눈치챘다는 걸 알았다. 가슴이 사정없이 뛰었다. 뚫어질 듯이 보고 있는데 그때 방문이 사라졌다. 불을 끈 것이었다. 입이 바작바작 탔다. 뚫어질 듯 보고 있으니 캄캄한 방에서 사월이가 나왔다. 허둥지둥 신을 신고 뒷간으로 오는 모습이 어슴푸레 보였다. 말총이는 급히 다가가 담장 위로 머리를 내밀었다. 사월이가 바쁜 걸음걸이로 다가와 치마 속에서 보퉁이를 꺼내 말총이에게 던졌다. 말총이는 엉겁결에 받아 풀밭에 두고 손을 담장 안으로 내밀었다. 사월이가 한 손으로는 담장을 짚고, 한 손은 말총이 손을 잡아 훌쩍 담장 위에 몸을 얹었다. 말총이는 사월이를 잽싸게 안아 내렸다. 말총이가 보퉁이를 들고 나무 밑으로 달리자 사월이도 따라 달렸다. 고삐를 풀자 겁에 질려 비를 맞고 서 있던 호동이와 부용이가 어서 가자고 굽을 쳤다.

관마청에서 십 리 정도 내달려 왔을 때 사월이를 남복으로 갈아입히고, 둘 다 베수건으로 머리를 질끈 묶었다. 나치현에게 누누이 들었기에 황원 남리 전유희의 집은 어렵지 않게 찾을 수 있었다.

"주인장, 기신가요?"

말총이가 사랑채에 대고 작은 목소리로 부르자 부스럭대는 소리가 났다. 그때 안방의 호롱불이 켜지더니 잠방이에 적삼 바람으로 주인이 나왔다. 말총이는 얼른 안방 앞으로 가 인사를 했다. 전유희는 저고리를 꿰어 입으며 마루로 나와 사랑방으로 안내했다.

"이리 사랑으로 드시씨요."

"거시기 저, 여그는 지 집사람이구마요."

사내처럼 바지저고리 차림을 한 사월이를 힐끗 보더니

"그라요? 그라믄 집사람은 안으로 드시씨요. 어이, 잔 나와 볼랑가?"

사월이가 안방에 들어간 후 전유희가 사랑방 문을 열었다. 말총이는 깊이 눌러썼던 삿갓을 벗었다. 땋은 머리를 올려붙여 수건으로 동여맨 머리가 드러났다. 사랑방에는 두 사람이 더 있었다.

"안녕하시요. 지는 서말총이라고 하구마이라우."

"궂은 날 오니라 고상했소. 나는 전유희요."

말총이는 낯선 사람이 둘이나 더 있어 편지를 꺼내야 할지 망설였다.

"나는 무장서 온 김유복이고, 야는 진도에서 온 손종인이요."

진도 사람이라는 말을 듣고 말총이는 속이 뜨끔했다. 점잖은 도령처럼 보여 안심이 되었지만 자신의 신분이 드러나면 좋을 것이 없었다.

"저, 전 접주님한테 디릴 말씀이 있는디요."

전유희를 보며 망설이는 말총이를 보더니 김유복이 나섰다.

"먼 사연이 있는 것 같은디 이야기를 해 보시쇼. 우리도 다 동학 도인들인게 걱정 말고라우."

서글서글한 김유복의 말에 말총이는 조금 마음이 놓였다. 말총이는 품속에서 편지를 꺼내 전유희에게 두 손으로 내밀었다.

"나치현 그분이 이 핀지를 써 주심서 숨어 살 곳으로 데려다 줄 것이라고 합디다."

전유희는 더 들어 볼 생각도 않고 김유복과 손종인을 돌아보았다.

"자네들이 도와줄랑가? 이 사람들을 백장안 접주님한테 데려다 줘야 쓰것는디?"

"종인이 외숙한테라우?"

말총이는 깜짝 놀랐다. 동시에 손종인도 말총이의 얼굴을 바라보았다. 둘의 눈길이 마주쳤다.

"참말로 애터져 미쳐 불것네. 먼 일인지 말을 해야 도와주든지 말든지 할 것 아니드라고?"

말총이는 혀로 입술을 핥았다. 자신이 의탁할 집이 손종인의 외숙이라니 자신의 일은 어차피 알려질 것이었다. 그의 조카를 만나도록 한울이 도와주는 것인지도 모를 일이었다.

"감목관이 집사람을 첩 삼을라고 델꼬 가서 지가 시방 화원 말목장에서 빼내 오는 참이구만이라우."

"머시여? 감목관이 죽일 놈이구마. 그라믄 자네는 목자여?"

"진도 지산 말목장에서 일하구만요. 말 싣고 한양 가는 참인디 비

바람 땜에 발이 묶인 틈에 내뺐구마이라우."

"하늘이 도왔구마."

"……!"

"그라믄 싸게 가야 쓰것구마. 지금 화원 목장에서 알고 쫓아오고 있는지도 몰른디?"

말총이가 급히 무릎걸음으로 다가서며 고개를 주억거렸다.

"자네들이 타고 온 말로 가세. 말총이 자네가 내자랑 한 말을 타고 내가 종인이를 델꼬 타세."

"고맙구만이라우. 이 은혜를 어뜨케 갚으까라우?"

김유복이 벌떡 일어나 엉덩이를 털고 옷을 입었다. 손종인도 서둘렀다.

"성님, 박 영감님네 일은 성님이 해 줘야 쓰것소."

"그라세. 나 접주한테는 내가 소식이 닿게 되든 전해 줌세. 이 편지를 외숙한테 보여주게."

전유희가 셋을 보며 한마디씩 당부했다. 바람은 여전히 거세게 불었지만 비는 그쳐 있었다. 깜깜한 밤 한가운데로 그들은 나섰다.

말을 몰아 달린 지 한 시진이 못 되어 백장안의 집에 도착했다. 말 울음소리를 듣고 나온 한마치는 그들을 보고 흠칫 놀랐다. 말총이와 사월이도 깜짝 놀랐다. 말총이가 한마치를 보고 달려가자 한마치가 손을 내밀었다. 야윈 얼굴에 남장을 한 사월이에게 한마치의 눈길이 오래 머물렀다.

"성, 여그 있었네? 반갑네. 성."

손종인이 그들을 데리고 사랑방으로 들어갔다. 한마치도 뒤를 따라 들어갔다. 기별을 들은 백장안이 일어나 있었다. 손종인은 백장안에게 나치현의 편지를 보여주었다. 백장안은 말총이와 사월이를 지긋이 바라보았다.

"빠져나오느라 애들 썼네. 이젠 걱정 말고 내 집에 있도록 하게."

그때 한마치가 조심스럽게 입을 열었다.

"말이 많지도 않은디 목자가 둘이나 있을 필요는 없고, 말총이도 말을 잘 보니께 지는 이참에 나가야 쓰것구만이라우."

"허허, 목자가 둘 있으믄 어떻고, 셋 있으믄 어떤가? 자네 같이 좋은 목자를 잃고 싶지 않아서 그랑께 걱정 말고 내 집에 있으시게."

"……."

"그라믄 급하게 정하지 말고 메칠 더 생각해 보고 천천히 이야기해 보세. 먼 길 오니라 곤할 것인디. 종인아, 자리 좀 봐 드려라."

백장안이 자리를 뜨자 젊은이들끼리 둘러앉았다. 사월이는 말총이의 옆에 가만히 앉아 있었다. 김유복이 너스레를 떨며 나이를 물어 젊은이들은 금세 형 아우라 부르며 친해졌다. 손종인과 말총이가 동갑이었다. 한마치가 말총이에게 물었다.

"말총이 니는 머 땜시 사월이까장 델꼬 나왔냐?"

"성은 모르재? 성 도망친 뒤로 감목관이 사월이를 첩실 삼을락 해서 내가 빼내 온 거여."

사월이가 고개를 숙였다. 한마치는 깜짝 놀라 사월이를 바라보았다.

"그라믄 사월이는 어뜨케 할 것이냐?"

"나랑 혼인했어. 그랑께 같이 살아야재."

말총이의 얼굴이 벌개졌다. 한마치가 무슨 말을 할 듯하다가 입을 다물고는 물러나 앉았다.

"말총이 자네는 사내 중의 사내여. 첨에 봤을 때는 눈 동그래 갖고 겁에 질려 있길래 어디가 쫌 부족한가 했는디 말이여."

김유복이 낄낄거리자 말총이가 따라 웃었다. 그때 조용히 앉아 있던 손종인이 조심스럽게 입을 열었다.

"근디 이라고 도망쳐 부렀으니 감목관이 말총이 느그 부모님을 카만히 안 놔둘 것인디⋯."

말총이의 얼굴이 굳었다. 사월이도 숙인 얼굴에 불안함이 역력히 드러났다. 다들 그때서야 깨달은 듯 입을 다물고 놀란 표정이었다.

"아부지 혼자 계신디⋯. 목자를 죽이기야 허것냐고 아부지가 그러 드라고⋯."

말총이가 어렵사리 입을 떼었다.

"감목관이 사월이 부모님한테도 해코지할지 모르것는디? 그놈들 한테 목자가 사람으로 뵈가니?"

한마치가 걱정스럽게 말하자 분위기는 더욱 침통해졌다.

"우리가 몰래 가서 싹 다 빼내 와 불끄나? 빼내 올 사람이 다 몇 명이냐?"

"말총이 아부지하고, 사월이네 식구 셋이여."

"마치야, 너랑 내가 둘씩 태우고 나오믄 되것는디? 배는 종인이가 대고."

"……."

김유복과 한마치가 주고받는 말을 듣다 말총이가 말했다.

"마치 성도 사정이 있어서 못 가. 글고 우리 아부지는 안 내빼실 것이여. 내가 첨에 내뺄 궁리할 때 아부지한테 같이 가자고 했는디 아부지는 안 나갈란다고 했어."

"아고 머리야. 느그들은 뭔 사정들이 그라고 많냐? 그러믄 어째야 쓰것냐?"

"걱정은 되재마는 으짤 수가 없어. 다 각오하고 시작한 일인게. 우리 소식이나 전해 주믄 좋것어."

"알었다. 그라믄 소식을 어뜨케 전해야 쓸끄나?"

"……."

"의신 만길리 나치현 접주님 집에 가믄 목장 도인들한테 연통을 할 수가 있을 것이여."

한마치의 말에 진도 마산에 사는 손종인이 소식을 전하기로 했다. 의논의 아퀴가 지어지자 손종인이 말총이에게 물었다.

"말총이 니는 인자 새 세상에 나왔는디 멋을 질로 하고 싶냐?"

"어뜨케 해서든지 꼭 글을 배우고 싶어."

눈을 반짝 뜨며 말총이는 침을 꿀꺽 삼켰다. 김유복이 또 시원스럽게 말했다.

"친구 됐응게 종인이한테 좀 갈쳐 주라고 해. 친구 좋다는 것이 뭐냐?"

"종인이는 진도가 집이람서. 집에 가야 되잖것어?"

"내가 외숙한테 말해서 갈쳐 주라고 하께."

"종인아, 말총이한테 동학 경전 베끼라고 해라. 그라믄 금방 글 배울 것이다."

시간 가는 줄 모르고 이야기하다 보니 창호지 바른 문이 부옇게 밝아 왔다. 말총이 부부를 위해 백장안은 뒤채 곳간방을 내주었다. 또 손종인은 외숙에게 말총이 글을 가르쳐 달라고 청하여 허락받았다.

아침을 든 후 김유복이 강진 병영성을 구경하고 싶다고 하자 한마치가 말을 끌고 나왔다. 둘은 주작산을 오른쪽에 끼고 한 시진 동안 쉬지 않고 달렸다. 강진현을 지나 사람과 말이 모두 땀범벅이 되었을 때에야 말을 쉬게 하려고 그늘에 들어섰다. 그것도 김유복이 쉬어 가자고 몇 번이나 채근한 후에야 한마치가 마지못해 고삐를 늦춘 것이었다. 한마치는 말없이 말들에게 물을 먹이고 나무에 기대앉았다. 옷이 다 젖도록 땀을 흘리면서도 한마치는 숨도 헐떡이지 않았다. 어금니를 꽉 문 채 먼 데 산에 눈을 두고 있는 한마치를 보다 김유복은 한숨을 쉬었다. 그동안 한마치가 하는 양을 내내 바라만 보고 있던 그였다.

"지금 니 속이 썩어 문드러지고 있지야? 속 씨언하게 말을 잔 해 봐

라. 알어야 내가 먼 대책을 세우든지 할 거 아니드라고?"

"암 일도 없어."

"참말 니도 답답한 사람이다. 낯바닥에는 나 죽것소 하고 써져 있는디 주딩이로는 암 일도 없닥 하니…. 허허이. 참."

"……."

둘은 한참 동안 말이 없었다. 결국 김유복이 참지 못하고 혀를 쯧쯧 차며 일어났다. 괜스레 소나무를 향해 돌멩이를 던졌다. 무슨 생각이 들었는지 그가 싸리나무 줄기를 꺾었다. 싸리나무를 휘두르며 칼춤을 추기 시작한다.


시호(時乎) 시호 이내 시호

부재래지(不再來之) 시호로다

만세일지(萬世一之) 장부로서

오만년지(五萬年之) 시호로다

용천검(龍泉劍) 드는 칼을

아니 쓰고 무엇하리


김유복이 칼노래를 부르니 쩌렁쩌렁 울렸다. 그는 저고리 소매를 펄럭이며 펄쩍펄쩍 뛰어올랐다. 한바탕 춤추며 노래를 부르고 나니 숨이 찼다. 한마치는 아직 그림처럼 앉아 있었다. 김유복은 이마의 땀을 닦더니 이번에는 흥얼흥얼 타령을 부르기 시작했다. 한마치를 힐끗힐끗 보며 김유복이 노랫소리를 키웠다.

"아침에 우는 새는 배가 고파 울고요.
저녁에 우는 새는 님이 그리워 운다."

김유복은 노래를 부르다 또 스스로 흥이 났다. 어깨를 우쭐우쭐 들
썩거렸다. 싸리나무 줄기로 한마치의 얼굴을 간질였다. 한마치가 손
으로 치워 냈다. 김유복은 아랑곳하지 않고 짓궂게 유들유들 웃으며
얼굴을 건드렸다.

"너영 나영 두리둥실 놀고요.
낮에낮에나 밤에밤에나 참사랑이로구나."

싸리나무 잎에서 쌉싸름한 향내가 났다. 한마치는 옆에 핀 참나리
꽃을 손가락 끝으로 쓰다듬었다. 화려한 꽃에 검은 점들이 가득 박혔
다. 참나리꽃을 볼 때마다 사월이 볼의 주근깨가 떠올랐다. 키가 훌
쩍 큰 것도 꼭 사월이를 닮았다. 큰 키에 빼빼 마른 사월이. 유순하고
연약해 보이지만 자신의 힘으로 어찌할 수 없는 그녀. 사월이를 생각
하면 언제나 그 맑고 또랑또랑한 눈빛이며, 작고 도톰한 입술, 웃을
때 드러나는 토끼 같은 앞니가 떠올라 미소를 지었다. 하지만 매번
이어지는 생각은 자신의 손길을 매몰차게 거부하던 그녀의 몸짓이었

다. 그러면 또 가슴속에 물이 가득 찬 듯 아프고 먹먹해졌다. 하루에
도 열 번, 스무 번, 아니 백 번, 천 번도 넘게 반복되는 아픔이었다.

그녀에게서 멀리 도망치면 잊을 수 있을 것이라 생각했다. 가슴에
는 물이 차 있어 시도 때도 없이 아팠지만 그래도 세월이 흐르면 마
르리라 여겼다. 그런데 어젯밤 그녀를 본 순간 그동안의 몸부림은 다
헛것이 되어 버렸다. 자신의 힘으로는 어쩔 수 없었다. 다시 또 도망
칠 수밖에는 길이 없었다. 그녀를 옆에 두고 있으면 상사병 때문에
불타 죽을 것이었다. 멀리 도망쳐 혼자 그리워하다 말라죽는 것이 나
았다. 옆에 두고 사월이를 힘들게 하지 않을 자신이 없었다. 멀리 도
망치는 게 사월이를 위해 그가 할 수 있는 유일한 일이었다.


"어뜬 멍충이는 한숨만 쉬고요.
멍충이 친구는 노래만 부른다."


김유복이 싸리 줄기로 한마치의 등을 철썩 갈기며 주저앉았다.
"사월이냐? 그리 이쁘지도 않드만 그라냐? 여자는 자고로 아담하
고 토실토실해사재. 목소리도 간드러진 맛이 있어야 좋고. 안 그라
냐?"
김유복이 실실 웃으며 말하자 한마치가 발끈 성을 냈다.
"사월이가 얼마나 이쁜디? 노래는 또 얼마나 잘한다고."
"에라이. 모지란 놈. 이쁘믄 머할 것이냐? 노무 것인디?"

"내가 더 몬자 좋아했단 말이여. 말총이보다 내가 몬자."

한마치가 악을 쓰듯 소리쳤다. 그는 주먹으로 자신의 앙가슴을 두드렸다.

"여그가 아퍼서 못 살것어. 독뎅이가 여그 박혀 갖고 내가 못 살것다고."

"으이그. 이리 와라. 내가 그 독뎅이 깨 주께."

김유복이 한마치의 등을 주먹으로 탕탕 쳤다. 한마치는 김유복의 품에 안겨 엉엉 울었다. 김유복이 뒷머리, 목, 엉덩이까지 탕탕 때렸다. 한마치는 김유복이 장난치는 걸 아는지 모르는지 어깨를 들썩이며 울었다.

"성, 나 좀 델다 줘. 나 좀 먼 데로 데려가 줘."

"알었다. 동상아, 나랑 같이 가자."

한참 만에 한마치가 울음을 그쳤다. 울음 끝에 딸꾹질이 따라 나왔다. 딸꾹질 날 때까지 울어 본 것은 아이 때 말고는 처음이었다.

"인자 속이 씨언하냐? 등치는 소만 해 갖고 으이그. 뚝!"

김유복이 입에 검지를 세우고 고개를 힘주어 끄덕였다. 그것을 본 한마치가 픽 웃었다. 그는 민망한 듯 몸을 돌려 코를 탱 풀었다. 딸꾹질도 그쳤다.

한마치는 다음 날 백장안에게 작별을 고했다. 김유복과 함께 태인으로 가서 장사를 해 보겠다고 했다. 백장안은 장사 밑천에 쓰라며 돈을 넉넉하게 주었다. 김유복과 한마치는 함께 말을 타고 떠났다.

# 10. 말총이 글눈을 뜨다

夫天道者 如無形而有迹 地理者 如廣大而有方者也

무릇 천도란 것은 형상이 없는 것 같으나 자취가 있고, 지리란 것은 넓은 것 같으나 방위가 있는 것이니라.

故 天有九星 以應九州 地有八方 以應八卦而

有盈虛迭代之數 無動靜變易之理

그러므로 한울에는 구성이 있어 땅의 구주와 응하였고 땅에는 팔방이 있어 팔괘와 응하였으니, 차고 비고 서로 갈아드는 수는 있으나 동하고 정하고 변하고 바뀌는 이치는 없느니라.

陰陽相均 雖百千萬物 化出於其中 獨惟人 最靈者也

음과 양이 서로 고루어 비록 백천만물이 그 속에서 화해 나지마는 오직 사람이 가장 신령한 것이니라.


백장안의 사랑채에서 글 읽는 소리가 흘러나왔다. 동경대전(東經大全) 중 두 번째 글인 논학문(論學文)이다. 수운이 자신의 종교체험 과정을 비롯해 자신이 하늘로부터 받은 도가 서학이 아니라 동학이라고 하는 이유, 그리고 동학의 핵심 가르침을 담은 21자 주문을 상세하게 해설하고 있다. '동학'이란 말이 처음 나오기 때문에 '동학론'이라고도 한다.

말총이가 낭랑한 목소리로 스승 백장안에게 강을 바치고 있었다. 윗목에 앉아 무릎을 단정히 꿇은 그는 느리지도 빠르지도 않은 속도로 외웠다. 백장안은 대견스러운 듯 말총이를 지긋이 바라보았다. 백장안이 질문을 던지면 말총이는 막힘없이 대답했다.

글을 배우기 시작하자 말총이의 총명함이 드러났다. 말총이는 빠른 속도로 글자를 익혀 나갔다. 한 달 후 동경대전의 포덕문(布德文)을 더듬더듬 읽기 시작했다. 그는 말을 돌보고 농사일을 하면서 입으로는 쉴 새 없이 글을 외웠다. 말총이는 매일 저녁 사랑방에서 백장안에게 강을 바쳤다.

"글은 입이고, 눈이구만요. 읽고 쓸 줄 알믄 좋것다 했는디 글을 배우다 봉게 그것이 다가 아니구만이라우. 어뜨케 살아야 할지 생각하게 허니께요. 지는 동학 덕분에 이렇게 사람같이 살고 있구만이라우."

백장안은 빙그레 웃었다. 말총이에게 글을 가르치면서 배움에 대한 순수한 열정이 무엇인지 새삼 생각해 보는 요즘이었다. 그는 양반으로 태어나 부족한 것 없이 살면서 신분은 하늘이 낸 것이려니 했다. 그가 배운 유학 어디에도 사람 차별을 합리화하지 않았으나, 유학은 그것을 깨부술 의지도 힘도 없었다. 오히려 제도를 굳건히 하는

데 이론을 제공했다. 동학을 하면서 눈을 뜨기로는 그도 말총이와 같
았다. 동학을 창도한 수운은 자신의 집 여종을 하나는 수양딸로, 하
나는 맏며느리로 삼았다. 천지개벽은 사람이 만드는 것이었다. 동학
은 유학과 크게 다르지 않았으나 '오직 사람이 귀하다'는 천명을 '시
천주'로 행하는 것이었다.

"그라믄 어뜨케 살아야 하것드냐?"

"죽을 때까장 배움서 사는 것이지라우. 배우는 것은 참말 즐겁고
좋은 일이여라우. 배움서 일하니까 힘이 펄펄 나고 사는 것 같당게
요. 목자 되고부터 재밌는 것은 없고, 할 일만 산더미여서 이렇게 살
다 죽을랑갑다 했는디…. 지는 어뜨케 해서든지 동학에 은혜를 갚을
것이구만이라우. 지는 동학을 위해서 죽는다 하믄 시방 죽어도 눈감
고 죽을 거구만이라우."

"니가 동학이고, 니가 한울이다. 그러니 이미 너는 니 안의 한울님
한테 은혜를 갚었다. 니가 이라고 복에 겨워하는디 한울이 흡족해하
지 않것냐? 허허허."

웃음을 뿌리며 뒤돌아서는 백장안의 등에 대고 말총이는 허리를
깊이 숙였다. 그는 배운 것을 날마다 사월이에게도 전해 주었다. 둘
이서 동학을 논하다 생긴 의문은 말총이가 스승에게 물었다. 사월이
는 또 백장안의 아내에게 언문을 배웠다. 백장안의 아내가 언문으로
된 용담유사를 사월이가 읽게 가르쳐 나갔다.

한마치도 손끝이 야물었지만 말총이도 부지런하고 말 돌보는 솜씨

좋기로는 한마치 못지않았다. 혹시 감목관이나 군두들에게 들켜 다시 잡혀갈까 항상 마음을 졸였지만 그의 사정을 짐작한 백장안이 제주도에서 데려온 먼 친척이라고 하여 다들 그런 줄 알고 있었다. 백장안이 그를 한갓 마부로 대하지 않고 글 배우는 제자로, 또 어엿한 도인으로 대하여 주었기에 말총이는 진도 말목장을 탈출한 후 새 세상을 사는 듯하였다. 말총이는 그동안 백장안의 심부름으로 간 집마다 마부들과 친해졌다.

그는 마부들에게 마의(馬醫) 대접을 받았다. 말의 증상을 듣기만 하여도 어떻게 하라고 말해 주고, 아픈 말을 한 번 보기만 하여도 그 병세를 알아채어 고쳐 주었기 때문이다. 그래서 마부들은 말총이가 오면 반가워하였다.

중양절을 쇠고 닷새쯤 지났을 때였다. 저녁이었다. 오늘도 하루 종일 손님상을 내느라 바빴던 사월이는 파김치가 되어 누웠다. 둥실한 달이 훤하게 떠서 창호지가 말갛게 보였다. 사월이는 끙 하고 팔꿈치로 일어나 방문을 열어 두고 다시 자리에 누웠다. 말총이는 사랑손님들 심부름을 하는지 아직 들어오지 않았다.

'말목장에도 저 달이 보이것재?'

가족들이 보고 싶었다. 보름달을 보니 작년 추석에 했던 강강술래가 떠올랐다. 추석이래야 송편도 마음껏 먹기 힘든 형편이었지만 그래도 추석은 기쁜 날이었다. 보름달이 둥실 떠오르면 동무들과 함께 강강술래를 뛰러 말목장 가운데 모여 섰다.

"보름달한테 소원 빌믄 이쁜 신랑 얻은다여."

누군가 키득거리며 말하자 처녀들은 다들 고개를 들어 보름달을 보았다. 댕기머리들이 달빛에 까맣게 빛났다. 사월이도 두 손을 모았다.

'말총이랑 혼인하게 해 주오.'

누군가 자신의 마음을 알아챈 것만 같아 그녀는 달빛에 얼굴이 화끈거렸다. 밤이라 보이지 않아 다행이었다.

"얼렁 뛰자."

열댓 명의 처녀들이 손에 손을 잡고 빙 둘러섰다. 사월이는 물러서 원 밖에 섰다. 사월이는 목소리가 크고 좋아 작년부터 선창을 맡았다. 사월이가 깊은 숨을 들이마신 뒤 중모리장단으로 강강술래를 뽑아내자 처녀들이 후렴을 받았다.

이어서 굿거리장단이다. 사월이의 목청은 쇳소리가 섞인 듯, 서걱서걱한 소금을 뿌린 듯 걸지고 강단지게 밀려 나왔다. 둥그렇게 선 처녀들의 원이 달무리 지듯 서서히 돌았다. 멀리 석성 안쪽에서는 총각들이 씨름을 하고 있었다. 함성 소리가 와자했다.


봄이 되면 씨앗 뿌려 밭일 논일 나가 보세
우리 곡식 잘 되면은 누가누가 먹는단가
여름이면 김을 매고 가을 되니 추수하세
좋은 곡식 팔아먹고 못된 곡식 우리 먹네

강강술래 강강술래

뛰어 보세 뛰어 보세 욱신욱신 뛰어나 보세
짚은 마당 높아지고 높은 마당 짚어나 지게
강강술래 강강술래
남생아 놀아라 촐래 촐래가 잘 논다


소리는 자진모리로 접어들었다. 꺾임이 많아지자 목쉰 소리가 더
찰졌다. 사월이의 어깨가 소리를 따라 움찔움찔 들썩였다. 소리는 빠
르면서 도도했다. 사리 물때 휘도는 울돌목 물살이었다. 사월이의 선
창에 따라 처녀들 속에서 남생이가 나와 우쭐우쭐 춤을 추었다.


휘영청 밝은 달이 구름을 향해 달린다. 이윽고 숨이 막혀 허우적대
던 달이 구름 속에서 빠져나왔다. 누운 사월이의 몸도 달을 따라 빙
돌았다. 작년 추석에는 한 해 뒤 자신이 집을 떠나 있을 것은 꿈에도
생각지 못했다. 하지만 말총이와 혼인하였으니 보름달을 보며 빈 소
원은 어떻게든 이루어지는 모양이었다.

그때 말총이가 달빛을 지고 들어왔다. 말총이는 어쩐 일인지 문턱
앞에 기대앉아 아무 말도 없이 달만 쳐다보았다.

"왔어? 달빛이 좋재?"

"……."

누운 채 말한 사월이의 말을 들었는지 못 들었는지 말총이는 대답이 없었다. 사월이는 몸을 끌어 말총이의 허벅지 위에 머리를 얹었다. 말총이는 여전히 달만 쳐다보고 있었다. 올려다보는 말총이의 콧대가 우뚝 높았다. 사월이가 바닥에 축 늘어져 있던 말총이의 손을 이끌어 잡았다. 그때였다.

"툭."

물방울 하나가 사월이의 이마에 떨어졌다.

사월이가 이마를 훔치자 이번에는 손등에 툭 떨어졌다. 사월이는 벌떡 일어나 앉았다. 말총이가 울고 있었다.

"먼 일이당가?"

말총이는 대답이 없었다. 사월이가 말총이의 어깨를 흔들자 그 떨림이 느껴졌다. 사월이도 따라서 눈시울이 뜨거워졌다. 가슴이 사정없이 두방망이질하는 걸 느끼며 사월이는 가슴께를 손가락으로 눌렀다.

"아부지가…."

말총이가 사월이의 품으로 무너져 내렸다. 돌아가셨느냐 다급하게 묻는 사월이에게 고개를 끄덕이며 말총이는 퍽퍽 울었다. 말총이의 어깨를 다독이며 사월이도 울었다. 토막 울음을 울면서 말총이가 말했다. 분노한 감목관이 군두를 시켜 말총이 집을 싹 불 질러 버리라 명했다고. 말총이의 아버지는 불 지르는 것을 말리려다 채찍에 맞고 걷어채였다고. 잘못 맞았는지 숨을 그르릉거리다 죽어 버렸다고.

사월이는 차마 자신의 부모님은 어찌 되었는지 묻지 못하고 눈물만 흘리고 있었다.

"사월이 느그 부모님은 괜찮어…. 다행히 괜찮어…. 울 아버지 죽는 걸 보고 놀랬는지 느그 집은 그냥 됐닥 하드라."

사월이는 새삼 울음이 터졌다.

"인자 나한테는… 니밖에 없다…. 이 세상천지에 니 한나밖에 없다. 사월아…."

오늘 외숙 집에 온 손종인이 전해 준 소식이었다.

그 후 말총이는 말을 잃었다. 핏발 선 눈으로 공부를 하고, 농사일을 하고, 말을 돌보았다. 누구도 그에게 말을 걸지 못하고 머뭇거릴 뿐이었다. 한 번씩 훌쩍 말을 타고 나가면 한나절이 지나 돌아왔다. 백장안도 참담한 눈빛으로 그를 바라볼 뿐이었다.

사월이는 말총이가 한울님에게 위로받기를 간절히 기도했다. 새벽마다 청수를 올렸다. 천 번씩 스물한 자 주문을 외며 간절한 마음으로 기도했다. 한울님을 지극히 위하는 글이므로 주문(呪文)이라 했다.

'지기금지 원위대강 시천주 조화정 영세불망 만사지'(至氣今至 願爲大降 侍天主 造化定 永世不忘 萬事知)

'한울님의 지극한 기운이 내리기를 빕니다. 한울님을 모셔 자연한 덕에 합일하고자 마음을 정하고 평생 잊지 않겠사오니 모든 일을 바르게 헤아리고 한울님의 지혜를 받고자 합니다.'

처음에는 몸이 무겁고 졸리더니 날이 갈수록 정신이 맑아졌다. 깨어나는 시각도 점점 빨라졌다. 새벽닭이 울기도 전에 깰 때가 많았다. 백장안이 언제나 새벽 일찍 일어나 기도한다는 것도 알았다. 기도에 몰입하다 보면 시간이 훌쩍 지나 어느새 동이 터 있었다. 기도 시간이 점점 길어졌다. 하지만 그녀는 곤하지 않았다. 신기했다. 기도가 깊어 갈수록 사월이의 꿈이 영험해졌다. 그녀는 흙탕물 가라앉듯 마음이 가라앉는 것을 느꼈다.

어느 날이었다. 사월이는 그날도 새벽 일찍 일어나 우물에서 청수를 길어 왔다. 물을 청수 그릇에 붓고 심고를 올렸다. 주문을 천 번 외웠다. 이어서 여느 날처럼 말총이를 위해 기도하려 했다. 그 순간이었다. 말총이보다 더 아프고 고통받는 사람들이 있다는 생각이 나면서 가슴이 턱 막히는 것이었다. 그들을 위해 먼저 기도했다. 가슴 깊은 곳에서 소리 없는 절규가 터져 나왔다. 병으로 고통받는 사람들, 배고픈 사람들, 부모 잃은 아이들, 자식 잃은 부모들, 억울하게 수탈당하는 사람들의 고통이 느껴졌다. 그들이 불쌍해 견딜 수가 없었다. 그들을 위해 기도하고 또 기도했다. 기도가 끝나고 심고를 하면서 그녀는 깨달았다. 그날 말총이의 기도를 하지 못했음을. 심고 끝에 말총이를 위해 기도했다.

그 후 사월이는 자신에게 영험한 기운이 생겼음을 알았다. 기도하다 문득 떠오르는 사람이 있었다. 그러면 그날은 그이를 위해 기도했다. 간절히 기도하면 문득 사월이의 몸 어딘가가 찌르듯 아팠다. 너무 아파 그곳을 문지르며 낫게 해 달라고 기도했다. 은밀히 그 사람을 살펴보면 훨씬 수월해진 것을 알 수 있었다. 그녀를 찾아오는 사람들이 생겼다. 사월이의 영험함을 기도 중에 알아챈 사람들이었다. 소문은 빠르게 퍼졌다. 사월이를 찾아와 기도해 달라 청하는 사람들도 생겼다. 사월이는 마음을 다해 기도해 주었다. 아픈 사람을 보면 한량없이 연민의 마음이 넘쳤다. 사월이는 그 사람들에게 동학을 전해 주고, 주문을 가르쳐 주었다. 사월이를 통해 주문의 영험함을 보고 지성으로 동학을 하는 사람들이 늘어 갔다. 사월이의 입에서 나오는 말이 점점 지혜로워졌다. 사월이는 언문을 다 익혀 용담유사를 여러 권째 베끼는 중이었다. 사월이의 글씨는 크고 반듯했다. 사람들은 책을 필사해 달라며 종이를 가져왔다. 그러나 뭐니 뭐니 해도 아녀자들에게 가장 인기 있는 건 해월 선생님의 법설 중에 언문으로 된 내수도문과 내칙이었다.

추수가 끝났다. 농사일에 바빠 주춤했던 마당 포덕이 다시 시작되었다. 짚단 한 뭇씩을 들고 새끼를 꼬러 모인 사랑방에서도, 바느질감을 들고 모인 아녀자들의 방에서도 포덕이 이루어졌다. 접주들의 발걸음이 바빠졌다. 보은에서 열린 민회 후 관의 침탈을 금지하겠다고 약속했던 충청도에서 동학 도인들을 옥에 가둔 일이 벌어졌다. 이에 분개한 도인들 천여 명이 모였다는 통문이 돌았다.

백장안은 말총이 편에 해남 접소에 서찰을 보냈다. 실의에 빠진 말총이에게 도인들을 만나게 해 주고 싶어 부러 말총이를 시킨 것이었다. 말총이는 해남 접소를 여러 번 오가면서 김춘두, 백동안과 낯을 익혔다. 겨울 들어 부쩍 통문이 많아졌다. 나라 안팎의 상황이 급박하게 돌아가고 있었다. 백장안은 의신 나치현에게도 서찰을 보냈다. 나치현은 말총이에게 생명의 은인이었다. 나치현은 말총이가 올 때마다 말목장 도인들 소식과, 사월이네 소식을 전해 주었다. 하조도 박중진에게도 여러 번 다녀왔다. 말총이는 박중진에게 아버지와 같은 정을 느꼈다. 박중진도 다 큰 아들이 생긴 듯 말총이를 든든한 의지처로 여겼다. 하조도에 다녀온 후 말총이는 조금씩 입을 열었다.

동짓달이 되었다. 고부에서 들려온 소식이 흉흉했다. 전봉준이 고부 백성 사십 명과 함께 군수 조병갑에게 폐정 개혁을 등소했다가 체포되었다. 전봉준은 거사할 것을 모의하며 사발통문을 작성해서 인근 마을의 동학 도인들에게 돌렸다. 조병갑의 탐학상이 폭로되어 조정에서는 계사년(1893) 11월 30일 자로 그를 익산 군수로 전임했다.

섣달이었다. 전봉준이 고부 백성 육십 명과 함께 재차 폐정 개혁을 요구하는 등소를 했으나 문전에서 쫓겨났다. 후임자들이 고부 군수로 임명을 받고도 부임하지 못한 채 다른 지역의 수령으로 전임되거나 사직했기 때문에 조병갑이 계속 고부 군수로 남아 있었다. 조병갑은 고부에 다시 눌러앉으려 돈을 물 쓰듯 쏟아부었다. 고부는 거대한 화약 창고가 되어 갔다.

# 11. 우리가 의를 들어 여기에 이르렀음은

갑오년 봄, 백장안의 집 뜰에 살구꽃이 피었다. 말총이는 논에 거름을 내고 쟁기질을 하느라 분주했다. 말총이가 데려온 암말 부용이는 새끼를 배어 배가 불룩해졌다. 수말 호동이는 잠시도 부용이의 곁을 떠나지 않았다. 말총이는 호동이와 부용이를 보며 흐뭇해했다. 온 산과 들에 봄기운이 가득했다. 하지만 사람들의 입을 타고 전해져 오는 소식은 불길했다.

고부에서 전봉준이 거사를 도모했다. 풍장패를 앞세워 모인 동학 도들과 농민들이 합세해 고부 관아를 점령해 버린 것이다. 끈질기게 고부 관아를 붙들고 앉았던 조병갑은 줄행랑을 치고, 동학군들은 곡식 창고를 헐어 인근 백성들에게 나눠 주고, 일의 사단이 되었던 만석보를 부숴 버렸다.

그 후 새로 고부 군수로 부임한 박원명이 봉기군의 분노를 무마시키며 농민군은 일단 해산했으나, 안핵사로 8백여 명의 군졸을 이끌고 뒤늦게 나타난 장흥 부사 이용태가 다시 불을 질렀다. 그는 고부 봉기에 가담한 농민들을 일일이 찾아다니며 집을 불사르고 재산을 약탈하며 부녀자들을 겁탈하기까지 하였다.

전봉준은 무장의 대접주 손화중을 찾아갔다. 더 이상 미룰 수 없는 대대적인 봉기가 필요함을 역설했다. 손화중도 때가 되었음을 알았다. 이미 충청도에서도 봉기가 시작되었다. 해월의 지시로 새로운 형태의 신원운동을 준비하던 차에 일이 급하게 돌아간 것이다.

대접주인 손화중, 김개남, 김덕명, 최경선 등이 나서서 통문을 돌리자 수천 명의 동학도들이 무장 여시메봉에 운집했다.

군중 앞에 선 전봉준이 거병하는 취지를 밝혔다. 동학군은 이용태가 분탕질을 친 고부를 다시 평정하고, 백산에 집결하였다. 연락을 받은 전라도 일대의 각 접에서도 속속 봉기하여 백산으로 모여들었다. 고부를 평정한 동학군의 사기는 하늘을 찔렀다.


'우리가 의(義)를 들어 여기에 이르렀음은 그 본의가 결코 다른 데 있지 아니하고 창생을 도탄 중에서 건지고 국가를 반석 위에다 두고자 함이라. 안으로는 탐학한 관리의 머리를 베고 밖으로는 횡포한 강적의 무리를 쫓아 내몰고자 함이라. 양반과 부호의 앞에서 고통을 받는 민중들과 굴욕을 받는 소리(小吏)들은 우리와 같이 원한이 깊은 자이라. 조금도 주저하지 말고 이 시각으로 일어서라. 만일 기회를 잃으면 후회하여도 돌이키지 못하리라.'


전봉준이 백산에서 발표한 격문이었다. 짧고 강렬한 글이었다. 마지막 문장을 읽는 백장안의 목소리가 떨렸다. 그는 각진 얼굴과 무예로 단련된 넓은 어깨를 가졌다. 다부진 몸이 강단져 보였다. 크지도 그렇다고 작지도 않은 눈의 빛이 예리했다. 해남읍 접소에서 격문을 가져온 백동안의 얼굴에 걱정이 가득했다. 그는 큰 눈에 낯빛이 희고 살결이 고와서 상투를 풀어 낭자머리를 하면 여인네로 보일 정도였다. 도령 같이 곱상한 얼굴만큼 마음결도 고왔다. 서른이 훌쩍 넘은 나이건만 눈빛이 맑고, 솔직하여 사람들은 모두 그를 아꼈다.

"해남읍 김춘두 접 사람들 여럿이 백산으로 간다고 하드만이라우. 그란디 이 끝이 어찌 될까라우? 백성들이 옳다고 함서 임금이 목민관을 쫓아내도 끝판에는 주동자도 같이 목을 빌 것인디…."

"30년 전 임술년만 봐도 기가 맥혔지야. 지방관이 쉬쉬하고 민란을 묻어 분 데는 그냥 넘어갔재마는, 함평은 관리도 경질되고, 주동자도 효수됐잖여."

"관리가 잘못했는디 주동자까지 목 베는 것은 참말로 열불이 나요. 함평 정한순이란 그 양반도 그 양반까지 일곱 명이 효수됐는디 현감 권명규가 받은 벌은 꼴랑 유배 간 거뿐이요. 유배 갔다가도 몇 년 지나믄 다 풀려나 갖고 또 벼슬하고. 민란이 아니었으믄 관리가 잘못한 줄을 임금이 어찌 알 것이요. 그란게 오히려 상을 줘사 쓸 거 아니요?"

마침 옆 마을 산림리에서 백장안의 친구 김경재가 왔다. 그는 백장안과 매부인 하조도 박중진에게서 동학을 들어 알았지만 아직 동학에 입도하지는 않았다. 그는 자리에 앉자마자 대뜸 큰소리로 끼어들었다. 그의 부리부리한 눈이 더 커졌다.

"임금은 만백성의 어버이요, 목민관은 그 어버이의 대행자라 안 그런가? 어버이를 거역했은게 대역 죄인이나 마찬가지재. 정한순도 포악했던 현감이 유배 가고 다른 현감이 온게 고개를 숙임서 '인자 내 죄를 받을 차례인게 나를 죽이시오.'라고 했다지 않든가?"

김경재의 말에 백동안이 얼굴이 벌개져서 말했다.

"그란께 정한순도 문제가 있단 말이요. 왜 생때같은 목심을 현감 모가지 하나 띠는 데에 내놓냐고라우."

"그라믄 자네는 어짜잔 말인가?"

"크게 봐 부러야재라우. 힘을 모태 갖고 끌텅을 파 부러야재라우. 의로운 사람 하나 나기가 얼매나 어려운디 그 아까운 목심들을 버리냐 그것이여라우."

백장안도 동생의 의견에 동조했다.

"이라고 해남까지 격문이 나왔으니 벌써 고부군 지경은 벗어난 문제여. 인제는 크게 벌일수록 승산이 있것재."

"자네 말은 그랗게 임금까지 엎어 부러야 한단 말인가?"

김경재가 강단지게 따지고 들자 백씨 형제는 움찔하였다. 유학을 공부한 선비들인지라 임금의 존재를 부인하는 것은 감히 상상도 못할 일이었다. 백장안이 결심한 듯 비장하게 입을 열었다.

"나는 그라고 보네. 공자님이 말씀하신 충효, 충서는 본래 선비가 마음을 닦는 덕목 아니었는가? 그란디 이 나라 충효는 시방 아랫사람 입 막고 다스리는 방편으로만 있네. 실제 안 그란가? 맹자도 그랬지 않은가! 옳지 않은 주군은 버리는 것이라고."

"큰일 낼 사람들일세. 지금 이 나라가 논쟁을 허용하는 나라든가? 어느 집안에 태어났냐로 학파, 사상도 결정되는 판국인디 공맹의 말씀을 꼬투리 잡고 늘어졌다가 먼 곤욕을 치를라고 그라신가?"

"허참. 경재, 자네도 탐관오리들의 횡포에는 누구보다도 분을 못 참음서 그라신가?"

"어디 격문이나 한번 읽어 보세."

백장안이 김경재 앞으로 격문을 밀어 주었다. 김경재도 굳은 표정으로 격문을 다 읽더니 종이를 달라 하여 베끼기 시작했다.

"가보세 가보세 을미적 을미적거리다 병신되믄 못가보리."

백장안은 마구간으로 가다가 노랫소리를 듣고 발을 멈추었다. 말총이가 말똥을 치우며 중얼중얼 부르고 있었다.

"그 노래가 요즘 많이 들리드마 너도 아냐?"

"동네 나가믄 아그들이 이 노래를 목이 터져라고 부르드만이라우."

"민심은 무서운 것이다. 갑오년 올해 안 일어서믄 내년 을미년, 내후년 병신년에는 일어나도 실패한단 말이 아닌가? 미적거리지 마라고 아그들이 우리 등을 떠미는 소리다 이 소리가!"

말총이는 백장안의 서찰을 전하기 위해 해남읍 접소에 갔다. 김춘두가 반갑게 맞아 주었다. 접소에는 옥천 사람 김의태가 와 있었다.

김의태는 고부에서 동학군이 대승했다는 소식을 전하는 참이었다.
김의태는 침을 삼키더니 말을 이었다.

"사월 이렛날 새복에 황토현에서 전라 감영군을 이겼다고 합디다.
그란디 바로 전주로 안 쳐들어가고 아랫녘으로 방향을 틀었닥 하요.
정읍, 흥덕 거쳐서 다음은 고창 관아를 점령할 것이라고 합디다."

"신통하네이. 생전 쌈이라고는 안 해 봤을 것인디 어뜨케 관군을
이겼으까이?"

"들판에서 안 싸우고, 요리조리 끌고 댕김서 심을 뺀 다음에 잠자
고 있는 관군을 기습했닥 합디다."

김춘두가 고개를 끄덕이며 찬탄했다.

"그래야재. 첨에는 그라고 기습하고, 내빼고 함서 무기도 뺏고, 사
람도 늘리고 해사 써. 잘하는 일이네. 참말로."

"아랫녘으로 내려오믄 고창 접수하고, 다음은 무장하고 영광이까?
관아 현감들 난리 났것는디!"

김의태는 경군과 동학군의 이동 경로를 설명했다. 홍계훈이 이끄
는 경군은 배를 타고 상륙했고, 부안 근처 십여 읍의 수령들은 모두
감영으로 도피했다. 동학군이 군기를 빼앗아 무장하고 있다는 것이
었다. 해남에서도 동학군에 합류하기 위해 떠나기로 했다. 옥천 김의
태는 열흘 후 만나 출발하자고 약속한 후 돌아갔다. 김춘두가 백장안
과 박중진에게 전하는 서찰을 품에 넣고 말총이도 일어섰다.

두륜산에는 연초록 새순이 함성을 지르며 돋아나고, 산벚꽃과 진달래가 다투어 피었다. 들판에 가득한 보리는 하루가 다르게 쑥쑥 자랐다. 두 달만 지나면 보리가 누렇게 익고, 모를 심어야 할 농번기였다. 말총이는 백장안이 이번에 봉기에 나서지 않더라도 자신은 도인들을 따라 싸움에 나서리라 마음먹었다. 사월이가 어찌 나올지 걱정이었다.

"말총아, 잘 다녀왔냐? 먼 생각에 푹 빠졌구나?"

백장안이 어디에 가려는지 문 앞에 말을 세워 놓고 있었다.

"나와 계신지도 몰랐구만요. 이 들판을 놔두고 농민들이 나서는 것을 봄서 어째서 시상이라고 사람들을 몰아대까 생각을 했어라우."

말총이는 품에서 서찰을 꺼내어 건네며 대답했다.

"말총이 너는 이 사람들이 시상이 몰아가는 대로 쫓겨서 가는 것으로 보이냐?"

"……?"

"니가 사월이를 델꼬 도망쳐 나온 것은 그라믄 시상에 쫓겨서 그리 한 것이냐? 아니면 시상을 거슬러 올랐든 것이냐?"

"쫓겨서 어쩔 수 없은 게 그리 했는디 또 달리 생각해 보믄 지가 시상을 거슬른 것 같기도 하구만이라우."

"산 물고기는 물살 따라 내려가드냐 아니면 물살을 거슬러 오르드냐?"

"거슬러 오르지라우."

"살아 있는 것들은 다 그런 것이다. 저 나무들도 물을 가지 끝까지 거꾸로 끌어올리지야. 니가 날마다 배우는 공부도 그리고…. 산다는 것은 저 종달새같이 파닥거리는 것이 아니것냐?"

백장안이 말총이의 등 뒤를 가리켰다. 종달새 한 마리가 날카롭게 울부짖으며 이리저리 날았다. 보리밭 고랑에 새끼를 깐 어미 종달새였다. 자신이 지나온 보리밭 가운데 둥지를 튼 모양이었다.

"그래서 지도 이번 싸움에 같이 갈라고 맘묵었구만이라우."

"허허. 니가 나를 떠보니라고 그리 말을 꺼냈고나?"

"아이고, 지송하구만요. 어뜨케 허다 봉게 그리 말했는디 스승님 말 듣고 결단을 확실히 했구만이라우. 지는 백번 생각해 봐도 이 싸움에 꼭 나가야 할 사람이구만이라우. 돌아가신 아부지를 생각하믄…."

"좀 있으믄 니한테 맡길 일이 있다. 니 아니믄 안 되는 일이다."

"뭐신디요? 맡겨만 주시믄 목심을 걸고 하것구만이라우."

"기마 부대를 맹글라고 하는 중이다. 연통이 닿는 데마다 기마 부대를 하것다고 나서는 사람들이 있응게 다 짜지면 니한테 맡길 것이다. 혹시 총질할 줄 아냐?"

"총질은 못 하구만이라우. 채찍으로 휘갈기는 거는 자신 있는디…."

"내가 갈쳐 주마. 총질이 익숙해지면 그때는 함께 가자꾸나."

백장안에게 화승총 쏘는 법을 배운 말총이는 그날 저녁부터 심지에 불을 붙인 후, 빈 총을 들고 겨누는 것을 연습했다. 하룻밤 꼬박 연습하니 손에는 익었지만 실감이 나지 않아 백장안은 말총이를 데리고 두륜산에 올랐다. 지게에 가마니 여러 장을 얹고, 그 속에 총 두 자루와 화승, 화약을 감추었다. 백장안이 무과 시험 준비할 때 총포 연습 하던 곳이었다.

오소재를 넘어 왼쪽 주작산 능선을 타고 조금 가자 너덜겅 바위틈에 굴이 있었다. 굴 입구를 가마니로 막고 캄캄한 굴속에 화톳불을 피웠다. 백장안이 먼저 가마니를 향하여 총을 쏘았다. 말총이도 몇 번 쏘고 나자 명중률은 아직 자신이 없었지만 귀청을 찢는 듯한 총소리에는 적응이 되었다.

"아는 마부들이 있는디 우리 도인들이구만이라우. 총 놓는 것을 같이 배워도 될까라우?"

"그래라. 떨쳐 일어슬 때 그 사람들이 큰일을 할 것이다."

다음 날부터 백장안은 말총이가 데려온 마부들 대여섯 명에게도 화승총 쏘는 것을 가르쳐 주었다. 그들은 두 명이 조를 짜서 한 사람은 불을 붙이고, 한 사람은 명중시키는 것이 더 효율적이라는 것을 알고 손 맞는 사람끼리 함께 연습했다. 최대한 빨리 불을 붙이는 것도 중요하지만 동시에 집중 사격하는 기술도 필요했다. 총질 배운다는 소문을 듣고 도인들이 더 몰려들자 백장안이 화승총을 더 구해 왔다. 한꺼번에 예닐곱 정의 화승총을 쏘자 그 소리에 떠르르르 산이 울렸다. 명중률이 높아지자 사기가 올랐다.

4월 18일, 말총이와 마부들은 백장안과 함께 출발했다. 아직 총질이 서투니 섣불리 말을 몰고 앞서지 말라는 백장안의 신신당부를 듣고 난 후였다. 나주에서 무안으로 길을 틀어 얼마 가지 않았을 때 진을 치고 있는 동학군이 보였다. 총을 들고 있는 사람들도 있었지만 대부분 맨저고리 바람에 죽창을 들었다. 전투를 치렀는지 옷이 먼지투성이인 사람들도 많았다. 그들이 가까이 다가가자 몇몇 사람들이 일어서서 긴장하는 태도로 죽창을 그러쥐었다. 일행은 말에서 내려 걸어갔다. 백동안이 먼저 그들에게 말을 걸었다.

"우리는 해남 도인들입니다. 어디서 오신 분들이시요?"

"나주에서 온 사람들도 있고, 무안 사람들도 있소. 아까 함평에서도 칠팔천 와서 저쪽에 있소."

"왜 여기에 모여 있답니까?"

"나주 소식 못 들었소? 동학군 수천 명이 나주 승안리에 모였는디 나주 목사 민종렬이 공격해서 수십 명이 생포되었소. 그래서 내일 나주를 칠라고 여그 모인 것이오."

일행 속에서 전유희를 발견한 말총이가 깜짝 놀라 그에게 절을 했다. 그는 해남 황원면 도인들을 이끌고 있었다. 그들은 무안 배규인의 포에 속해 싸우고 있었다.

"지금 전라도 각 군에서 감사부터 군수, 현감들이 다 도망가는 굿인디라우. 여그 나주에서만 동학도가 당하고 있소."

전유희는 기마 부대가 진을 친 곳으로 그들을 데려갔다. 기마 부대

쪽으로 가자 풀 냄새, 말똥 냄새가 났다. 백여 마리의 말이 매여 있었다. 기마 부대 대원들은 풀을 한 아름씩 베어 와 말에게 먹이느라 바빴다. 백장안 일행의 말들도 풀 냄새를 맡자 발걸음이 빨라졌다. 아침에 든든히 먹고 오긴 했으나 하루 종일 오느라 사람도 말도 허기져 있었다.

"어이, 유복이."

전유희가 둘러앉아 이야기를 하는 사람들 쪽을 향해 소리쳤다. 김유복이 뛰어왔다. 김유복은 떠꺼머리에 여전히 밝은 얼굴이었다.

"아이고, 누구시라고. 동안이 성님. 아니 아니고, 종인이 외숙들이시구만요. 반갑구만이라우. 말총이도 왔네."

김유복은 헤어졌던 식구를 만난 것처럼 반겨했다. 백장안 형제도 무안에서 김유복을 만날 줄은 꿈에도 생각지 못한 터라 놀랍고 반가웠다. 김유복은 백장안에게 먼저 고개를 숙여 인사하고는 백동안 앞에 오더니 덥석 안아 버렸다. 백동안도 김유복을 마주 끌어안으며 등을 투덕투덕 쳤다. 김유복은 말총이에게 다가와 손을 잡았다. 김유복과 함께 온 한마치도 일행들과 반갑게 인사하였다.

"종인이 외숙들 덕에 인자 기마 부대가 짱짱하구만요."

"먼저 정황을 좀 알려 주게."

"전봉준 장군 동학군 중 반은 영광에 남아 있고, 반은 함평에 있었는디 지가 오늘 함평서 이리 왔구만이라우. 시방 나주옥에 갇혀 있는 도인들을 구하러 내일 아침 나주성을 공격할 것이요."

그때였다. 여기저기에서 수런거리는 소리가 났다. 청년들이 마을 쪽에서 밥을 가져오고 있었다. 대바구니, 나무 함지, 항아리 뚜껑들이 총동원되었다. 밥을 퍼 올 함지가 없었는지 솥째 들고 오기도 하고, 물 적신 무명베를 펼쳐 밥을 담아 오기도 했다. 쌀을 주고 근처 여러 마을에 맡겨 밥을 해 오는 것이었다. 구수한 밥 냄새가 퍼졌다. 들기름, 유채기름 냄새가 나는 함지도 있었다. 처음부터 소금을 넣어 밥을 해서 반찬이 없어도 괜찮았다. 손을 엉덩이에 한 번 쓱쓱 문지른 후 한 주걱씩 퍼 주는 밥을 받았다.

"밥아, 너 본 지 오래다. 어디 갔다 인자 왔냐?"

"쌀밥 한 번만 묵어 봤으믄 죽어도 원이 없것다고 했드니 한울님이 들으셨는가?"

"묵고 죽은 귀신은 때깔도 좋닥 안 하든가? 묵는 것이 남는 것인게 얼른 묵어 보세."

"그동안은 내가 지은 쌀도 다 뺏겼는디 살다 봉게 내가 일 안한 밥도 묵어 보네."

"이 밥은 누구 뺏골 녹애서 나온 것이꼬? 고상했소야. 참말로 고맙소."

"누구긴 누구것소? 우리 같은 농꾼이것재. 이라고 우리가 골골이 쳐들어가서 동학 시상을 맹글머는 말이요. 곰방 쌀밥 배터지게 묵고 살 날 오것소야."

"듣기만 해도 배부른 소리요. 내일은 나주 치고, 모레는 영암 살짝

건드러 주고는 바로 해남으로 쪼깨 갑시다와. 이 수가 다 뗴끌러가믄
해남현 개벽시키는 것은 일도 아니것소.”

밥이 나오니 다들 얼굴이 훈훈해지고, 우스갯소리에 웃음소리도
왁자하게 터져 나왔다.

아직 보릿고개를 넘는 중이었다. 키는 다 자랐지만 벨 만큼 보리가
익으려면 보름은 더 기다려야 했다. 농민군 중에 흰쌀밥을 먹고 나온
사람은 몇 명 되지 않을 것이었다.


농민군이 무안에 진을 친 것은 무안 군수 이중익 덕분이었다. 사월
에 부임한 이중익은 동학군에 협조적이어서 사흘 전에 관아를 점령
했지만 충돌이 없었다. 이중익은 관아에서 세미를 털어 군량미까지
대 주었다. 동학군은 백성들의 원성을 샀던 이방 박병길을 잡아 문초
하려 했지만 그는 이미 나주로 피신해 버린 후였다. 성난 군중은 그
의 가산을 모조리 불태우려 하였다. 도인들이 나서서 달래어 간신히
사랑채만 불태우는 데 그쳤다.

동학군 도소는 관아를 점령할 때 먼저 통문을 보내어 협조하게 하
였다. 저항하지 않으면 인명과 재산을 보호하고 관아 건물에 머물면
서 장부를 점검하였다. 장부를 검토한 후에 탐관오리를 징치하고, 무
고하게 갇혀 있는 동학 도인들을 풀어 주었다. 이미 동학군은 나주로
출진하기 전 초토영과 나주 공형(公兄)에게 통문을 보냈다.

‘동학군이 열읍(列邑)을 순회하는 목적이 탐관(貪官)을 징치하고 염

리(廉吏)를 포상하는 데 있으니 나주 목사가 각 읍에서 모은 민병들을 귀농시키고, 교도들을 석방하면 나주를 공격하지 않겠다.'

그러나 나주 목사 민종렬의 답변은 차가웠다.

'명분이 없는 거사는 마땅히 도륙하도록 법에 정해져 있다. 이치에 닿지 않는 말은 듣고 싶지 않다.'

동학군이 나주성을 치는 것은 피할 수 없게 되었다.

저녁을 먹고 동학군들은 대 편성을 하고, 대장의 구령과 깃발 신호에 따라 진법 훈련을 하였다. 백장안 일행은 무안 배규인 대접주의 대에 속하여 훈련을 받았다. 배규인 대접주는 짙은 눈썹에 키가 컸다. 훈련이 끝난 후 배규인은 백장안과 통성명을 하고, 숙영하는 곳을 둘러본 후 가마니와 짚뭇을 나눠 주었다. 잠자리가 정리되어 가는지 차츰 사람들의 웅성거림이 사라지고 주문을 외는 소리가 구시렁구시렁 낮게 깔렸다. 백장안 일행도 둘러앉아 심고를 드린 후 주문을 외웠다.

백장안이 자리에서 일어서 모닥불이 가득한 들판을 바라보고 있을 때였다. 김유복이 천천히 걸어오고 있었다. 백장안은 어둠 속에서 다가오는 김유복의 얼굴을 보았다. 웃지 않아도 입꼬리가 치켜 올라가 있어 웃는 것처럼 보이고, 항상 장난기로 가득했던 눈빛이 굳어 있었다. 하지만 그는 가까이 오자 언제 그랬냐는 듯 백장안에게 고개를 꾸벅 숙여 인사를 하고는 모닥불 옆에 누워 있던 백동안의 옆구리를 질벅거리며 장난을 걸었다.

"한 일도 없이 아까운 밥을 그라고 많이 묵소? 염치도 없재. 밥이 넘어갑디요?"

"일허고 묵기도 하고, 묵고 나서 일허기도 허는 것이재. 그러는 너는 맨날 빈들거리고 돌아댕기기만 허드마 밥은 먼 염치로 묵었냐?"

"나도 묵고 할라고 일단 묵었소. 다들 밥은 잘 자셨재라우? 낼 일치거니 길 나설 것잉게 한뎃잠이재마는 푹 주무시오."

"내일 나주를 치러 간다드니 참말이랑가?"

"다시 함평으로 해서 장성으로 올라가야 쓰것어라우. 초토사 홍계훈이 이쪽으로 내려옴서 군대를 먼저 나주로 보냈다고 하요. 우리가 나주를 칠 줄 알고 지금 인근 현 관군들도 다 이리로 오는 중인게 우리는 낼 바람같이 장성으로 갈 것이구마요."

김유복이 알려 준 작전이었다. 백장안 일행은 눈을 동그랗게 뜨고 벌린 입을 다물지 못했다. 동학군이 관군을 이리저리 끌고 다니며 힘을 빼놓는다더니 바로 이런 계책이었던 것이다.

"참말로 귀신도 홀리것네. 무릎 치고 듣기만 했드니 인자 우리도 그 판에 낀 것이여? 시방?"

백장안이 탄복을 하며 말했다.

"우리가 숫자만 많재 아직 훈련이 안 됐은게라우. 골골이 댕김서 무기도 모태고, 군대도 모집허고, 저녁으로는 훈련도 하는 중이었구만이라우."

"아재, 내일 기마대가 앞장을 설 것이오. 첨에는 나주로 갈 것같이 동쪽으로 질을 잡을 것이구만이라우. 기마대가 먼저 바람같이 나주 고막원까지 가서 얼굴을 비추고 돌아설 것이요. 기마대 백여 명이 항 꾸네 가는 것이 아니고 드문드문 내달려 가믄 먼지가 자욱하니 관군 을 속일 수 있을 것이요. 지는 선발대로 먼저 장성으로 가구만이라 우."

# 12. 전주성을 함락하다

　4월 19일, 백장안 일행은 나주 작전을 마치고 동학군과 함께 함평에 도착하였다. 오시가 지나 있었다. 함평에는 2천여 명의 동학군이 모여 있다는데도 어지럽지 않고 군율이 있어 정규군대 같았다.

　"와, 깃발들도 겁나 많네. 저 벽에는 멋이 붙어 있다냐?"

　벽에 붙은 것은 '4대 강령'과 '12개조 규율'이었다. 언문으로 적은 4대 강령을 말총이가 큰 소리로 읽기 시작했다.

　"일, 사람을 함부로 죽이지 말고 가축을 잡아먹지 말라.

　이, 충효를 다하여 세상을 구하고 백성을 편안케 하라.

　삼, 왜놈을 몰아내고 정치를 바로잡는다.

　사, 군사를 몰아 서울로 쳐들어가 권귀들을 모두 없앤다."

　"전봉준 장군의 군율이 엄하고나. 좋은 일이다."

　백장안의 얼굴에 안도감이 어렸다.

　"그란디 저 양반 등거리에 붙어 있는 종이는 멋이까라우?"

　말총이가 백장안에게 묻는 소리를 들은 동학군이 차근차근 설명해 주었다.

"청을(靑乙) 자를 써서 등에 붙이고, 황톳물 들인 수건을 머리에 동이라고 장군님이 영을 내리셨소. 이라고 하믄 포탄에 맞아도 끄떡없다요. 저짝으로 가믄 다 나눠 줄 것이요."

"저짝 가믄 전봉준 장군님을 뵐 수 있으까라우?"

"장군님은 선발대 이끌고 새복에 장성으로 가셨소. 진 치기 전에 지형지물을 세세하게 살펴서 진 칠 자리를 잡으실 것이요."

백장안 일행은 고개를 끄덕이며 대열을 따라 앞으로 나아갔다.

4월 20일 아침, 백장안 일행은 동학군과 함께 함평을 떠났다. 그들은 21일에 장성 월평리에서 전봉준 부대와 합류하였다. 전봉준 부대는 깃발이 질서 정연했다. 이미 황토현에서 관군을 대파하며 여러 고을을 휩쓸고 온 동학군이었다. 팽팽한 눈빛으로 죽창을 그러쥐고 있는 그들은 이제 누가 봐도 어엿한 군대였다.

"저것은 장태 아니드라고? 무지하게 크게도 맹글었네야. 어따가 쓸라고 그라까? 속에다는 짚을 한나 채왔네?"

장태는 둘레가 몇 아름이며 길이가 열 발은 되어 보였다. 이마에 황토 베수건을 싸맨 건장한 동학군이 대답했다.

"이방언 장군님이 안을 내서 맹글었소. 관군이 가진 신식 무기는 총알이 무자게 빨리 나온다요. 인자부터는 이 장태가 우리를 지켜줄 것이요."

"장흥 이방언 접주님 말이요? 여그 오셨소?"

"맞소. 지금 여그 기시오."

"참말로 그라것소. 장태 뒤에 숨어 갖고 가믄 총알이 장태에 맞어 튀든지, 짚 속에 다 박혀 불것소."

말총이는 전봉준 장군을 먼발치에서라도 보고 싶어 두리번거렸다

"스승님, 유복이 성 만나서 전봉준 장군님 좀 갈쳐 주락 할게라우."

말총이가 발싸심을 하자 백동안과 함께 가라고 허락하였다. 그들은 말을 타고 깃발이 빽빽이 서 있는 곳으로 달렸다.

"보국안민!"

말총이는 달리면서도 깃발에 씌어 있는 글씨를 큰 소리로 읽었다.

"무장포."

"무장포면 저 부대에 유복이 있것다. 그리 가 보자."

무장 깃발을 보고 가까이 갔으나 기마 부대는 없고 의논을 하는지 여럿이 둘러앉아 있었다.

"김유복을 찾으러 왔는디 기마 부대는 어디 있으까라우?"

말총이가 큰 소리로 묻자 훤칠하게 키가 큰 사내가 일어서 손가락으로 가리키며 말했다.

"기마 부대는 저짝으로 가 보시오."

말총이는 키 큰 사내의 옆에 있던 사람에게 눈길이 갔다. 키가 자그마한 분과 말총이의 눈이 마주쳤다. 크지 않은 눈인데도 빛살을 내뿜는 듯 강하게 끌어당기는 힘이 있었다. 순간 말총이는 사방이 고요해지는 느낌을 받았다.

'그분이다.'

말총이의 가슴이 뛰었다. 부대의 끝까지 가자 기마 부대의 붉은 깃발이 보였다. 김유복이 거기에 있었다. 말총이를 본 김유복이 반가워 펄쩍 뛰며 해남 기마 부대를 데려오라 했다.

"우리가 방금 본 그분이 장군님 맞재? 분명히 전봉준 장군이여."

"어디서 봤는디? 어뜨케 생기셨던?"

김유복이 웃으며 묻자 백동안이 말했다.

"키가 크던디. 전봉준 장군은 키가 작다고 안 그랬냐."

"서 있던 분 말고 옆에 앉아 있던 분 말이요."

"그라믄 맞을 것이다. 훤칠한 분은 손화중 무장 대접주님이고 두 분이 지금 같이 계신 거 맞어."

"와아아. 장군님하고 같이 싸우는 거여? 내가 진짜로?"

"짜석, 김유복 장군님하고 같이 싸우는 것이 아니고?"

말총이는 김유복의 말을 듣는 둥 마는 둥 나는 듯이 말을 달려 백장안 일행을 데려왔다. 동학군은 삼봉 아래 황룡천 어귀에 진을 쳤다. 이틀간 주둔하면서 동학군은 부대를 재편성하고, 인원 점고를 하였다. 동학군 내에 첩자가 잠입하였다는 정보가 있어 색출하기 위함이었다. 말총이가 각지에서 말을 타고 온 사람들을 모아 기마 부대로 데려오면 김유복이 누구 접인지 조사하고 백동안이 장부에 적었다.

점고를 시작하고 얼마 지나지 않아 이 부대에서 저 부대로 슬슬 자리를 옮기던 첩자들이 다섯 명이나 잡혔다. 첩자들은 전봉준 장군에게로 보내졌다. 김유복이 기마 부대 인원 점고를 보고하고 돌아와 알려 주었다.

"홍계훈이 고창, 영광에서 보낸 첩자 둘, 이학승이 보낸 첩자 둘, 나주 목사 민종렬이 보낸 첩자가 한 명이었다여."

"이학승은 누군고? 글고 초토사 홍계훈은 지금 어디에 있당가?"

백장안이 물었다.

"홍계훈은 영광에서 금구로 가는 중이랍디다. 이학승은 홍계훈 수하 장군이고라우."

그때였다. 천지를 진동하는 포 소리가 나더니 여기저기에서 비명 소리가 들렸다. 말들이 놀라 앞발을 쳐들고 좌충우돌했다. 말총이는 고삐를 바투 쥐었다. 동학군들은 급히 후퇴하여 삼봉으로 올라갔다.

"기마대! 기마대! 서쪽으로."

목이 터져라 외쳐 대는 김유복의 소리가 들렸다. 기마대의 붉은 깃발이 서쪽 산등성이를 향해 달려가고 있었다. 말총이도 붉은 깃발을 따라 말을 달렸다. 포탄이 날아오는 방향이었다. 포 소리로 정신을 빼어 놓더니 이번에는 회선포를 갈겨 대고 있었다. 회선포가 드르륵 총알을 뱉어 낼 때마다 동학군이 칠팔 명씩 푹푹 쓰러졌다. 동학군이 산으로 올라붙자 관군이 산등성이에서 나와 추격했다.

신식 총을 든 관군이 산을 내려와 들판을 가로질렀다. 붉은 깃발은 서쪽 산으로 바짝 붙었다. 김유복이 기마대의 선두에서 달리고 있었다. 관군의 눈을 피하여 서쪽으로 돌아갔다. 말총이도 이제 작전을 알 수 있었다. 김유복은 관군의 옆을 기습하여 쿠르프포와 회선포를 빼앗을 계획이었다. 포병들이 바퀴가 달린 쿠르프포를 끌고, 그 옆에서 달려가는 회선포 부대도 보였다. 대포 옆에는 양총 부대와 기마병 십여 명이 엄호하고 있었다.

전봉준이 이끄는 동학군은 삼봉으로 올라가 관군의 동정을 살피는 중이었다. 들판으로 나온 관군의 숫자는 얼마 되지 않았다. 전봉준의 본진에서 반격을 시작하였다. 간간이 화승총 소리가 들리기 시작하더니 동학군 쪽에서 와아아 지르는 함성 소리가 들렸다. 동학군은 일제히 황룡천을 건너 대나무 장태를 굴리며 신호리로 진격하였다. 동학군은 거대한 장태 십여 개를 굴리며 낮은 자세로 달렸다. 관군이 쏘아 대는 신식 총 소리가 콩 튀듯 들렸지만 함성 소리는 줄어들지 않았다. 쓰러지는 사람도 있었지만 동학군은 멈추지 않았다. 기세에 질려 관군이 뒤돌아 도망치기 시작했다. 관군은 엎어지고 자빠지며 사방으로 튀어 달아났다. 관군의 뒤를 따르던 포군이 다시 쿠르프포와 회선포를 설치하기 시작하였다. 물밀 듯이 산을 내려와 쫓아오는 동학군을 쏠 태세였다. 관군이 신식 총을 버리고 달아나자 동학군은 이제 장태도 버리고 뒤쫓았다.

말 위에 앉은 말총이의 눈에 본진의 전투 상황이 한눈에 보였다. 기마 부대는 김유복이 신호기 올리기를 기다리고 있었다. 김유복이 손짓하자 붉은 깃발이 올랐다. 김유복이 이번에도 선두에서 포군을 향하여 짓쳐들어갔다. 말총이도 백장안과 백동안과 나란히 달렸다. 포군의 뒤에서 호위하던 관군 기마대와 맞붙었다. 백장안은 칼을 빼어 들고 달려들었다. 말총이도 달려드는 관군을 긴 채찍을 휘둘러 말 위에서 떨어트렸다. 양측 기마대끼리 싸우는 동안 관군이 포를 끌고 도망치기 시작했다. 김유복이 그것을 보고 말을 달려 포군을 베었다. 관군이 쿠르프포와 회전포를 버리고 도망쳤다.

동학군의 승리였다. 사월 스무사흘 날이었다. 동학군은 서로 얼싸 안고 함성을 질렀다. 말총이도 말에서 내려 마부들과 만세를 불렀다. 관군의 기습적인 포사격으로 동학군 5, 60명이 죽었지만, 관군을 물 리친 것이다. 고부 백산에서는 지방의 관군을 이겼지만, 이번에는 대 포까지 갖춘 왕의 정예부대였다. 이 전투에서 군은 포와 함께 신식 총 1백여 자루도 확보했다. 동학군을 기습한 부대는 홍계훈의 선발 대로, 부대를 지휘하던 대관 이학승도 죽었다고 했다.

장성 황룡천에서 대승을 거둔 전봉준 장군은 곧장 전주성으로 부 대를 이끌었다. 연거푸 승리를 맛본 부대의 체계는 더욱 일사불란해 졌다. 기마 부대는 백장안을 대장으로, 김유복을 모사로 뽑았다.

27일, 전주성을 함락했다. 호남 제일의 전주성을 들이치는 것치고 는 너무나 싱거운 입성이었다. 양반들은 앞다투어 성을 빠져나갔지 만, 백성들은 만세를 부르며 동학군을 환영했다. 일시에 전주성은 새 로운 세상의 중심이 되었다. 그러나 그도 잠시. 뒤늦게 도착한 초토 사 홍계훈이 전주성 밖 완산에 진을 친 채 성내로 포를 쏘아 성안은 아수라장이 되었다. 지원군의 합류로 관군의 숫자가 점점 불어나자 불안해진 백성들도 성을 빠져나갔다. 동학군은 성문을 열고 나가 완산에 진을 친 관군을 공격하다가 큰 피해를 입고 다시 성안으로 후퇴하였다. 연일 계속되는 전투에 사상자는 불어나고 동학군은 지쳐 갔다. 이기기만 하던 싸움에서 사상자가 속출하자 동학군들의 사기는 급속히 떨어졌다. 피난민 틈에 끼어 도망치는 동학군이 상당하다는 소문이 돌아 술렁였다.

"말총아, 얼른 와서 밥 묵어라."

말총이가 젊은 기마 부대원들과 함께 성벽 경계를 하다 교대하고 돌아온 참이었다. 기마 부대는 성벽에서 가까운 민가 한 채에 들어 교대로 먹고 자며 싸웠다. 부대원들은 담장 아래에서 쭈그리고 앉아 주먹밥을 먹고 있었다. 관군의 포탄이 언제 떨어질 줄 모르기 때문에 엄폐물 뒤에서 먹고 쉬어야 했다.

그때 대도소 지휘부에서 돌아온 백장안과 김유복이 놀라운 소식을 전해 주었다.

"오늘 전봉준 장군이 초토사 홍계훈과 화약을 맺었다네. 인자 싸움은 끝났네. 전주성을 내주고 고향으로 돌아가기로 했은께."

모두 밥을 씹다 말고 눈이 둥그레졌다.

"진짜로 저것들이 우리를 두 발로 걸어가게 냅둘까라우?"

"동학군들한테 물침표(勿侵標)를 줘서 안전을 보장하기로 했은게 괜찮을 것이네."

"일이 어뜨케 된 것인지 소상하게 말을 잔 해 보씨요."

백동안의 말에 여기저기에서 "그려, 그려." 소리가 났다. 백장안이 김유복에게 고갯짓을 하자 이번에는 김유복이 나섰다.

"선은 이렇고 후는 이렇다고 소상히 말할 텐께 들어 보시요들. 홍계훈이 사실은 임금님한테 동학군하고 빨리 화약을 맺으라는 명을 받고 있었닥 하요. 화약을 안 맺으면 청일 양국 군대가 우리나라에서 전쟁을 벌이게 생겨 부렀어. 왜 그라냐? 전주성을 뺏기고 민씨들이 덜컥 청군을 불른게 이번에는 일본놈들이 나도 같이 묵자 하고 바로 들어와 부렀소."

"큰일이 나 부렀재. 그란게 그때서야 깜짝 놀랜 임금이 우리하고 화약을 맺었다 그 말이구마."

"그것이요. 동학군하고 이미 화약을 맺었은게 청군이고 일군이고 다 철수해라 그란 것이재라우. 으짤 것이요. 우리 동학군도 사정을 아는디 우선은 발등에 불부터 꺼야재."

"근 두 달간 우리가 싸운 건 뭐여? 말짱 도루묵이란 말이여?"

먼지와 때가 땀과 엉겨 붙어 거뭇해진 백동안의 얼굴이 시뻘개졌다. 다른 사람들도 서로 마주 보며 웅성거렸다. 다시 백장안이 말을 이었다. 그의 눈빛은 조금도 동요하지 않았다.

"지금까지 봤는디 전봉준 장군이 누군가? 또 동학군 대도소가 우리가 허는 생각을 못하것는가? 각지로 돌아가는 즉시 폐정 개혁을 시행하기로 문서로 약조를 했다네."

"그라믄 그라재."

"근디, 현감이 우리 말을 들으까? 먼 날도적놈이냐고 할 것인디?"

"전봉준 장군이랑 손화중 장군이 전주성에 계속 있음시로 대도소를 운영하기로 했어라우. 각 고을마다 가서 도소를 만드는디 현감이나 부사가 협조를 안 하며는 단속할라고 말이요."

이어진 김유복의 말에 사람들은 고개를 끄덕였다. 말총이는 가슴이 뛰었다. 이제 더 이상 도망치며 살지 않아도 될 것 같았다. 백장안이 기마 부대의 해산을 명했다. 말총이는 말을 타고 가려는 김유복을 붙잡았다. 그동안 정이 많이 들어 헤어지기 싫었다. 김유복은 싱긋 웃으며 말총이를 꽉 안았다.

"최 접주님이 손화중 대장님을 도와서 대도소 연락책 일을 해 주락했어. 내 소원대로 방방 골골을 떡 주무르대끼 돌아댕김서 살랑갑다. 해남도 일간 가께."

김유복은 백동안에게 다가가 거세게 껴안은 후 고루 인사하고 훌쩍 말에 올랐다.

5월 8일, 백장안 일행은 전주성을 출발했다. 부지런히 길을 줄여 닷새 만에 해남에 도착했다. 보리가 누렇게 익어 고스러지고 있었다. 화약이 아니라 농사일 때문에라도 동학군들은 고향에 돌아와야 할 형편이었다. 돌아온 동학군들은 팔을 걷어붙이고 보리부터 베어 냈다. 보리를 떨자마자 논에 물을 잡아 모내기를 하느라 하루가 부족했다. 그들은 밤까지 횃불을 밝혀 들고 일했다. 그래도 총이나 죽창 대신 낫을 든 사람들의 얼굴에는 웃음꽃이 피었다.

옥천에서 백동안과 작별한 백장안과 말총이는 백호리를 지났다. 굽이쳐 따라오는 주작산의 능선이 정다웠다. 평활리에 도착하자 그새 소식을 들었는지 사월이가 백장안의 어린 아들 손을 잡고 달려 나왔다. 말총이와 눈이 마주친 사월이의 볼에 보조개가 깊게 팼다. 백장안이 아들을 번쩍 안고 들어간 후 말총이는 사월이와 함께 마구간에 말을 들였다. 오랜만에 집에 온 호동이도 연신 굽을 치고 히히힝거리며 좋아했다.


유월 초가 되자 모내기까지 얼추 마무리되었다. 농민들은 비로소 한숨 돌리고 허리를 폈다. 그동안 해남 관가에서는 전주성에서 돌아온 도인들을 전혀 건드리지 않았다. 감사에게 '물침표'(勿侵標)까지 받고 돌아온 도인들인지라 오히려 관속들이 동학 도인들 눈치를 슬슬 보던 중이었다. 백장안의 사랑방에는 어느 때보다 손님들이 많이 드나들었다. 도인들뿐 아니라 함께 향교에서 공부한 유학자들도 소식을 듣고자 찾아오는 눈치였다. 김경재도 부쩍 더 자주 찾아왔다.

"시방 양반, 상놈 싸움이 되고 있잖은가?"

말총이가 사랑방을 지나치는데 안에서 고성이 터져 나왔다. 김경재의 목소리였다. 백장안과 언쟁을 벌이는 모양이었다. 말총이는 무슨 일이 벌어졌나 싶어 얼른 사랑방으로 들어갔다. 김경재의 얼굴이 붉으락푸르락했다. 백장안이 김경재에게 해명하느라 진땀을 빼고 있었다. 해산한 동학군이 종자를 말린다며 양반 불알을 까 버린 것이다. 충청도에서 벌어진 일이었다. 작인들이 지주 집을 불태우고 쫓아내 버린 곳도 있었다. 그 소문을 들은 양반들이 벌벌 떨고 있었다.

"그동안 백성들한테 인심을 잃은 양반들이 당하고 있네. 그러니 선악 간 싸움이재 반상 간 싸움이 아니다 그 말이네."

"양반이 아무리 잘못했기로 절차를 따져서 법으로 해사재 이렇게 난동을 부리믄 되것냐고."

다시 김경재가 따지듯 말했다.

"전봉준 장군이 그래서 지금 전라도 골골을 다님서 단속하고 있다네. 사적으로 보복하고 죽이는 것을 엄금하고, 도소를 차려서 기강을 세운 다음에 법으로 처결하라고 말이여."

곳곳에서 이제 백성들의 세상이 되었다며 들썩였다. 동학에 입도하려는 사람들로 접소가 미어터졌다.

말총이는 마음이 급했다. 아버지 죽인 놈도 찾아내서 물고를 내고, 감목관도 가만두지 않을 작정이었다. 말총이는 진도에 가서 박중진과 나치현을 만났다. 그들은 보름 만에 진도 성내에 접소를 마련했다. 그러자 사람들이 접소로 몰려들었다. 그러나 박중진은 하조도에, 나치현은 의신에 기거하므로 접소를 관리할 수 없었다. 말총이 부부가 접소에 기거하기로 했다.

말총이는 백장안에게 작별을 고했다. 백장안은 그들 부부를 거두어 주었을 뿐 아니라 스승이 되어 준 분이었다. 백장안은 대문 밖까지 그들을 배웅했다. 말총이도 발길이 떨어지지 않았다. 몇 번이나 뒤돌아보며 절을 하자 백장안이 어서 가라며 손을 흔들었다. 말총이는 사월이와 함께 진도 접소로 거처를 옮겼다.

말총이는 사람들에게 나주와 장성, 전주에서 싸운 이야기를 해 주었다. 사람들은 전봉준, 손화중, 최경선, 김개남 장군들의 이야기를 들으며 눈을 빛내는 것이었다. 수운과 해월에 대해 궁금해하는 사람들도 많았다. 말총이는 동학에 입도하려는 사람들에게 경전을 가르치고, 입도식을 관장하였다. 사월이는 아낙네들에게 해월 법설을 가르쳤다. 임금이 도소 설치를 허락했다는 소문이 퍼지고, 해남과 무안에서 부당하게 재물을 모은 양반들에게 돈을 받아 냈다고 하자, 진도 감역이나 유지들은 도소 경비로 쓰라고 쌀섬을 자진하여 내놓았다. 진도 사람들도 폐정 개혁을 어서 시작했으면 하고 바랐으나 문제는 진도 부사의 태도였다.

# 13. 폐정을 개혁하되 방종하지 말라

 

 

유월 열하룻 날이었다. 백장안은 해남현 접소에 나오라는 통문을 받았다. 말을 타고 가는데 땅에서 후끈 열기가 끼쳤다. 연녹색 어린 모들은 더위를 즐기며 습기 찬 바람에 보들보들 장난치듯 흔들렸다. 김춘두 형제, 백동안, 전유희가 미리 와 있었다. 백장안이 들어서며 인사를 하자 백동안이 농을 하였다.

"동학군이 이겨 갖고 물침표까지 받어 온께 보는 눈들이 달붔다. 나는 시방 우리 동네서 대장 대접 받고 사요."

"동학 도인들을 보는 눈이 달라진 것은 확실합디다. 요새는 안 이방이랑 윤 병사 기침 소리가 통 안 들린당께라우."

김춘두의 말에 웃음이 터졌다. 부인들이 시원한 우물물에 보릿가루를 타 왔다.

"오매, 보리를 잘 볶어서 뽀샀는가 꼬소한 내가 등천하네."

한 대접씩 들이킨 사람들마다 맛있다고 치사를 하였다. 김춘두가 말을 꺼냈다.

"6월 7일 전라 감사 제교에 각지에서 집강을 정해 무뢰배를 엄단하라고 했답디다. 무안서는 벌써 도소를 설치해서 현감하고 같이 폐정 개혁을 헌닥 하요. 무안 현감이 협조적인 거는 안디, 해남 현감도 우리가 나서믄 설치하자 할 것이요."

"근디, 나주 목사 민종렬이는 전라 감사가 명해도 안 듣고 지금도 수성군을 모태고 있닥 하요. 나주가 우리 동학군한테는 눈엣가시요 등에 박힌 바늘이란께라우."

남리 전유희가 이마를 찌푸리며 말했다.

"도소 설치를 할라믄 빨리 하는 것이 좋것소. 우리 힘이 강할 때 밀어붙여야 써라우. 지금 이방이랑 관속들이 우리 눈치 실실 보고 있을 때 해 부러야재 어영부영할 때가 아니구만이라우."

"그라믄 쇠뿔도 단 김에 빼랬다고 내일 당장 현감을 만나세. 오늘 이 자리에 나온 사람은 내일 다 같이 가세야. 도소는 어디다가 설치하자고 해야 쓰것는가? 관아 안에다 차린 고을도 있다고 들었는디."

"관아보다는 남동리 접소가 어짜요? 도소를 설치하믄 사람들이 하소연을 할라고 몰려들 것인디 오기에는 접소가 편하재라우. 포덕하기에도 좋고라우."

전유희의 말대로 도소는 접소에 차리기로 하였다.

"그란디 현감, 관속들이 우리 일을 차고 해 줘야 쓸 것인디?"

"그란께 내일 현감을 만날 때 못을 박아야지라우. 집강이 날마다 현감 만날 시각을 정하게 허고, 접수된 껀들은 그때그때 처결해서 알려 주라고라우."

"그라세. 그라믄 내일 묘시에 모여 갖고 가세."

"수가 많을수록 좋은게 내일은 우리가 몇 사람씩만 더 데리고 옵
시다."

6월 12일, 해남 도인 스물여덟 명이 현감을 찾아갔다. 현감은 책사
와 함께 동헌에서 기다리고 있었다. 김춘두가 도소 설치에 대해 이야
기하자 현감은 흔쾌히 받아들였다. 도소에서 만나자고 요청하면 언
제라도 응하겠다고 했다. 이미 전라 감사로부터 도소 설치의 지시가
있었다며 만일 집강이 전결하기 어려운 일은 관에 보고하면 법대로
할 것이라 했다. 각 동리에도 도소를 설치하고, 전결하기 어려운 일
은 현감에게 보고하라고 하였다.

관아에서 물러난 그들은 남동리 접소에 모였다. 스물여덟 명이 한
꺼번에 들어갈 수 없어 문을 열어 둔 채 마루에 걸터앉았다. 김춘두
가 입을 열었다. 해남 동학 일은 이제 김춘두의 지휘 아래 이루어지
고 있었다.

"도소 조직부터 짜도록 합시다. 교장, 교수, 집강을 두 명씩 뽑는
것이 좋것습니다."

"집강은 김춘두 접주님이 맡도록 허고, 나머지는 김춘두 접주님이
추천을 허시요. 그라믄 우리가 재가를 헐 것인께."

황원에서 온 전유희였다. 그는 머리 회전이 빨랐다. 작은 눈을 반
짝이며 시원스러운 결말을 짓는지라 사람들은 그를 신뢰하였다.

"그라믄 내가 생각해 논 사람들을 추천헐 텡께 맘에 안 들믄 말허시요이. 도집은 현일면 임제환, 교장은 박익현 김도일, 교수는 이종호 김하진이 어떻것소?"

김춘두의 말에 일행들은 만장일치로 박수를 쳐 동의했다. 비곡면 주정호가 백동안을 가리키며 말했다.

"백동안이랑 박사인을 별장으로 헙시다. 젊은 친구들이 멋이든지 성근지게 잘하고, 또 집도 도소 근처여서 얼른 불러 대기도 좋고라우."

김춘두, 박익현, 이종호, 백동안이 한 조가 되어 홀숫날에 일 처리를 하고, 다른 네 명이 짝숫날 일을 보기로 했다. 인수인계를 하는 시간은 묘시(오전5시-7시)로 정했다.

작년 홍수에 집이 무너져 그동안 접소 행랑채에 살고 있던 도인들이 있었다. 그들이 도소 육임을 맡아 일하는 도인들에게 밥을 해 주기로 하였다. 그동안 도소에 염치없이 얹혀살다 할 일이 생겨 고맙다며 좋아하였다. 접소장이었던 해리 홍순은 접소 살림을 계속 맡아 하기로 하고, 새로 입도하는 도인들이 많아 김병태, 이갑흠이 입도식과 동학 공부를 가르치는 역할을 맡았다. 김병태는 젊은 축을, 이갑흠은 나이가 든 사람들을 맡아 가르치기로 했다.

각 동리의 도소는 그 마을 접주들이 추진하기로 했다. 황산 김신영, 삼촌 백장안, 비곡 주정호가 거느리는 도인들이 많았다.

해남현 도인들이 소매를 걷어붙이며 서둘렀다.

"도소 세웠은게 인자 일을 헙시다. 안 이방하고 윤 병사 처단하는 것이 질로 시급허지라우. 안 그라요?"

"암만, 암만. 그 두 놈부터 물고를 내 부러사재. 그 두 놈만 자빨새 불믄 다른 피래미들은 지 발로 기어들 것이요."

"전 재산을 압수해사 써. 그놈의 집구석에 불을 싸질러서 아조 홀 딱 벳개 갖고 쫓가내부렀으믄 속이 씨원하것구마."

"자 자. 성을 내믄 안 되라우. 그라믄 길거리 무뢰배들허고 다를 것이 뭣이것소? 해월 선생님, 전봉준 장군님이 입이 닳아져라고 허시는 말씀이 사적으로 분풀이하지 말어라 그것이요. 우리가 총칼을 들고 일어선 것은 대의를 위해서였다는 것을 잊어서는 안 되라우."

중구난방으로 나서는 사람들을 김춘두가 제지하자 전유희가 제안하였다.

"한 조는 안 이방, 한 조는 윤 병사를 조사해서 물어내게 할 돈을 정하시지라우. 그래 갖고 현감한테 받어 내라고 하믄 어뜨케 허든지 허것지라우. 분명히 우리 양에 차게는 안 할 것인께 그 담에 우리가 또 계책을 세우고라우."

"아조 죽에 불 생각을 허고 달라들어야재 엔간해갖고는 우리 말 안 들을 것이요."

불을 질러야 한다고 입에 거품을 물었던 도인이 다시 못을 박아 말하였다.

그 후 동리에도 도소가 설치되었다. 삼촌은 집강 백장안과 교수 김형, 황원은 호동 집강 이정률과 원호의 박선유가, 산일은 집강으로 춘정의 김찬익, 현산 집강은 최원규, 교장 윤종무가 지도했다.

6월 14일, 김춘두는 현감에게 윤 병사와 안 이방이 내야 할 돈을 요구하였다. 윤 병사는 강제 부역을 시킨 품값 6천5백 냥, 안 이방은 그동안 과하게 거두어들여 착복한 세금 1만5천 냥이었다. 현감은 요구안을 듣더니 얼굴이 굳었다. 김춘두는 내일 관아에 올 때 결과를 알려 달라고 하였다.

다음 날 김춘두가 현감에게 갔을 때 윤 병사도 와 있었다. 현감이 두 장의 종이를 펼쳐 보였다. 한 장은 어제 김춘두가 준 것이었고, 그 옆의 것은 윤 병사가 쓴 것이었다. 관노와 백성들의 숫자가 날짜별로 적혀 있었고, 그 옆에 매일의 품값이 계산되었는데, 총 3천8백 냥이었다.

도소에서 제시한 금액과 많이 차이가 난 것은 품값의 차이였다. 도소는 하루에 8전, 윤 병사는 5전으로 계산한 것이다. 그리고 윤 병사의 품값에는 관노의 품값이 빠져 있었다. 윤 병사가 농번기에는 8전이지만 농한기에는 5전 주는 게 관례라 하여 윤 병사의 제안대로 하고, 각 청 노비의 품값으로 5백 냥을 보태어 4천3백 냥을 내놓기로 하였다. 현감에게 안 이방은 왜 나오지 않았느냐 하니 안 이방은 들은 체도 하지 않고 그 자리에서 도소가 준 서류를 찢어 버렸다고 하였다.

"백성들이 안 이방에게 원한이 많은디 이렇게 나오면 우리도 백성들을 통제하기 애럽지라우. 그동안 현감께서 협조적인께 해남서는 개인적인 분풀이가 없고 질서가 잽혔는디요이."

김춘두가 도소에 와서 전해 준 말은 빠르게 퍼졌다. 누가 처음 시작했는지 이틀 후에 안 이방을 처단하러 도소에 모이자는 소문까지 퍼지고 있었다.

17일, 날이 밝자마자 사람들이 도소에 모여들었다. 해남읍뿐 아니라 비곡면(계곡), 현일면(해남읍), 삼촌면(삼산면) 사람들까지 몰려들어 골목 밖까지 발 디딜 틈이 없었다. 근 2천 명의 군중이었다. 집강과 접주들은 안 이방을 처단하기로 이미 결정한 터였다. 질서를 잡는다고 짓누르기만 하면 오히려 민심을 잡기가 어렵다고 판단했다. 김춘두가 모인 사람들에게 말했다.

"안 이방한테 여러분 모두 원한이 많은 건 잘 압니다. 그러나 이렇게 많은 사람들이 몰려가다 보면 무고한 백성이 다칠 수 있습니다. 말을 탄 동학군이 앞장을 설 것이니 따르시오."

백장안과 백동안이 군중보다 1백여 보 앞에서 말을 타고 길을 인도하였다. 안 이방의 집에 가니 안 이방과 가족들은 이미 도망치고 없었다. 종들이 지키는 시늉만 하고 있다가 동학군들이 몰려오자 비켜섰다. 돈과 패물은 다 싸 들고 가 버려 없었다. 성난 군중들은 집기를 부수고 집에 불을 질렀다.

해남에서 가장 인심을 잃은 이는 윤 병사와 안 이방이었다. 동학군의 지휘 아래 윤 병사는 돈을 내게 하고, 안 이방을 동네에서 쫓아낸 후 해남에는 질서가 잡혔다. 사람들이 도소로 밀려와 각종 폐단을 시정해 달라 요청하기 시작했다. 육임을 맡은 도인들이 사안별로 접수하여 자체적으로 해결할 수 있는 일은 처리하고 불가한 일은 현감에게 제출하였다. 이후 도소를 중심으로 한 폐정 개혁 활동은 순조롭게 진행되었다. 백성에게 덕을 잃은 사족(士族)과 관장(官長)은 조롱한후 백성 앞에서 사죄하게 했다. 사채를 놓아 폭리를 취한 부민(富民)과 토호(土豪)는 징치하고 가산을 빼앗아 빈민(貧民)에게 돌려주었다. 처결한 사안 중에는 남의 묘를 파헤치거나, 남의 묘에 몰래 매장하는 등 조상 묘를 둘러 싼 산송(山訟)이 가장 많았다.

금구와 나주를 제외하고는 동학군이 전라도 각지에 도소를 설치하였다. 6월에 전봉준은 5백여 명의 동학군을 이끌고 직접 광주, 남평, 능주 등 각 지방을 순시하였다. 전봉준은 각 도소의 동학군을 만나폐정 개혁을 독려하고, 방종하지 않도록 기강을 세웠다.

# 14. 시절 가는 것도 쉬운 것은 아니지야

　진도 부사 이희승을 만나러 갔던 박중진이 들어섰다. 접소 마당에서 기다리고 있던 말총이와 손종인이 인사를 했다. 말총이는 박중진의 얼굴을 보자마자 불길한 예감이 들었다. 그는 입술을 꾹 다물고 있었다. 박중진이 일이 잘 안 풀릴 때 그런 표정을 짓곤 했던 것이다.

　"부사가 성문을 열어 주지도 않드라. 그래 그냥 왔다."

　말총이가 물을 가지러 방문을 나서니 사월이가 바가지에 떠 온 물을 내밀었다. 박중진의 말을 듣고 사월이의 얼굴도 어두워졌다. 진도 부사는 나주 목사 민종렬의 뜻에 동조하고 있었다. 민종렬은 전라 감사 김학진의 지시를 무시하고 도소 설치를 거부하며, 아직도 동학도와 맞서고 있었던 것이다.

　"자네들이 전주에서 싸우고 있을 때 이희승은 각 동리 유생들을 시켜 수성군을 조직하게 하고, 관노들까지 무장시켜 성을 지키게 했다네. 감목관도 유사시에는 지산 목장 목자들을 군사로 동원할 것이고 말이여."

　봄에 전주성 싸움에 가지 않았던 나치현이 진도 사정을 말했다. 그가 나주에서 의신으로 이사 온 지 몇 년 되지 않았는데, 지금은 의신 사람들 거개가 동학 도인이었다. 말총이는 나치현을 만날 때마다 극진하게 대하였다. 나치현은 그에게 생명줄을 던져 준 은인이었다.

"부사하고 어장세, 어업권, 조세 문제를 담판지어야 된디 참말로 답답하요."

박중진이 침통한 표정으로 말했다. 조도뿐만 아니라 관매도, 나배도 어민들까지 박중진이 이 일을 처결해 주기를 고대하고 있었다.

"부사나 감목관이나 즈그들이 구린 것이 많은게 저라고 폐정 개혁을 무서와 하는 것이지라우."

다들 답답한 마음에 말이 없자 말총이가 입을 열었다.

"니 말이 맞다. 폐정 개혁하라는 전라 감사 제교를 받았을 것인디 저리 버티는 것은 지가 당하게 생겼은게 그라재."

"진도부에 도소 설치가 어려우믄 우선 의신이라도 채립시다. 폐정 개혁할 일이 산더미인디 언제까지 만나 주지도 않는 부사만 쳐다보고 있을 수도 없는 노릇이고."

나치현과 나봉익, 양순달은 의신 만길리에 도소를 설치하기로 하고 떠났다. 박중진도 다음 날 하조도로 떠나며 말총이에게 뒷일을 당부했다. 박중진은 말총이에게 아버지와 같은 존재였다. 그도 말총이를 아들 대하듯 했고, 도인들에게 소개할 때는 다 큰 아들이 갑자기 생겼다며 자랑했다.

"말총아, 진도부 도소를 포기할 수는 없다. 진도부 사람들이 나서

주믄 좋것지만 아직은 그것이 어려우니 어쩔 것이냐? 다른 대책이라
도 세울 것인게 그동안 니가 입도한 도인들 잘 보살펴라."

"야. 사람들 맘이 다 같질 않구만이라우. 옳다고 생각하믄 다 나서
서 잘될 줄 알었는디."

"원래 옳은 일에 나서는 사람들은 얼마 안 되는 것이다. 이롭다고
생각해야 나서재. 시절이 수상한디 너를 여기다 두고 갈랑게 걱정이
다. 혹 먼 일 있으믄 다 버려 뿔고 마산 종인이한테 가라. 가는 질은
알지야? 메칠 새 다시 오마."

박중진은 말총이의 어깨를 한 번 두드리고는 사립을 나섰다. 말총
이와 사월이는 어둠 속을 걸어가는 박중진의 뒷모습을 오래도록 바
라보았다.


부사 이희승이 도소 도인들을 만나 주지도 않았다는 말을 듣고 진
도부 내의 도인들은 실망했다. 진도 동학군들은 거개가 바닷가 동리
에 흩어져 살고 있어 부내에서는 구심점을 만들기가 어려웠다. 이희
승이 동학군에 대항할 수성군을 조직하여 성안에서 날마다 조련한
다는 말을 듣고 새로 입도하겠다고 찾아오는 사람들의 발길도 뚝 끊
겼다. 수성군에 들어야 할지, 동학군에 들어야 할지 망설이는 것이었
다. 말총이는 도인들에게 동학을 전하는 한편 폐정 개혁을 원하는 사
람들의 뜻을 모으기 시작했다. 혹시나 하는 마음에 사람들은 말총이
에게 사연을 털어놓았다. 사적인 일, 문중 일, 노비와 주인 간의 일,

소작인과 지주 간의 일, 조세 작폐 등으로 나누어 차근차근 장부를 정리하였다. 사월이도 아낙네들에게 들은 내용을 정리하여 말총이의 장부와 대조하여 같은 사안은 보충해 합치고 별도의 사안이면 따로 정리했다.

며칠 후 저녁에 박중진이 왔다. 그는 말총이가 내놓은 장부를 보더니 깜짝 놀랐다. 말총이는 자랑스러웠다.

"그새 글을 다 익혔단 말이냐? 참말로 장하구나. 이 일들만 처결해도 진도는 새 시상이 되것다."

"재미가 나서 열심히 했구만이라우."

박중진이 준비한 계책을 내놓았다. 그들은 부쩍 힘이 나서 진도부 도소 설치할 일을 의논하였다.

"영광 박중양 접, 무장 최경선 접 동학군을 데려오면 성을 점령할 수도 있을 것 같다. 영광 도소 세울 때도 무장에서 도와줬닥 하드라."

"최경선 접주님은 칠월 초하루부터 나주성 공격하고 있을 것이구만요."

"알고 있다. 열흘이면 나주성 함락할 텡게 끝나면 도와줄 수 있다고 했어."

"무력으로 점령하믄 살상이 생길 것인디 피를 안 흘리고 하는 수는 없을까라우? 다 우리 진도 사람들인디….

"피를 안 흘리고 해 볼라고 백방으로 힘쓰다가 이라고 시간만 허비한 것 아니냐. 그동안 우리 편이었던 관속들까지 부사가 저라고 버틴게 고개를 절레절레 흔듬서 인자는 협조 못 허것다고 떨어져 부렀다."

"피를 흘리드라도 덜 흘리는 방법이 있기는 한디라우."

"머시냐?"

말총이의 말에 박중진이 눈을 크게 뜨고 쳐다보았다. 사월이도 귀가 번쩍 뜨였다.

"외부 힘으로 해결하는 방법밖에 없으면 그렇게 해야지라우. 근디 어정쩡한 힘이면 서로 싸우니라고 많이 다친게 아조 저것들이 덤빌 생각이 안 나게 큰 군대를 델꼬 와불믄 되구만이라우."

"영광, 무장 동학군으로는 부족하단 말이냐?"

"진도 일인디 진도 사람들이 먼저 나서야지라우. 진도 고군, 하조도, 의신 동학군까지 싹 동원을 해야지라우. 그라고 질로 큰 부대는 해남에 있구만이라우."

박중진이 입을 딱 벌렸다.

"말총아, 니가 대장군감이다. 좋다. 말총이 니 말대로 한번 해 보자. 얼마나 동원할 수 있을까나?"

"영광, 무장서는 얼마나 델꼬 올 수 있다고 보시오?"

"한 3백 명?"

"그라믄 진도에서는 무조건 5백은 모아야 되구만이라우. 해남서는 이 둘을 합친 8백 명을 모아야 되고라우. 그래야 승산이 있구만이라우."

"진도 부사가 가진 병력은 얼마라고 보냐?"

"진도부 군졸이나 관노비는 별것이 아닌디 모집한 수성군이 한 5 백 명 되구만이라우. 하루 만에 올 수 있는 지산 목자들이 한 3백 되고, 진도 만호가 직접 거느리는 수군이 5백은 될 것이구만요. 시일을 끌면 옆 군에서 지원이 더 오고라우."

"저들 숫자도 모아 보니 많구나."

"번개같이 빨리, 속전속결이 길이구만요. 목자나 수군들은 동원할라믄 시일이 걸린께 한나절 안에, 늦어도 하루 만에 읍성 문을 열면 이길 수 있구만이라우."

"니가 참말로 인물이다. 니 말대로만 하믄 이길 수 있것구만. 성문은 어뜨케 열 것이냐?"

"이번 장성 전투 때 빼앗은 포가 유복이 성한테 있을 것이구만요. 포만 있으믄 읍성 남문은 금방 뚫릴 것이구만이라우."

"전주성에서 화약을 맺고 해산할 때 동학군이 가진 무기는 다 반납하고 나왔더니라."

"그라믄 해남이나 영광에서 관군 무기를 빼앗아 와야 하구만요. 무기가 없이는 속전속결할 수 없응께라우."

"……."

"지를 해남에 보내 주시쇼. 지가 스승님이랑 김춘두 접주, 전유희 접주님까지 설득해 볼랑께요."

"좋다. 그라믄 나는 영광으로 갈 것인게 니가 종인이 집에 가서 이 말을 전하고, 종인이랑 같이 나치현 접주님도 설득해라."

"알것구만이라우."

7월 26일, 진도읍성을 치기로 했다. 25일 저녁에는 모두 모여야 했다.

"나는 진도읍에서 가까운 쉬미항으로 들어올 것이다."

"지는 벽파항으로 올 것이구만요. 해남 사람들을 옥동에서 실어나를 배를 여러 척 주선해 주시믄 좋것구만이라우."

"그래. 주선해 주마."

의신 도소는 어디인지 묻지 않아도 알 수 있었다. 사람들이 분주하게 들어갔다 나오고, 조무래기 아이들 서넛이 돌 위에 올라서서 담벼락 안을 들여다보고 있었다. 말총이와 손종인은 마당에 들어섰다. 집안은 문초하고, 대답하고, 웅성거리는 소리로 가득 찼다.

마루 앞마당에는 갓을 쓰고 풀을 빳빳하게 먹인 모시 두루마기를 갖춰 입은 한 양반이 서 있었다. 화가 나서 새빨개진 얼굴로 서 있는 양반 옆에는 청년 셋이 느긋하게 서서 몽둥이를 짚고 있었다. 나봉익이 마루에 앉아 마당에 서 있는 양반을 문초하고 있었다.

저쪽 봉당마루 앞에는 허름한 삼베 적삼을 걸친 사람들이 둘러서 있었다. 그들이 중구난방 하소연하고 있는 것을 봉당마루 위에서 나치현이 받아 적는 중이었다.

그들을 본 양순달이 달려 나와 방으로 안내했다. 그는 제주 양씨로 본래 제주도에서 살다가 아버지 대에 진도로 나왔는데 지금도 그의 일가친척들은 제주도에 많이 살고 있다고 하였다. 마당에서 문초받고 있는 모시 도포 양반은 묵은 빚에 이자를 감당할 수 없을 만치 없는 수법으로 논밭을 빼앗던 지주라며 이참에 빚을 모두 탕감받기로 작정하고 있다 하였다. 이런저런 이야기를 하며 기다리다 보니 어느새 밖이 조용해졌다. 나치현이 수건으로 이마에 배인 땀을 닦으며 들어왔다. 뒤란 문을 열어 놓아 방 안이 오히려 시원하였다. 나치현이 자리에 앉자 양순달이 시원한 오미잣국에 수박을 띄운 화채를 내왔다. 시면서도 달달한 게 더위가 싹 가시는 듯하였다.

"건넛마을 오부자 집에서 내온 것이네. 받을 때는 떨떠름하더니 귀한 손님들한테 대접하게 좋기는 하구만."

"여기는 개벽 시상이구만요."

진도성을 공격할 때 나치현이 의신에서 3백 명을 동원하기로 했다. 계획대로 되어 가고 있었다. 말총이는 마음이 가벼웠다. 손행권 부자가 동원할 수 있는 인원도 3백 명이 되었다. 또 박중진을 믿고 따르는 상하조도, 관매도, 나배도에서 2백 명은 너끈히 동원할 수 있었다.

7월 12일, 찌는 듯이 무더운 여름날, 박중진과 말총이는 길을 나섰다. 박중진은 영광 박중양에게, 말총이는 해남 백장안에게 각각 군대를 요청하러 가는 길이었다.

성을 벗어나 동외리 논길로 들어섰다. 새벽에 논둑 풀을 베었는지 풀 냄새가 진했다. 무논에서 개구리가 울고, 논물에 개구리밥이 새파

랗게 떠 있었다. 모들이 뿌리를 단단히 내리고 쑥쑥 자라고 있다. 나락이 풀을 제치고 논바닥을 차지해야 비로소 세 벌 김매기가 끝났다. 그제야 농부들은 두레 농사를 끝내고 호미씻이를 하는 것이었다.

문득 고개를 드니 매미 소리가 그때서야 귀청을 파고들었다. 시절은 거침없이 흘렀다. 그것을 아는 것일까? 매미도 더 그악스럽게 우는 듯했다. 말총이가 혼자 소리로 읊조렸다.

"개벽 세상 만들기는 이라고도 험난한디, 시절 가는 것은 어째 저라고도 쉬우까라우?"

"시절 가는 것도 쉬운 것은 아니지야. 꽃이 져야 열매가 달리고, 땅을 뒤집어엎어야 땅심이 생기고, 태풍에 바닷물이 뒤집어져야 고기도 많아지는 법이다."

"개벽 시상이든지 멋이든지 때 되믄 저절로 딱딱 되야 하는 거 아닌가라우?"

"죽는 것이 있어야 새로 태어나는 것이 있는 게 시상 이치지야. 내가 죽어 개벽 시상이 올 것만 같으믄…."

박중진이 느릿느릿 말했다. 그는 훤칠한 키에 어깨가 턱 벌어져 강한 상이었다. 바닷바람에 바랜 그의 머리칼은 거칠고 붉은빛이 났다. 그는 한 번도 어렵다거나 무섭다고 해 본 적이 없었다. 그러나 무표정한 그의 얼굴에 오늘은 비장함이 서렸다. 말총이도 입을 다물었다. 구름이 흘러가고 있었다. 바람 때문이었다. 그들도 시절 따라 그렇게 흘러가고 있었다. 어찌할 수 없는 일이었다.

그들은 박중진이 벽파항에 매어 둔 배를 탔다. 해남 옥동항에서 말 총이를 내려 주고 박중진은 영광으로 떠났다.

말총이는 백장안을 만났다. 그들은 해남, 진도 도소 이야기를 나누 느라 시간 가는 줄 몰랐다. 말총이와 사월이가 도소 일을 처리하고, 사람들의 하소연을 정리하고 있다는 소식에 백장안은 벌린 입을 다 물지 못하고 연신 '호오, 허어.' 하며 감탄했다. 말총이가 그동안 혼자 공부하며 의심났던 것을 묻자, 백장안은 차근차근 가르쳐 주며 제자 의 공부가 많이 진척된 것을 알 수 있었다. 백장안은 벽장에 넣어 두 었던 아끼던 벼루 한 개와 먹, 붓을 꺼내어 보자기에 싸 주었다.

"애썼다. 인자부터 진짜 공부니라. 학이시습지 불역열호(學而時習之 不亦說乎)라. 배우고 늘 익히면 또한 즐겁지 아니한가. 그동안은 배우 는 데만 주력했다면 인자부터는 익히는 데도 힘써라. 익힌다는 것이 무엇이냐믄 배운 대로 니가 행하는 것이다."

말총이는 스승에게 다시 큰절을 하고 보자기를 받았다. 무릎을 꿇 고 보자기를 안은 말총이의 눈에 눈물이 고였다.

그들은 해남현 도소로 갔다. 도소 마당에는 관솔불이 환하게 밝혀 져 있었다. 호통 치는 소리, 매 맞는 소리, 비명 소리가 낭자했다. 땅 바닥에 무릎 꿇린 사람들도 있고, 멍석 위에 앉아 있는 사람들도 있 었다. 남의 산 좋은 묏자리에 조상 뼈를 몰래 묻었거나, 좋은 묏자리 를 빼앗은 사람들이 연일 곤욕을 치르고 있었다. 백동안이 서류를 밀처놓고 반갑게 맞이하였다. 밤이 깊어서야 도소 일이 마무리되었다. 말총이가 진도의 형편을 자세히 이야기하고 무기와 동학군을 요청했다. 김춘두가 말했다.

"동학군 동원보다 먼저 무기 확보가 시급하구만. 저놈들이 고이 내줄 리는 없고 쳐들어가야 할 것인디."

"우리 도소 일에 현감이 협조적인디 이번 일로 꺼끄럽게 되든 거시기한디…."

김춘인이 이맛살을 모으며 말했다. 진도를 도우려다 해남 일까지 망칠 필요가 있을까 싶었다.

"내일 현감을 만나러 갈 때 무기가 필요하다고 넌지시 말해 놔야것소."

말총이는 깜짝 놀라 펄쩍 뛰었다.

"미리 정보를 줘서 대비하게 되든 서로 다치기만 할 것인디요?"

"해남 관아 군졸이나 이속들도 다 우리 편이요. 어쩔 수 없이 쳐들어가서 빼앗드라도 서로서로 안 다치게 시늉만 함서 갖고 올 것이요. 현감도 빼앗겼다고 위에다 장계라도 올릴라믄 그래도 한 2백 명은 쳐들어가야 할 말이 있지 않것소?"

말총이는 놀라 입을 다물 수가 없었다. 관민이 서로 생각하는 것이 이럴진대 못 이룰 것이 무엇이랴.

"요즘 김병태가 질로 바쁘재? 새로 입도하는 젊은이들이 미어터지드마. 병태 자네가 이번 일은 한번 해 보소."

"알것구만이라우. 그라믄 지가 도인들 모태서 여드렛날 무기고를 털게라우."

"김춘두 접주는 이번 일에 나서지 마시게. 앞으로도 도소 일 할라믄 현감하고 의 상해서 좋을 거 없응게. 병태 자네가 한 2백 명을 무장시켜 관아 앞으로 모이락 허소. 동안이 자네가 관아 안에 여러 번 가 봐서 무기고 위치랑 잘 아니께 임제환, 박사인이랑 함께 가시게."

김도일이 어른답게 정리를 해 주었다. 해남에서 가장 먼저 동학에 입도한 사람이다.

"그라믄 무기 문제는 되었냐?"

백장안이 묻자 말총이 고개를 저으며 결심한 듯 입을 열었다.

"해남 관아에는 무기가 벨라 없을 것이구만이라우. 해남 관아에서 나온 무기로는 해남 군대 무장도 심들 것이고, 진도 8백 명까지 무장을 시킬라믄 우수영 성을 치는 것이 어쩌것는가라우? 그래도 전라 우수영인께 대포도 많고 총도 있을 것인디?"

말총이의 말에 모두 깜짝 놀랐다. 우수영 성에서 무기를 얻을 생각은 하지 못했던 것이다. 그러나 더욱 놀란 것은 어제 남리 전유희가 와서 우수영 성을 치자는 제안을 했기 때문이었다.


우수영 수사가 7월에 잡아들인 동학 도인이 벌써 70명이었다. 부당하게 재물을 모은 부자들을 도소에서 징치하자 위기감을 느낀 지주, 향반들이 작당하여 우수사를 부추긴 것이다. 수사 이규환은 올 2

월에 부임한 젊은 선비였다. 부임한 지 얼마 되지 않아 김신영, 전유희가 수사를 찾아간 적이 있었다. 전임 수사가 잡아 가두었던 동학 도인 10명을 풀어 달라고 간청하기 위해서였다. 수사의 인품을 알아보기 위해 뇌물이나 작은 선물마저 준비하지 않고 일부러 빈손으로 갔다.

"저 도인들이 오랫동안 갇혀 있는지라 그 집에서는 3월이지만 아직 쟁기질도 못하였습니다. 실농할까 두려우니 석방시켜 주십시오."

"사도난정이라 조정이 금하는 것이지만 사정이 안타까우니 석방시켜 주겠다."

수사는 흔쾌히 승낙하였다. 빈손으로 온 것도 괘념치 않은 눈치였다.

그런데 이번에는 김신영, 전유희를 만나 주지도 않고 성문 밖으로 내쳤다. 지주와 향반들은 수사가 하는 것을 보며 고소해했다. 당장 도소에 나오는 도인들의 수가 줄어들었다. 해결해 달라고 찾아오는 사람들은 늘어나는데 일을 추진해 나갈 동학군이 부족하였다. 처음에는 동학에 입도하겠다는 사람들이 줄을 서더니 잡혀간다는 소문을 듣고 발길을 끊었다.

이제 도소 운영을 위해서는 수사의 도움이 반드시 필요했다. 도움을 줄 수 없다면 적어도 방해하지 않겠다는 확약을 받아야 했다. 전유희는 해남 도소에 와서 구원을 요청하였다. 해남에서 1천 명, 남리에서 1천 명을 동원하여 시위를 벌이고, 그래도 풀어 주지 않으면 우수영 성을 공격하자고 제안했다. 김춘두는 제안을 듣고 논의해 보겠다고 했지만 아직 결정을 내리지 못하고 있었던 것이다.

해남 도소에는 무거운 정적이 흘렀다. 방문을 다 열어 놓았지만 불 땐 솥에 들어앉은 것 같았다. 아무도 먼저 입을 떼는 사람이 없었다. 해남에서는 도소가 원활하게 운영되고 있었고, 안 이방의 집이 불탄 뒤로는 지주들과 양반들도 협조적이었다. 이제 해남 동학군이 남리 동학군과 함께 우수영을 공격하면 앞으로 해남 현감의 협조도 원활할 것이라 장담할 수 없었다.

"수영은 군사도 많고, 성안에 노군들이 2천 명은 넘게 살고 있어라우. 어설프게 적은 숫자로 공격하다가는 이쪽이 낭패를 볼 수도 있다는 말이구만요."

백장안이 걱정스럽게 말하자 말총이가 입을 열었다.

"우수영 공격 때는 진도 동학군도 마땅히 와야지라우. 5백 명은 너끈히 올 수 있구만이라우."

김춘두가 어쩔 수 없다는 듯 수염을 한 번 쓸고 입을 열었다.

"우수영 공격은 피할 수 없게 되었소. 진도, 남리 양쪽에서 이렇게 우리 양다리를 잡어댕기니 어뜨케 안 도와 드릴 수가 있것소. 날을 잡읍시다."

7월 24일에 우수영을 공격하기로 하였다. 말총이가 진도로 돌아가는 길에 백동안과 함께 남리 도소에 들러 전유희에게 우수영을 치기로 했다는 소식을 전하였다. 전유희는 말총이의 손을 꽉 잡았다.

7월 24일, 남리역에 동학군이 몰려들었다. 말을 탄 동학군도 20여 명이었다. 해남에서 1천 명, 남리에서 1천 명, 진도에서 5백 명을 동원한 공격이었다. 우수영 성을 향하여 전유희 접주가 선두에서 무리를 이끌었다.

해남과 남리 동학군이 하마산을 올라 동문을 공격하고, 진도에서 말총이가 이끌고 온 동학군은 배에서 내려 남문을 공격하였다. 수군들은 네 문을 걸어 잠그고 성벽 위에서 방어하고 있었다. 성안으로 포를 쏘자 수군들이 동요하는 빛이 역력했다. 총으로 성벽 위의 수군을 공격하자 수군들도 몇 번 총을 쏘는 듯하더니 도망쳐 버렸다. 포를 쏘아 성문을 맞추자 박살이 나며 열렸다. 동학군은 와아 함성을 지르며 물밀 듯이 성안으로 들어갔다. 노군들이 사는 집은 장터처럼 다닥다닥 붙었다. 전유희와 말총이, 해남 접주들은 말을 타고 동헌으로 갔다. 동헌은 성 북서쪽 높은 언덕에 버티고 있어 위압적이었다. 수사는 굳은 표정으로 동헌 마루에 서 있었다. 접주들이 말에서 내려서자 수사가 노여운 목소리로 말했다.

"전일에 동학군을 풀어 준 은혜를 잊었는가? 어찌 이리 무기를 들고 와 행패를 부리는가?"

"그 은혜를 생각해서 오늘까지 두고만 보다가 이 지경이 되야 분것이오. 진즉 공격했으면 우리 도인들이 잽혀 오지도 않았을 것인디 말이요. 어째서 수사는 도소 일에 협조를 안 하고 저 탐욕시러운 양반, 지주들 편을 드는 것이요?"

"동학 도인만 내 백성이 아니라 양반, 지주들도 내 백성이오. 그들이 동학 도인들을 고발하는데 내가 어찌 가만히 있을 수 있겠소?"

"사도난정이 죄든 고리대금으로 논밭 뺏고, 사적으로 형벌 내리는 것은 죄 아니요? 우리가 그들을 고발하믄 수사는 잡아 가둘 것이요?"

"……."

"그랑께 우리가 이로크롬 실력 행사를 하는 것이구마요. 그래도 전일의 은혜를 생각해서 사람들은 한나도 다치게 안 했응게 그리 아시오."

이규환 수사의 말을 기다리지 않고 전유희가 몸을 돌렸다. 다른 사람들도 따라 나갔다. 수사는 입술을 꽉 다물고 하릴없이 그들의 뒷모습만 바라보고 서 있었다.

동학군들이 옥문을 열어 도인들이 풀려났다. 무기고를 터는 것은 진도 동학군이 맡았다. 무기고를 깨끗하게 털어 내고 수교들이 차고 있던 칼까지 빼앗았다. 동학군은 진도읍성을 치기 위해 군량미도 확보하였다. 2천 명이 일사불란하게 움직여 순식간에 일을 마무리하고 성문을 빠져나갔다.


박중진은 법성포 박중양과 함께 영광의 동학군을 모았다. 진도읍성을 공격하기 위해 3백 명이 모였다. 김유복과 최경선도 왔다. 최경선은 나주성 공격에 실패하고 태인에 돌아와 있었다. 장흥 이방언,

함평 이화진, 무안 배규인, 담양 국문보 등 호남의 유명 접주들이 합세하였지만 나주성의 방어 태세는 완강했다. 전봉준이 동학군을 각 지역으로 돌려보내고 부하 10여 명만 데리고 나주 목사와 담판을 하러 갔다고 하였다. 최경선은 한양 소식도 알려 주었다.

"유월 달에 왜놈들이 궁궐에 쳐들어가서 임금을 욕보였답니다. 이제 우리 조정은 왜놈 지배하에 놓이게 되었습니다."

"그라믄 나라가 망한 것이 아니요? 나라 녹을 묵는 양반들이 어째서 이라고 가만히 있다요?"

"언제는 나라 녹 먹는 양반들이 나라를 지켰습니까? 곧 우리 동학군들이 왜놈하고 한판 붙을 날이 올 것입니다."

박중양과 박중진은 놀라서 눈을 크게 떴다.

"각 지역 접주들께서는 이제 전쟁이 끝났다고 안심하지 마시고 무기도 손보고, 포덕도 많이 해서 도인들을 더욱 늘리고, 가능하면 군사훈련도 해야 할 것입니다."


7월 26일, 날이 밝았다. 영광, 무장에서 온 동학군 3백 명은 하루 전 쉬미항에 들어와서 숙영하였다. 말총이가 해남에서 우수영 전투를 끝내고 이끌고 온 1천 명도 전날 밤에 벽파항으로 들어와 있었고, 나치현이 진도 동학군 6백 명을 이끌고 진도읍성 남문 앞에 도착하였다. 미시 무렵 동학군이 세 군데서 진도 읍성으로 모였다. 박중진은 서문을, 말총이는 동문을, 나치현은 남문을 공격했다. 먼저 동문에서 대포를 쏘아 성문을 부수었다. 서문도 열렸다. 동학군이 함성을 지르며 물밀 듯이 읍성 안으로 쏟아져 들어갔다. 동학군에 의해 남문도 안에서 열렸다. 성문을 지키던 군졸들은 넘어지고 자빠지며 관아 건물 안으로 도망쳤다. 김유복은 정예부대를 데리고 박중진과 함께 무기고부터 점령했다. 군졸들은 동학군을 보더니 꽁지가 빠져라 도망쳐 버렸지만, 군교 하나는 눈을 부릅뜨며 물러서지 않았다. 어쩔 수 없이 박중진이 칼을 휘둘렀다.

동헌을 뒤졌지만 부사 이희승은 이미 도망치고 없었다. 성문이 뚫렸을 때 책사와 아전들과 함께 북문으로 도망쳤다고 했다.

"호방을 찾아라."

"호방을 찢어 죽이자."

"호방 따라다님서 패악 부린 이속놈들도 다 죽여라."

세금을 걷으며 행패를 부리고 포탈한 호방에 대한 원성이 가장 높았다. 진도 동학군들이 물밀 듯이 성문을 빠져나가 호방 집으로 들이닥쳤다. 호방은 안방에서 돈을 챙기고 있다가 들이닥친 동학군들에게 몰매를 맞아 쓰러졌다. 호방의 아들도 맞고 쓰러지자 사람들은 다시 이방 집으로 달렸다.

동학군이 읍성을 점령하자 군중들까지 합세하여 그 수는 헤아릴 수가 없었고, 지도부의 명령도 더 이상 따르지 않았다. 일부 사람들은 고리대금으로 논밭을 빼앗은 부자들 집을 향하여 달렸다. 그날 진도부 내에서 동학군에게 죽은 사람이 호방과 군교 한 명, 군졸 한 명이었고, 불 탄 집은 호방 집과 부잣집 여섯 채였다. 최경선과 김유복이 영광 부대를 지휘하여 관아 안에서 군량미와 군기를 점고하는 동안 박중진, 말총이, 나치현이 군중들을 모아 다시 관아로 들어왔다. 박중진이 군중 앞에 섰다.

"여러분들 들으시오. 우리는 사사로이 원한을 풀라고 여기 모인 것이 아니어."

"사사로운 원한이 아니라 징하게 패악을 떤 놈들을 처단한 것이요."

"옳소."

"잘한다."

군중 속에서 누군가가 소리치자 여기저기에서 호응했다. 박중진은 조용해지기를 기다려 군중들을 다시 설득했다.

"폭력적으로 우하니 떼끌러가서 하지 말고 도소를 세워서 순리적으로 하자 그 말이오. 다른 지역에서는 동학군이 도소를 설치해서 부당하게 빼앗긴 토지를 돌려주고, 과하게 걷은 세금도 돌려주고, 노비를 해방시키고 하는디, 우리 진도에서는 그리 못했소. 이제 우리도 도소를 세울 수 있게 됐소. 자, 여러분. 우리를 도와준 이분들한테 박수를 보내주시오."

관아 마당에 가득 찬 사람들이 함성을 지르며 박수를 치자 영광, 무장, 해남에서 온 동학군들이 허리를 굽혀 인사를 하였다. 박수 소리가 더 커졌다. 박중진이 기침 소리를 내자 박수 소리가 잦아들었다.

"이분들은 목숨을 걸고 우리 진도에 싸우러 오셨소. 이제 이분들의 노력을 헛되지 않게 하는 것은 우리 진도 사람들이 할 일이요. 안 그라요?"

다시 사람들의 박수가 터졌다. 도소를 원활하게 운영할 때까지 진도 동학군들은 흩어지지 않기로 했다. 영광, 무장, 해남에서 온 도인들도 힘을 보태 주기 위해 며칠 더 머물렀다. 식량을 확보하기 위해 진도의 부자와 향반들에게 곡식과 돈을 거두었다.

부사 이희승은 그날 도망친 이후 관아에 다시 나타나지 않았다. 부사가 도망쳐 버리자 관아 이속들도 겉으로는 동학군이 무서워 방해하지 않았지만 적극 협조해 주지도 않았다. 박중진과 말총이, 손행권, 나치현 등 동학군들이 관아에서 직접 서류를 점검하며 개혁을 추진하였다. 이중으로 과세하던 어세는 즉시 중단하였다.

억울한 일을 당한 백성들이 각종 폐단을 들고 오기 시작하였다. 배를 팔았는데 몇 년째 선세를 내고 있는 사람, 60세가 넘었는데도 군포를 내는 사람, 노비가 아닌데도 주인에게서 놓여나지 못하는 사람, 묘지 문제, 토지 문제 등이었다. 이속들의 도움 없이 일을 처리하느라 동학군 지도자들은 몸이 열 개라도 모자랄 지경이었다.

새벽이 되어서야 말총이는 도소에 돌아와 지친 몸을 뉘었다. 관아에서 잠깐씩 새우잠을 자다 사흘 만에 옷을 갈아입으러 들어온 것이었다. 사월이는 그때까지 부엌에서 반찬을 만들고 있었다. 관아에서 동학군들이 밥은 했지만, 그들의 반찬이나 옷가지들을 대는 일은 사월이 차지였다. 도소 한쪽 방에서는 아낙네들이 모여 바느질을 하는지 수다를 떨며 까르르 웃는 소리가 들렸다. 그때 사월이가 무엇을 찾으러 오는지 정지문을 열고 들어섰다. 수건을 쓴 사월이는 불을 때다 왔는지 얼굴이 발갛게 달아 있다. 가까이서 보니 얼굴 곳곳에 재가 묻고, 속눈썹에도 재가 하얗게 내려앉아 있었다. 말총이가 픽 웃었다. 말총이는 소매로 사월이 얼굴을 닦아 주었다. 사월이가 방긋 웃었다.

"하도 바뻐서 느그 부모님 얼굴도 못 뵈러 가고…. 니가 고생이 많다."

"나만 고생인가? 아부지 죽인 놈 물고 내려 간다 해 놓고 가지도 못함서."

"그놈 복이재 뭐. 쪼끔만 틈이 나도 가 보것는디 통 틈이 없다. 그라고, 한 많은 사람들을 하도 많이 본께 그란가 내 일은 그저 그런 일 같기도 하고…."

말총이의 목소리가 작아졌다. 사월이는 누워 있는 말총이의 머리를 안아 주었다. 남편 말총이가 한없이 커 보였다가도 요즘 같으면 한없이 짠해지는 것이었다. 등을 토닥거려 주자 순간 말총이는 거짓말처럼 잠이 들어 버렸다. 사월이는 기가 막혀 웃고 말았다. 베개를 가져다 머리 밑에 괴어 주고 얇은 이불을 덮어 주고는 다시 부엌으로 나갔다.

# 15. 다시 봉기하여 일본을 축출하라

진도에 도소가 설치된 지 달포가 지났다. 동학군의 일 처리도 능숙해졌다. 말총이가 질청에서 호방 장부를 검토하고 있을 때였다. 김유복이 문을 벌컥 열며 그를 와락 끌어안았다. 말총이도 깜짝 놀라 그의 이름을 부르며 마주 끌어안고 펄쩍펄쩍 뛰었다. 웃음 끝에 눈물이 비어져 나왔다. 말총이의 야윈 얼굴을 보며 김유복은 쯧쯧 혀를 찼다.

"말총아, 너 많이 심들고나. 어이구, 자석."

김유복은 다시 말총이를 꽉 안았다. 말총이의 등이 많이 야위어 있었다.

"성, 먼 일이여? 언제 온 거여?"

"시방 해남서 오는 길이여. 시국이 시끌시끌한게 대비하라고 알리고 댕긴다. 화순, 보성, 장흥, 강진 거쳐 해남, 진도까지 왔다야. 아이고 뻗쳐라. 쪼까 쉬어 보자."

김유복은 자리에 벌렁 드러누웠다.

"시국이 어뜨케 시끌시끌한디?"

"쪼끔 있다 대청으로 다 모태라고 했은게 거그서 들어라. 화순서부
텀 백 번도 더 외왔더니 주둥이에 쥐 날라 한다."

김유복은 고개를 저으며 손까지 설레설레 흔들었다. 밥은 안 먹어
도 말은 쉬지 않던 사람이 어지간히 지친 모양이었다.

내아 대청에 도소 사람들이 모여 두런거리다 김유복이 나오자 조
용해졌다.

"일본이 지금 우리나라를 전장터로 삼아서 또 청나라랑 싸우고 있
습니다요."

"워째서 일본이 청나라가 싸운디라우?"

"조선을 날로 묵어 불란디 청이 조선을 꽉 물고 있응게 그라지라
우."

"조정은 대체 그동안 멋을 했다요? 우리가 전주성에서 이런 일이
일어난닥 항게 물러 나온 거 아니었소?"

"조정에 먼 말 해 봤자 입만 아프고라. 그것만이 아니고 조선한테
전쟁 물자며 식량을 대게 하고 또 이것을 운반하는 것까장 다 시키고
있소. 지금 일본이 부산에서 한양까지 전신선을 설치해 놨는디라우.
경상도 쪽 백성들이 그것을 몰래 짤르고, 일본군 지나가믄 공격하니
라고 날을 새고 있어라우."

"전신선이 머시여?"

"부산서 글을 보내믄 바로 한양에서 받아 보게 허는 선이여라우.
순식간에 보내니께 전쟁 나믄 일본을 당할 수가 없어라우."

"봄에는 안 일어서길래 그란다 했드니 인자 봉게 경상도 사람들 기백이 있구마."

"거그가 본시 양반골이여."

"뜬금없이 먼 양반 타령이여? 씨잘데기 없는 소리 하지 말드라고. 양반이락 하믄 입에 신물이 낭께."

소포리 소금막에서 온 사람이 벌컥 성을 냈다.

"충청도 아산에서 청나라랑 일본이 싸운 통에 충청도 백성들도 일어서고 있구만이라우. 대도소에서는 시방 추이를 지켜보고 있재마는 군량을 준비하라는 지시를 은밀히 내렸고라우. 각지 도소들이 자리를 잡아감서 폐정 개혁을 활발히 하고 있는디, 시국이 또 동학군을 불러내구만이라우. 으짤 것이요. 다시 일어서야재."

시월이 되었다. 농촌에서는 몽둥이도 바빠 뛴다는 가을이다. 김유복이 총기포령 통문을 돌렸다. 해월 선생이 청산에서 내린 지침이었다.

'전국의 동학 접, 포는 모두 무장 봉기하여 일본을 축출하라.'

구월 열나흘에 보냈다는 전봉준 장군의 통문도 있었다.

'장차 서울로 쳐들어가려 하니 군량을 준비해 두라.'

경복궁을 침탈하여 민씨 척족을 몰아낸 일본은 대원군을 영입하고 조선에서 청의 간섭을 배제할 욕심으로 조선의 개혁을 요구했다. 또한 일본은 조선에게 청과의 종속 관계에서 탈피하는 상징으로서 개국기년 사용을 의무화했다.

김홍집, 박정양, 김윤식 등 친일개화파 관료들로 구성된 군국기무처에 의해 갑오개혁이 추진되었다. 반상 제도와 공사 노비법의 혁파 등은 근대적 개혁을 지향한 것이었으나, 일본 화폐의 유통 허용과 방곡령 반포 금지 등은 백성의 요구를 정면으로 배반하는 것이었다. 군국기무처의 개혁은 수구적인 입장을 고수하는 흥선대원군의 거센 반발을 샀다. 그러나 그들은 그에 아랑곳하지 않고 오히려 일본군과 합세하여, 척왜양을 외치며 일어난 동학농민군을 비도(匪徒)로 규정하고 진압할 준비를 하였다.

대원군은 동학농민군, 청국군과 내통하여 일본군을 협격, 축출하려는 계획을 비밀리에 추진하였다. 조선의 정세는 요동치고 있었다. 전봉준과 김개남은 대원군이 보낸 밀사를 만나 '기병부경(起兵赴京)'할 것을 권유받았다.

전국에서 동학군이 다시 결집하고 있었다. 전봉준은 각지의 관아에 재기병을 알리는 통문을 보내 군수품 조달에 협조할 것을 촉구하였다. 손화중은 광주에서 동학군을 결집하여 전봉준에 호응하였다. 전봉준이 이끄는 동학군 부대는 10월 12일 삼례를 출발하여 북상하기로 했다. 그때 전봉준은 일본군이 바다에서 들어온다는 정보를 접했다. 이에 대비하기 위해 손화중, 최경선 부대는 북상하지 말고 나주를 경계하며 주둔하라 지시했다.

김유복은 말총이에게 급박한 시국과 거병 소식을 진도 각 접에 알리라 했다. 그는 무안, 함평, 영광, 무장을 거쳐 전주 대도소로 간다며 총총히 돌아섰다. 박중진과 말총이도 서둘렀다. 의신면 나치현 접과 고군면 손행권 접에 연통을 돌리고 말총이는 도소 일을 처리한 문서를 잘 싸서 간수했다.

진도읍 도소는 폐지되었다. 동학군의 폐정 개혁 뒤치다꺼리를 하면서 그동안 막대한 이권을 챙기지 못했던 이속들은 속으로 만세를 불렀다. 지주들도 슬슬 동학군의 눈치를 살피며 꿈틀거리기 시작했다. 노비를 빼앗기고, 고리대금을 못하게 되자 이를 갈았던 그들이었다. 동학군이 봉기하여 싸우러 가 버리면 그들은 즉시 행동을 개시할 준비를 했다. 개벽 세상이라며 좋아했던 사람들은 불안해졌다.

말총이는 군대를 조직하는 한편 군량을 모집하며 대도소의 지시를 기다렸다. 손화중, 최경선 등이 재차 나주 공격을 위해 나주 인근으로 모인다는 소식이 들렸다.


"몸 성히 갔다 와. 할 말이 많았는디 막상 할라니 안 나오네."

사월이가 말총이의 봇짐을 내밀며 말했다.

"언제나 너하고 둘이 밥 묵음서 맘 편히 살어 보까!"

"그랑께 내가 따라간다니까는 못 가게 함서 그래."

사월이가 눈을 흘겼다.

"이번에는 내 느낌이 맞다니께. 꿈에 호랭이가 집채만 한 놈이 나한테 달려들더라고. 분명히 아들이여."

"으이그. 아니기만 해 봐."

"여기서도 할 일 많잖여. 도인 가족들 모태서 주문 수행함서 무사하기를 비는 것이 얼매나 큰일인디. 봉기에 참가 안 한 도인들도 챙기고 말이여."

"맞어. 그것도 중요한 일이재. 나 열심히 주문 수행할 거여."

"니가 기도해 주믄 병이 낫는다고 다 그러드라. 니 꿈을 꾸고 병 나은 도인도 있고. 암튼 내 꿈에 니가 안 보이믄 니가 기도 안 한갑다 할 거여. 알었재?"

"당신 춥지 않게도 기도할 테니 걱정 말어."

"당신? 한 번 더해 봐. 듣기 좋은디."

"몰라. 안 할 거여."

말총이는 해남 접에 연통하러 하루 먼저 가야 했다. 진도 동학군은 배를 타고 영산강을 타고 올라가 나주에서 집결하기로 했다. 남리 김신영 접 동학군은 무안 배규인의 포와 합류하기로 하였고, 백장안과 백동안, 김춘두도 동학군을 조직하느라 바빴다. 백동안이 해남읍 도소의 문서를 정리할 시간이 없다 하여 말총이가 다음 날 떠날 때까지 일자별, 사안별로 분류하는 것을 도와주었다. 밤이 깊어 가고 있었다.

"백 접주님, 내일 출정 떠나실 것인디 이 일은 지한테 맡기고 이제 집에 들어가시쇼."

말총이가 등을 떠밀다시피 하여 백동안을 집으로 보냈다.

백동안은 이대독자이지만 아직 아들이 없어 그 어머니가 항상 애달아했다. 재봉기를 준비하며 부산하게 돌아다니느라 아침에 문안 인사 올리고 나면 하루 종일 어머니 얼굴도 못 뵌 적이 많았다. 도소에서 가까이 살면서도 오늘도 새벽같이 나가서 이제야 집에 가는 것이었다. 백동안이 대문을 들어서자 백동안의 아내가 나왔다.

"어머니 잔 딜다 보시요. 아까부터 애가 타서 지달리시오."

딸아이는 오랜만에 본 아비가 반가운지 달려 나와 덥석 품에 안겼다. 백동안은 아이를 안아 머리 위로 번쩍 들어 주었다. 아내가 아이를 빼앗아 안아 들며 백동안의 등을 안채로 떠다밀었다. 백동안은 마당으로 들어서며 떠들썩하게 외쳐 댔다.

"벌써 아들 보고자퍼 찾소? 서른다섯 살이나 묵은 자석이 길을 잃으까 배를 곯으까?"

안채 댓돌에 올라서기도 전에 방문이 벌컥 열렸다. 백동안이 반색을 하며 너스레를 떨었다.

"아이구, 어머니. 못 본 새에 얼굴이 피어 부렀네. 먼 존 일 있소?"

"한나 있는 자석이 에미는 내팽개쳐 놓고 워딜 그렇게 싸돌아댕기냐? 아들이나 한나 낳아 놓고 동학을 하든지 서학을 하든지 하란 말다."

"시상이 개벽된 지가 언젠디 아직도 아들 타령이요? 그라고 엄니도 나 한나밖에 못 나 놓고 나만 닦달허요? 엄니. 나한테 이랄 것이 아니라 엄니가 재가를 해 부쇼. 그래 갖고 떡하니 아들을 놔 부러."

"머시야? 자석이 못 허는 소리가 없네."

"조정에서 내논 개혁안 못 봤소? 양반, 평민 불문하고 과부들은 재가할 수 있게 했어라우."

어머니는 그만 피식 웃고 말았다. 노여운 소리를 하려고 문을 발칵 열었는데 아들 농을 듣자 그만 화가 풀려 버린 것이다. 어머니는 항상 그랬다.

"엄니, 꺽정 붙들어 매시오. 이 아들이 개벽 시상 맹글라고 안 그라요. 엄니는 새복마다 청수 떠 놓고 주문 외움서 먼 걱정을 그리 하시오."

"시상이 시끌시끌한께 걱정을 하지야. 니가 엄벙덤벙 댕김서 도소 일 할 때도 하늘이 무서와서 나는 죽는 줄 알었다. 사람들한테 싫은 소리 한 번 안 하고 살었는디, 윤 감역 댁이랑 이 참판 댁에서도 발을 끊고, 살림이 조까 있다 싶은 사람은 다 벌벌 떨지 않드냐? 그것이 다 우리 죄재 머시냐?"

"엄니, 동학 도인 하는 일은 한울을 살리자는 일인디 어째 그것이 죄것소? 도소 함서 얼매나 많은 사람들이 노비에서 풀려나고, 빚더미에서 벗어난 줄 아요? 사람으로 태어난 것이 인자사 복인 줄 알었다고 합디다. 그동안에는 차라리 짐생으로 못 태어난 것이 한이었다고 그라드란 말이요. 한 주먹밖에 안 되는 사람들이 벌벌 떨고 죽어지낸께 한 아름이나 되는 사람들이 두어 달 사이에 살어났어라우."

"니 말 들으믄 니 말이 맞고 그란디 어째 이 에미 속이 이라고 보타

진다냐. 존 일 허드라도 넘 앞에 서지 말고 중간만 따라가라. 응? 모난 돌이 정 맞는다 안 하드냐?"

"정 맞은 돌이 탑도 되고 주춧돌도 되재라우. 그렇게 꺽정 마시란 말이요."

백동안이 어머니 앞에 바짝 다가앉아 손을 잡아 쓰다듬으며 말했다. 어머니는 한 손으로 아들의 얼굴을 쓸어 보다가 눈에 눈물이 그렁했다.

"동안아, 이 자석아. 이대독자 너 잘못될까 내가 피가 마른다."

"내가 조심을 그냥 엄청나게 해 부께라우. 징검돌을 디딜 때도 이라고 디디까 마까 디디까 마까 허다가 넘들 다 건너믄 건널 텡께. 잉?"

동안이 한 다리를 들어 흉내를 내자 결국 어머니가 또 피식 웃었다.

"엄니가 요래요래 웃음서 씩씩하니 계세야 내가 가슴을 쫙 피고 나댕길 거 아니요, 엄니."

동안이 나가자 동안의 아내가 다듬잇감을 들고 안방으로 들어갔다. 그녀가 옷들을 반듯하게 개서 다듬잇돌 위에 차곡차곡 얹었다. 백동안의 어머니는 한숨을 내쉬며 방망이를 찾아 들고 중얼거렸다.

"한나잘 내내 지천을 해도 저것이 귓구멍을 꽉 틀어막고 안 들은다야. 아범이 저렇게 살갑게 할 때마다 가슴이 철렁해야. 느그 시어른이 그렇게 살가웠니라. 빨리 가실라고 그르케 살가웠는가 싶어야."

"어머니. 저 애기 섰고만이라우."

며느리가 고개를 숙인 채 작은 소리로 말했다. 백동안의 어머니는 깜짝 놀라 며느리를 바라보았다. 고개를 숙인 며느리의 얼굴이 발갛게 달아올라 있었다.

"그래? 참말이냐? 아범도 아냐? 언제냐? 날, 날이?"

어머니가 숨도 쉬지 않고 물음을 쏟아 내자 그녀가 빙긋 웃었다.

"야, 아범도 알구만요. 산달은 내년 칠월이구만이라우."

"그동안 맘고상 하니라고 애썼다. 아범 땜시 너도 속이 탈 것이다마는 우리 맘 편히 묵자."

# 16. 나주성을 공격하라

　10월 보름, 손병희가 이끌고 온 충청도의 동학군이 전봉준의 부대와 논산에서 합류했다. 동학군은 전봉준을 총대장으로 삼아 충청 감영 소재지이며 서울로 가는 북상 길목인 공주로 진격하였다. 외무대신 김윤식이 충청도 지역에 동비 세력이 치열해서 평정하기 어렵다 하는 충청 감사 박제순의 급보를 받고 일본군의 지원을 요청하였다.

　양호 도순무영(兩湖 都巡撫營)의 별군관 이규태가 선봉장이 되어 통위영병을 이끌고 공주로 향했고, 죽산 부사 이두황은 장위영병을 지휘하여 청주성에 도착했다. 일본 공사 이노우에가 외무대신 김윤식에게 일본군의 진행 노선을 알리고 진무사와 병정의 파견을 요청하였다. 후비보병 제19대대가 일본에서 증파되었다. 인천 병참사령관 이토는 동학군 진압을 위한 훈령을 통해 '동학군의 근거를 찾아내어 초멸할 것, 우두머리로 인정되는 자는 체포하여 서울의 일본공사관으로 보낼 것, 동학군 거물급 사이의 왕복 문서 또는 조선의 관리와 동학군 간에 왕복한 문서를 수집할 것, 파견된 조선군의 진퇴와 조달은 모두 일본군의 명령에 따르게 할 것'을 지시하였다.

전세는 만만치가 않았다. 목천에서 관군의 배후를 노리려던 동학
군이 세성산에서 크게 패하여 흩어졌다. 내포 쪽 동학군들도 홍주성
공략에 실패하고 되레 쫓기는 신세가 되어, 적의 전력을 분산시키는
역할을 할 수 없었다.

11월 9일부터, 공주 우금티에서 치열한 공방전을 4, 50차례나 벌이
던 동학군이 패배했다. 전봉준은 삼례, 원평으로 밀리면서 계속 인원
을 보충하여 대적했지만, 한 번 크게 밀린 싸움을 뒤집기가 쉽지 않
았다.

우금티 소식은 이레 만에 나주 동학군에게도 전해졌다. 박중진과
말총이는 나주에서 손화중, 최경선의 부대와 합류해 있었다. 그들은
침산 전투에서 나주 수성군에게 지고 장성까지 후퇴했다가 용진산에
진을 쳤다.

나주 수성군의 무기와 전투력은 막강했다. 훈련을 받은 정규 부대
못지않았다. 나주 목사 민종렬이 올봄부터 조직하여 잘 먹이면서 맹
렬하게 훈련시켰다더니 사기도 높았다. 동학군은 손화중의 지휘 아
래 대열을 짜서 공격하려 했지만, 한 발 빠른 수성군의 선제공격에
또 다시 패배하고 말았다. 고막원에는 무안, 진도, 해남, 영암 등지에
서 모인 동학군이 진을 치고 있었다. 5만여 명의 동학군은 점호를 하
며 사기를 높였다. 패배에 패배를 거듭하면서도 아직 동학군의 함성
은 쩌렁쩌렁 울렸다.

말총이는 고막원 서쪽으로 밀려 가며 동학군이 숫자가 훨씬 우세

함에도 계속 패하자 참을 수 없었다. 말총이는 박중진에게 생각해 둔 작전을 말했다. 박중진은 말총이를 데리고 장군 막사로 갔다. 김유복이 막사 밖에서 경계를 서고 있었다. 김유복이 박중진과 말총이를 막사 안으로 데리고 들어갔다. 장군 막사래야 네 기둥에 가마니를 묶어 비바람만 가린 곳이었다. 손화중, 최경선 등이 둘러앉아 논의하느라 사람들이 들어오는 줄도 몰랐다. 김유복이 최경선에게 다가가 말하려 하자 말총이가 막았다. 말총이는 서서 그들의 말에 귀를 기울였다. 손화중이었다.

"전봉준, 김개남 장군의 주력부대도 공주, 청주에서 패배했소. 충청, 전라, 경상 각지에서 산발적으로 동학군이 전투를 벌이고 있다고 하지만, 이제 대규모 병력은 이곳 나주와 장흥에만 없소."

"우리가 북진하지 않은 것은 민종렬이 동학군 본진의 후방을 칠까 두려워서였는데 이제 동학군이 무너졌으니 전면전을 벌여야 하지 않겠소?"

"그러다 우리가 패하면 민종렬이 장흥을 공격할 테니 우리보다 수가 적은 이방언 장군이 단번에 무너질 것은 불을 보듯 뻔하오. 그러면 동학군은 궤멸이오."

"그렇다고 우리 부대만 보전한다고 해서 무슨 희망이 있겠소?"

강공을 벌이자는 최경선과 부대를 유지시키자는 손화중이 설전을 벌이고 있었다. 말총이가 김유복을 향해 고개를 끄덕이자 김유복이 최경선에게 다가가 귓속말을 했다. 최경선이 박중진을 보고 반가워

했다. 말총이가 거침없이 걸어가 입을 열었다.

"나주 목사 민종렬의 관군과 수성군을 다 합쳐도 천 명이 안 되는 디 우리는 5만 병력이구만요. 그런데 동학군은 각지에서 모인 군대라 지휘가 일사불란하지 못허고, 훈련도 부족해서 덩치만 컸재 둔하기가 한정없구만이라우."

장군들이 흥미로운 눈빛으로 말총이를 주시했다.

"나주 목사 민종렬의 전술이 보통이 아니어라우. 우리 무기가 워낙 보잘것없기도 하재마는 장성 황룡천에서 싸웠든 경군보다 이기기가 더 애렵당게요. 그것이 멋 때문이라고 생각하신가라우?"

"그때는 경군이 장성 초행길이라 우리가 지리적 이점을 이용했는데, 여기는 민종렬이 땅이라 지리를 우리보다 더 꿰고 있어서 어렵네."

최경선이 대답하였다.

"그라믄 우리가 더 유리한 것을 이용해야지라우. 이렇게 덩치만 키워서 모여 있으믄 이리 뜯기고 저리 뜯기다 만신창이가 되구만요."

"…. 그러니 어떻게 해야 한다고 보는가? 무슨 수가 있겠는가?"

손화중이 물었다.

"부대를 나눠서 민종렬이 정신을 못차리게 해야지라우. 민종렬이 지금 수성군만 내보내고 주력군을 나주성에 놔두는 것은 성이 공격당할까 그런 것이 아니것는가라우? 그러니 일부는 성을 계속 칠 것처럼 함서 나머지 부대가 성 밖을 휘저어 부러야지라우."

"자네 이름이 말총이라고 그랬는가? 좋은 안이네. 세곡을 모아 놓은 서창을 공격합시다. 우리 군량도 확보할 겸 해서 말이오. 민종렬이 깜짝 놀랄 것이오. 서창 공격은 제가 맡겠습니다. 광주, 무장 부대를 손 장군님이 지휘해 주시지요. 해남, 진도, 무안 접에서는 지금 진 치고 있는 나주 수성군을 상대해 주시오."

최경선의 말에 침통한 분위기가 사라졌다. 수성군이 잠들면 작전을 시작하기로 하고, 박중진과 말총이는 부대로 돌아왔다.

11월 17일 아침, 고막원 들판에 하얗게 서리가 내렸다. 어젯밤 은밀하게 부대 이동이 이루어졌다. 손화중이 2만 병력을 이끌고 나주성 북쪽으로 떠났고, 최경선과 김유복이 영광 동학군을 이끌고 서창으로 이동했다. 남은 동학군은 무안 배규인을 총대장으로 하여 고막원 동쪽 청림산 일대에 포진하고 있었다.

말총이는 높은 곳으로 올라가 수성군의 진을 보았다. 밤에 동학군 대부대가 이동했으므로 진을 다시 짜고 오늘 밤 야습을 할 참이었다. 포 공격을 무력화시키기 위해서는 거리를 좁혀 기습을 해야 했다. 멀어서 수성군의 모습은 보이지 않고 밥 짓는 연기가 오르는 것만 보였다. 지휘하는 사람은 올봄에 나주 수성군을 모집할 때 도총관으로 뽑힌 정석진이라 했다. 그는 나주 관아의 이속이었다. 나주는 예로부터 유생들의 입김이 센 고을로 '오양임박유나홍정'이 그중 세력 있는 양반 성씨였다. 정석진은 나주 목사 민종렬의 오른팔이 되었는데 그것은 그가 유능한 지휘관이었을 뿐 아니라 나주 유림의 막강한 지원을 받고 있기 때문이었다.

"생솔 가지를 더 넣도록 하게. 대포 소리가 날 때까지 연기를 많이 피워야 하네."

정석진은 남은 수성군들에게 다시 한 번 일렀다. 동학군을 속이기 위한 작전이었다. 그는 동학군을 기습하기 위해 동트기 전에 몰래 밥을 지어 먹인 후 출전 명령을 내렸다. 나주성 북쪽에 동학군이 운집하였다는 소식을 듣고 민종렬이 밤중에 급히 포군을 빼내 가 지금 그에게는 포군이 많지 않았다. 동학군이 먼저 그를 공격하면 꼼짝없이 당할 처지였다. 숫자만 믿고 달려드는 동학군을 상대하는 데는 포가 최고였다. 포군은 총관에게 이미 내려가 설치하게 했다.


"뻥 뻥 뻥 뻥."

대포 소리에 심장이 떨어지는 것 같았다. 동학군들이 정신없이 땅바닥에 머리를 처박았다. 말총이는 큰 바위 뒤로 돌아가 아래를 내려다보았다. 어느새 산 아래에 포를 설치한 수성군이 동학군을 공격하고 있었다.

"도망치지 마라. 공격."

산 위로 도망치는 동학군을 보고 박중진이 외쳤다. 말총이는 포의 숫자가 많지 않다는 걸 알았다. 몇 십 발의 포가 터진 지 한참이 지난 것이다. 말총이는 깃발을 들어 공격 신호를 보냈다. 포군이 적다면 돌아가 옆에서 칠 생각이었다. 정신을 차린 동학군이 북을 울렸다. 말총이는 한 손에 깃발을 든 채 산 아래로 짓쳐 내려갔다. 동학군들은 무서운 기세로 달려들었다. 그때 다시 엄청난 소리를 내며 포가 불을 뿜었다. 동학군이 무더기로 쓰러졌다. 동학군의 무기인 시석(돌화살)과 화승총, 칼이 효력을 발휘하려면 가까이 접근해야 했다. 수성군도 총을 쏘기 시작했다. 동학군의 화승총으로는 도저히 사격할 수 없는 거리였다.

말총이는 포 소리가 잦아들자 한 손에 칼을 들고 깃발을 치켜든 채 포의 측면으로 달려갔다. 포군이 포를 들고 도망쳤다. 말총이의 앞과 옆으로 엄청난 숫자의 동학군이 물밀 듯이 달려가고 있었다. 수성군의 총이 일시에 작렬했다. 탕 탕 탕 탕 총소리가 귀청을 찢는 듯했다. 달려가던 사람들이 푹푹 쓰러졌다. 쓰러진 앞사람을 밟고, 뛰어넘으며 달렸다. 동학군의 화승총 소리가 간간히 터지기 시작했다. 아직 가까이 접근하지도 못했는데 또 한 번 수성군의 총소리가 쏟아졌다. 선두에 선 동학군이 주춤했다. 말총이도 총알이 귓전을 스치는 순간 푹 고꾸라졌다. 총알을 맞지는 않은 것 같았다.

동학군이 옆으로 밀리기 시작했다. 말총이는 함평 쪽으로 하얗게 밀려가는 동학군의 물결을 보았다. 쏟아지는 수성군의 총알에 대열은 수시로 무너졌다. 어찌할 수 없었다. 말총이도 달려서 함평으로 가는 고막교를 건넜다. 좁은 다리 위에서 동학군은 수없이 많은 희생을 치렀다. 다리를 집중 공격당하자 동학군들이 고막천을 건너려 물로 뛰어들었다. 때마침 바다에서 고막천으로 밀물이 들고 있었다. 고막천을 건너다가 세찬 밀물에 떠내려가는 사람도 부지기수였다.

"부대 이리로!"

다리를 건너자마자 말총이는 깃발을 흔들어 부대를 모았다. 고막천을 따라 화승총 부대를 배치했다. 화승에 불을 붙이는 동안 북을 쳤다. 북소리가 울리자 다리를 건넌 동학군이 전열을 가다듬었다.

말총이가 신호를 보내자 화승총이 동시에 불을 뿜었다. 화승총은 총알이 멀리 가진 못했지만 소리만큼은 적을 깜짝 놀라게 할 만했다. 수성군이 쫓아오다가 멈칫하였다. 유인책이라고 생각한 모양이었다. 한참 이쪽의 동태를 살피던 수성군이 그대로 물러갔다.

동학군은 시신을 거두었다. 눈물을 흘리며 시신이 하얗게 널린 들판으로 달려갔다. 말총이는 논바닥에 처박힌 나치현의 시신을 찾았다. 나치현은 가슴을 총에 맞아 저고리가 피범벅이었다. 말총이는 나치현의 머리를 가슴에 안았다.

"으허허허헉. 이리 허망하게 가시믄 안 되지라우. 새 세상 되믄 접주님을 편히 모시고 싶었는디."

말총이는 오열하였다. 나치현은 자신을 구해 준 생명의 은인이었다. 뼈가 도드라지지 않은 그의 얼굴은 단정해 보였다. 그는 언제나 목소리가 낮고 맑았다. 조근조근 작은 목소리로 말할 때마다 사리에 맞는 말이라 사람들은 그의 말에 잘 따랐다. 박중진이 다가와 말총이의 어깨를 다독였다. 박중진의 눈도 벌겋게 충혈되어 있었다.

"백동안도 당해 부렀다."

백장안이 백동안의 시신 위에 엎드려 있었다. 그의 넓은 등이 부르르 떨었다. 백동안은 머리에 총을 맞아 얼굴이 피범벅이었다. 누군지 알아볼 수도 없을 지경이었다. 말총이가 머릿수건을 벗어 백동안의 얼굴을 닦아 주었다. 백장안은 백동안의 볼을 쓰다듬었다. 그들은 나치현과 백동안의 시신을 다음에 찾을 수 있도록 고막교 옆에 묻었다. 통곡하는 동학군들의 울음소리에 나주 산천도 숨을 죽였다.


"계획대로 오늘 밤에 공격합시다."

배규인이 둘러선 박중진과 말총이, 김신영, 백장안 등에게 말했다. 그의 핏발 선 눈에서 핏물이 떨어질 것 같았다. 밤이 되어 대오를 정비한 동학군은 다시 공격에 나섰다. 수성군은 호장산 아래 들판에 진을 치고 있었다. 말총이의 부대는 수성군의 왼쪽을 맡았다. 숨을 쉬는 소리가 들릴 정도로 적막했다. 차가운 겨울바람이 귀를 베어 낼 듯 후려쳤다.

"탕."

배규인이 쏘는 화승총 소리였다. 그것을 신호로 동학군은 일제히 북을 치며 진격했다. 말총이도 칼을 빼어 들고 달렸다. 혼비백산한 수성군은 산으로 올라붙었다. 챙 챙 날카로운 금속성 소리에 고함과 비명이 뒤섞였다. 저항하던 수성군은 결국 견디지 못하고 후퇴해 나주성으로 회군했다. 동학군의 승리였다. 수성군이 물러나자 동학군은 승리의 함성을 질렀다. 낮에 죽은 사람들의 이름을 목 놓아 부르며 우는 사람도 있었다.

"서창을 확보했다."

군량 확보를 위해 서창을 공격한 최경선, 김유복이 세곡을 확보하는 데 성공했다는 전갈이었다. 분산해서 공격하자는 작전이 효과를 거둔 것이다. 다시 함성 소리가 터졌다. 동학군들은 울다가 웃다가 했다. 북풍에 실려 온 진눈깨비가 사납게 몰아쳤다. 그러나 말총이는 춥지 않았다. 동상에 걸린 귓바퀴가 얼어 터져 핏물이 흐른 줄도 몰랐다. 동학군은 터진 물길처럼 나주성을 향했다.


11월 24일, 나주성을 지키던 관군은 동학군의 북소리에 혼비백산했다. 동학군은 나주성을 겹겹이 포위했다. 횃불을 치켜든 동학군의 전열은 80리에 달했고, 진군의 북소리는 땅을 울렸다.

"남문 쪽에도 동비들이 진을 치고 있고, 북문 쪽 동비들도 지금 함박산에 진을 치고 있습니다."

도총관 정석진이 긴박한 목소리로 나주 목사 민종렬에게 고했다. 항상 의관을 단정히 하던 그가 얼마나 정신이 없었는지 귀밑으로 흰 머리카락들이 비어져 나와 있었다.

"이젠 수성전을 할 수밖에 없단 말인가?"

민종렬의 목소리가 침통했다. 자력으로 동학군으로부터 성을 지킨 유일한 곳이라는 자부심도 오늘로 마지막일지 모른다. 그의 공을 치하하는 목소리가 임금에게까지 알려졌다는 걸 그도 들었다. 나주를 든든히 지켰기에 전라도 동학군의 발목을 여기에 붙잡아 놓았고, 동학군의 뒤를 위협할 수 있었다. 전봉준, 김개남의 부대가 공주까지 올라갔지만 우금티에서 좌절한 것도 그렇다면 결국 그의 공이 아니겠는가!

"우리 군이 동요하고 있습니다. 나으리, 특단의 대책이 필요합니다."

"특단의 대책이라면?"

정석진은 답답했다. 항상 이런 식이었다. 그가 대책을 세우기 전에는 민종렬은 움직이지 않았다. 그가 정보를 모아 계책을 내놓으면 그는 되작여 보며 또 한나절을 소비하는 것이었다. 일단 전투를 시작하면 승패에 동요하지 않고 끝까지 밀어 주는 그가 고마웠지만, 새로 작전을 세워야 할 때는 매번 분통이 터졌다.

"우리가 동비들의 포 사정거리 안쪽으로 들어가 버리면 끝입니다. 그 전에 밀어낼 대책을 세워야지요."

민종렬이 입술을 힘주어 오므리며 그의 눈을 뚫어질 듯 주시하였다. 어서 말해 보라는 눈빛이었다. 민종렬의 생각을 먼저 말하게 하려다 결국 그의 눈빛에 질려 정석진은 두서없이 말을 꺼냈다. 워낙 위험한 작전이라 불길함을 떨칠 수 없었다. 말을 꺼내 놓으면 어차피 그가 수행해야 할 작전이었다.

"날랜 군사 일부를 빼내어 서창을 불태우는 것입니다. 그 전에 적의 눈길이 분산되도록 함박산에도 불을 놓아….”

“탕 탕 탕 탕. 탕 탕 탕.”

난데없이 총소리가 연달아 들렸다. 바로 내아 밖이었다. 어느새 적이 나주성 안까지 들어왔단 말인가? 정석진은 벌떡 일어섰다. 민종렬의 눈도 튀어나올 듯 커졌다. 정석진은 문을 박차고 나가 칼을 빼어 들었다. 그때 또 ‘탕탕탕’ 소리가 요란하게 났다. 수성군 몇 명이 혼비백산하여 내아 안으로 뛰어 들어왔다.

“무슨 일이냐?”

“모르것소. 아이고, 나 죽네.”

수성군들은 우왕좌왕 어찌할 바를 모르다 내아 마루 밑으로 기어들었다. 정석진은 수성군이 머무는 막사를 향해 달렸다. 찢어질 듯 부는 바람에 진눈깨비가 날려 눈을 뜨기가 어려웠다. 막사 마당에 도착하자 부하들이 불을 끄느라 정신이 없었다. 이곳에 오니 ‘탕탕’ 소리는 귀청을 찢을 듯했다. 그를 발견한 총관이 머리를 조아리며 주섬주섬 사정을 아뢰었다.

수성군들이 피운 모닥불에서 불꽃이 바람에 날려 막소에 쌓아 두었던 대나무 더미에 옮겨 붙었다고 했다. 대나무에 불이 붙자 대 매듭이 터지는 소리가 총소리처럼 요란하게 난 것이었다.

“덜 떨어진 놈들 같으니라고. 바람이 불면 모닥불을 잘 지켜야지. 지금 즉시 동비들의 동태를 파악하라.”

정석진의 명에 부하들이 살았다는 듯 후닥닥 튀어나갔다. 좀 있다가 부하들이 헐레벌떡 뛰어 들어와 전한 소식은 놀라웠다. 동학군이 후퇴하고 있다는 것이었다. 그들이 어디에 진을 치는지 파악하라 지시한 후 정석진은 다시 민종렬에게 나는 듯이 달려갔다.

"동비들이 후퇴하고 있습니다. 그들도 놀란 모양입니다."

"이젠 됐어. 하늘이 도왔음이야. 암, 그렇고말고. 곧 경군이 도착할 테니 이젠 근심할 것 없네."

정석진은 한양에서 보낸 경군이 온다면 이젠 자신의 역할은 끝났구나 생각했다. 나주 영병에게도 수성군은 음으로 양으로 괄시를 받았는데 정식으로 훈련받은 경군한테는 오죽하겠는가. 나주 영병에게 괄시를 받으면서도 동비를 무찌른 공은 자신의 수성군이 더 많이 세웠다고 자부할 수 있었다. 영병은 나주성을 지킨답시고 성안에서 편히 근무했지만 자신은 수성군을 이끌고 산과 들판에서 야영하며 전투를 치렀다. 민종렬이 관군의 사상자라 보고한 숫자는 대부분 수성군이었다.

"이제 동비들을 끝까지 쫓아 진멸할 필요는 없네. 경군과 일본군이 오면 그들이 처리할 게야."

"동비들이라고 하지만 어제까지는 선량한 백성들이었는데 일본군에게 맡기는 것은⋯."

"동비들의 위세가 조정을 위협하니 어쩔 수 없이 일본군의 힘을 빌리게 되었네. 전봉준이 우금치에서 무릎을 꿇은 것도 일본군이 아니었으면 불가능했을 게야. 일본군은 그 수가 얼마 되지 않지만 일당백이니까."

"동비들을 다 진압하고 나면 조선은 일본군의 것이 되지 않겠습니까? 대감은 우리 조정이 필요하면 일본군을 쓰고, 더 이상 필요치 않으면 버릴 수 있는 능력이 있다고 보십니까?"

"자네 언사가 지나치군."

민종렬의 얼굴에 언뜻 비웃음이 스쳤다. 정석진은 퍼뜩 정신을 차리고 고개를 숙였다. 경솔하게 입을 놀렸음을 깨닫고 그는 입술을 깨물었다.


말총이는 총소리가 그친 후 성문이 열리지 않은 것이 의심스러웠다. 정신없이 후퇴한 동학군은 남산에 진을 쳤다. 배규인, 박중진, 말총이와 백장안이 모였다. 총소리의 정체를 아무도 몰랐다. 배규인이 말했다.

"조일 연합군이 도착했다는 정보가 있소."

"연합군이 왔다면 공격했을 텐데 그런 기미가 없습니다. 우리를 물러나게 하려고 저들이 술수를 부린 것인지도 모르겠습니다."

정찰병을 보내 나주성을 돌아보았지만 이상 징후는 없었다. 다시 나주성을 치기로 하고 동학군은 야숙을 했다. 밤이 깊어갈수록 더해지는 추위는 뼛속까지 스몄고, 손가락은 이미 뻣뻣해져 움직일 수 없을 지경이었다. 경군과 일본군이 왔다는 소식이 동학군 진영에 빠르게 퍼졌다.

말총이는 박중진과 조용히 진을 돌아보았다. 일본군이 충청도와 전라도로 내려오며 수많은 동학군을 잔인하게 죽이고 철저하게 진압하고 있다는 소문이 입에서 입으로 전해지고 있었다. 적보다 두려움이 먼저 동학군을 침입했다. 나주성으로 진격할 때의 하늘을 찌를 듯했던 그 용기는 이미 흔적도 없었다. 진을 더 돌아볼 것도 없었다.

"가자."

박중진이 무거운 목소리로 말했다.

말총이는 답답했다. 어찌해야 할지 알 수 없었다. 나주에 동비초토영이 설치되고 민종렬이 초토사로 임명되었다고 했다. 일본군은 조선 전체에 투망을 치고 동학군을 서남쪽으로 몰아오고 있었다.

# 17. 흰옷 입고 떠나가는 저 사람들

11월 24일, 나주성을 빼앗으려던 작전은 실패했다. 일본군의 화력은 상상을 초월했다. 손화중, 최경선의 부대는 북쪽으로 후퇴하였고 영암, 무안, 해남, 진도 동학군은 영암으로 향하려다 배규인의 지시로 멈추었다. 패배하고 돌아오는 동학군의 발걸음은 무거웠다. 배규인이 각 접의 접주들을 불렀다. 장흥 동학군이 금구에서 내려온 김방서 군대와 합쳐 벽사역을 치고, 장녕성(장흥성)을 점령했다는 소식을 전했다. 접주들의 얼굴이 밝아졌다. 그러나 배 접주가 전한 영암의 소식은 그들의 마음을 착잡하게 했다. 경군과 일본군이 온다는 소식을 듣고 수성군들이 사기가 올라서 동학군을 보는 족족 잡아 죽인다는 소문이었다.

"장녕성은 삼면이 산으로 둘러싸인 천혜의 요새요. 거그를 함락했다면 동학군의 기세는 대단할 것이요."

부대는 불티재를 넘어 강진으로 향했다. 말총이의 다리에 새 힘이 솟았다. 장흥의 동학군과 금구의 김방서 군이 고스란히 남아 있다면 희망이 있었다. 강진 옴천에서 하루를 묵고, 병영성에서 30리 떨어진 곳까지 도착하니 12월 8일 저녁이었다. 장흥 동학군이 7일에 강진현을 함락하고, 병영성으로 오고 있다는 소식이 전해졌다. 순식간에 동학군의 진에 뜨거운 열기가 퍼졌다.

　12월 9일 저녁, 강진, 장흥, 금구의 동학군 3만 명이 당도하여 병영성 근처에 진을 쳤다. 장흥 동학군의 사기는 하늘을 찔렀다. 그날 밤 장흥대접주 이방언의 지휘하에 각 지역의 접주들이 함께 모여 작전을 짰다.

　12월 10일 새벽, 동학군은 네 방향으로 나누어 진격하였다. 병영 맞은편 세 봉우리를 점령하고 일제히 포를 쏘아 댔다. 성을 둘러싼 목책에 불을 지르고 성벽을 기어올랐다. 수만 명의 동학군이 성안으로 들어가고, 병사 서병무가 이미 도망쳐 버렸다는 소식이 들리자 병영성은 무너졌다. 성을 완전히 점령하자 동학군은 함성을 질렀다.

　그러나 동학군의 피해도 컸다. 김병태가 이끌던 해남의 젊은 동학군들과 진도 손종인이 죽었다. 선봉에 서서 성벽을 기어오르다 관군의 칼에 맞아 쓰러진 것이었다. 손행권은 아들의 손을 잡고 놓지 못했다. 박중진이 손종인의 눈을 쓸어 감겨 주었다. 사위가 되면 아들같이 대하리라 했었다. 아직 식지 않은 손종인의 손을 잡아 보고는 가만히 놓았다. 손종인을 기다리고 있을 딸 순녀를 생각했다. 머리가 하얗게 텅 비었다. 손행권은 아들의 얼굴을 마지막으로 쓸어 주고 다리에 힘이 풀려 주저앉았다. 말총이는 박중진과 함께 손종인을 성벽 아래에 묻었다.

사망자와 부상자가 많았지만 병영성을 함락한 동학군의 사기는 충천했다. 나주성을 빼앗으러 다시 가자고 동학군들이 외쳤다. 그러나 이방언의 생각은 달랐다.

"조선군과 일본군의 혼성군이 이미 영암까지 내려왔소. 포위망을 좁혀 오고 있으니 어쩔 수 없소. 다시 장흥으로 갑시다."

해남, 진도, 무안의 동학군은 서쪽으로 길을 잡았다. 해남으로 가기 위해서였다. 무리를 안돈시켜 야숙할 채비를 해 놓고 접주들은 모여 작전 회의를 하였다. 무안의 배규인과 해남 백장안, 김춘두, 김신영, 전유희, 진도 박중진, 말총이, 나봉익이었다.

"경군 일본군 혼성 토벌대가 장흥 동학군을 뒤쫓고 있구만요. 다른 토벌대는 동학군이 영암을 칠 줄 알고 영암에 모여 있고라우. 지금 우리가 해남을 차지해야 장흥 동학군을 돕는 것이요."

그동안 쫓기면서도 항상 동학군들을 미리 보내어 정탐하고, 나주와 장흥에도 동학군의 일부를 남겨 놓아 정보를 모으고 있었던 전유희였다.

"해남 관아를 치믄 우수영에서 바로 수군이 달려올 것인디! 현감하고 수사가 인척간이라고 합디다."

김춘두가 걱정스러운 표정으로 말했다. 강진의 경우에는 현감이 병사에게 지원을 요청했지만 자기 코가 석 자라며 군대를 보내지 않았다. 그래서 동학군으로서는 둘 다 쉽게 함락할 수 있었지만 해남은 두 수장이 즉각 협력할 것이 분명했다.

"두 부대로 나누어서 해남읍성과 우수영을 각각 칩시다."

"두 부대로 분산하면 위험하니 무조건 힘을 합쳐야 하요."

의견이 분분했다.

"관군하고 일본군이 해남에 오믄 우수영에다 본영을 차릴 것이요. 우수영 치고 나서 우리는 바로 진도로 갈라요. 동학군이 밀리믄 섬으로 숨어들어야 할 것인디 우리가 진도를 확보해 놓고 있어야지라우. 최경선 장군이 일차 봉기 때부터 섬을 최후 보루로 확보하라고 하시드니 이때를 두고 하신 말씀이었는갑소."

진도를 빨리 확보해야 한다는 박중진의 말은 일리가 있었다. 박중진의 말에 우수영을 먼저 치기로 의견이 모아졌다. 전유희가 접주들의 힘을 북돋아 주었다.

"7월에 우리가 우수영 성 점령했던 이야기를 군사들한테 해 줍시다. 우수영 성으로 같이 간단 말만 해도 사기가 오를 것이오."


우수영까지 가려면 바람같이 달려도 사흘은 걸릴 것이었다. 전유희가 알려 준 장흥 소식은 좋지 않았다. 장흥 동학군은 일본군과 관군에 크게 지고 자울재 너머로 쫓기고 있다고 하였다. 토벌대가 도착하기 전에 최대한 빨리 해남으로 가야 했다. 동학군들은 옷을 바짝 추슬러 입고 들메끈을 새로 고쳐 묶었다. 집을 떠나와 전장을 누빈 지 벌써 달포가 되어 갔다. 동학군들의 옷은 피가 묻고, 땀과 때에

절어 얼룩덜룩했다. 땀에 전 감발이라도 있는 사람은 동상 걸린 발에 칭칭 감았다. 그러나 감발도 버선도 없는 맨발이 태반이었다. 상처투성이에 푸르뎅뎅하니 퉁퉁 부은 발이었다. 조금만 멈춰 있어도 한겨울 바람이 뼛속까지 시리게 했다. 엊저녁부터는 북풍이 더 세차게 불고, 진눈깨비가 그치지 않고 날렸다. 차라리 입에 단내가 나도록 달리는 것이 더 나았다. 동학군들은 다시 죽창을 집어 들고 일어섰다. 산발한 머리칼에 얼굴은 새까맸지만 눈빛만은 형형했다.

남리 김신영 접이 앞장섰다. 2천여 명이 달리니 지축이 울렸다. 허연 입김을 내뿜으며 거친 숨을 몰아쉬는 동학군의 대열이 십 리에 걸쳐 이어졌다. 얼마나 빨리 달렸는지 오시가 되기 전에 강진이었다. 잠깐 다리쉼을 하고는 다시 달렸다. 배고픈 것도 잊고 만덕산을 왼쪽으로 끼고 40리를 더 갔다. 고개 하나만 넘으면 이제 해남이었다. 부지런히 해를 따라 서쪽으로 달렸건만 짧은 겨울 해는 벌써 지고 어둠이 깔렸다. 팍팍한 다리를 두드리며 고개를 넘어섰다. 어스름 속에 드넓은 성산 벌판이 보였다. 저 멀리 맞은편에 만대산이 검게 펼쳐져 있었다. 똑바로 앞에 보이는 우슬재를 넘으면 곧바로 해남읍이었다. 소도 오르다 무릎을 꿇는다는 우슬재. 동학군은 내일 우슬재를 피하여 서쪽으로 길을 잡을 것이었다.

동학군은 성산벌 주변에 펼쳐진 마을에서 유숙하기로 했다. 정유재란 때 해남 의병들이 왜놈들을 맞아 싸운 벌판이다. 벌판 가운데 우뚝우뚝 솟은 거대한 무덤이 일곱 개나 되었다. 1만 명의 의병 시신을 묻었다고 만의총이라고도 하고, 전장에서 죽은 말을 함께 묻었다고 말무덤 혹은 말뫼봉이라고도 불렀다. 언덕처럼 거대한 만의총 앞에서 동학군은 발걸음을 멈추었다. 선두에 선 접주들이 고개를 숙여 예를 표했다. 동학군 중에는 무릎을 꿇고 절을 하는 이들도 있었다. 3백 년 전에 그분들이 왜놈들과 싸운 곳에서 후손들이 또 일어서 싸우고 있었다. 임진, 정유년 그때는 민관이 하나 되어 싸웠지만 지금은 관이 일본과 한편이라는 점만 달랐다.

근처 마을 주민들이 저녁밥을 해 왔다. 해남 동학군들이라 맞이하는 손길이 극진했다. 홑저고리를 입고 떠는 동학군을 위해 솜을 두툼하게 넣은 저고리를 벗어 주는 이도 있었고, 짚신을 바꿔 신으라며 아낌없이 내놓는 이도 있었다. 근동 주민들이 갖다 준 짚뭇을 깔고 덮은 후 말총이는 누웠다. 언제나 그렇듯 입술을 달싹이며 잠들기 전까지 주문을 외웠다.

"지기금지 원위대강 시천주 조화정 영세불망 만사지."

어쩐 일인지 으슬으슬 떨리던 몸이 따뜻해져 왔다. '사월이가 기도하고 있구나.' 말총이는 깨달았다. '아, 그 꿈은 태몽이었을까? 진짜 아기가 생겨났을까? 딸일까, 아들일까?' 배가 불러 있을 사월이를 상상해 보았다. 아기를 품에 꼭 안아 보고 싶었다. '사월아, 내가 살아 돌아갈 수 있을까?' 말총이는 꿈에 사월이가 나타나길 바라며 눈을 감았다.

12월 16일 아침, 동학군이 출발할 때 근처에 사는 도인들 50여 명이 몰려와 이제라도 함께하겠다며 합류하였다. 김병태, 김의태가 도를 전한 사람들이었다. 비곡면(계곡면), 마산면에서 달려와 합류한 사람도 있었다.

　　부지런히 길을 줄여 밤중에 남리역에 당도했다. 이곳은 김신영 대접주의 영향력 아래 있는 곳이었다. 나주에서 함평, 무안으로 쫓겼던 동학군들도 배규인 대접주를 찾아와 합류했다. 접주들은 우수영을 칠 계책을 논의하기 위해 모였다. 남리 김신영 접주가 어렵게 입을 떼었다. 그는 이곳에 도착하자마자 그를 찾아온 남리 사람들을 만났다.

　　"우리 남리 사람들은 수영 공격을 안 했으믄 한다라우. 수사를 만나서 항복을 받아내는 것이 으짜겄소?"

　　남리 도인들이 수사 이규환에 대한 신망이 두터워 무력으로 점령하는 것을 원치 않는다고 하였다. 수사 이규환은 7월에 동학군에게 무기를 빼앗긴 후에도 탄압하지 않은 것 때문에 동학 도인들로부터 인심을 얻고 있었다.

　　"권한다고 수사가 항복할 것 같소? 7월에도 우리가 공격을 안 했으믄 수사가 무기를 내줬을 것 같냐 그 말이요."

　　백장안도 공격을 주장했다. 그러나 함께 남리 사람들을 만나고 온 전유희도 김신영의 말에 동조했다. 가족들까지 애소를 한다고 했다.

　　"진도는 폴쎄 수성군을 결성해서 동학군 식구들을 잡어들이고 난

리락 하요. 해남이 조용한 것은 수사하고 현감 덕분이람서 은혜를 웬수로 갚을라냐고 하는디 으짜것소."

"지금 사냐 죽냐 갈림길이요. 작은 은혜 땜시 이 많은 동학군들을 죽이자 그것이요? 일본군들이 들이닥치믄 수사가 우리 편이 돼 줄 것 같소?"

무안 배규인이 주먹으로 가슴을 치며 설득했다. 그는 무안뿐 아니라 해남, 진도, 강진까지 아우르는 대접주였다. 이곳까지 그를 따라 도망쳐온 무안, 영암의 동학군들은 모두 그의 접 도인들이었다.

전유희가 고개를 들어 하늘을 한 번 쳐다보더니 입을 열었다. 그의 눈은 작지만 선량하게 반짝거렸다. 원래 말랐던 그의 몸은 오랫동안 장터를 누비느라 뼈밖에 남지 않았다. 입을 열면 그의 얼굴은 웃음을 가득 머금은 듯했다.

"오늘은 동리 사람들이 김 접주님이랑 지 말을 안 듣구만요. 할 수 없재 으짜것소? 물고기가 물 떠나 살 수 없대끼 우리도 백성들 속에 있어야 명분이 있지라우. 저것이 한울님 소리가 아니고 머시요. 이규환이 이리도 인심을 얻었다믄 그것도 우리 운이지라우."

그의 얼굴에는 희미한 미소마저 보였다. 마음을 비운 표정이었다. 전유희의 나직한 말에 모두 깊은 숨을 내쉬며 하늘을 쳐다보았다. 보름달에서 조금 이지러진 달이 떠 있었다. 배규인이 어쩔 수 없다는 듯 두 손을 맞잡으며 입을 열었다.

"내일 아침 접주들이 들어가서 수사에게 항복을 권유해 봅시다."

접주들이 성문 앞에 진을 펼쳐 놓고 수사 이규환에게 만나기를 청하자 수사가 성문 앞으로 나왔다. 수사는 먼저 동학군을 멀리 물려 놓고 순조롭게 해결할 수 있는 방책을 이야기하자고 간곡히 부탁하였다.

"7월에 그대들에게 우수영 성을 침탈당한 후 가담자 처벌을 확실히 하지 않았다고 보고되었소. 이제 또다시 항복했다고 하면 차후 부임한 수사가 인근 백성들을 가만히 두겠소?"

접주들은 일단 진을 5리 밖으로 후퇴한 후 수사와 다시 협상하기로 하였다. 그러나 접주들이 돌아왔을 때는 이미 성문이 굳게 잠겨 있었다.

수사는 이미 정탐을 통해 동학군의 진로를 알고 있었고, 이틀 전부터 목포에 있는 관군 좌선봉진 대장 이규태에게 구원을 요청해 놓고 있었다. 좌선봉진군이 오늘 우수영에 도착할 예정이었다. 이 모든 걸 알고 있었던 수사가 시간을 벌기 위해 동학군을 속인 것이었다.

동학군은 우수영 공격을 포기하고 해남읍성으로 발길을 돌렸다. 박중진과 말총이는 진도 동학군을 이끌고 진도로 떠났다. 신안과 무안에서 온 동학군들은 배를 타고 섬으로 들어간다고 했다. 제주도로 가겠다는 무리도 일부 있었다.

이규태가 관군을 이끌고 우수영에 도착했다. 동학군은 보이지 않았다. 관아는 수영 안에서 가장 안쪽 높직한 곳에 자리 잡고 있었다. 동쪽으로는 멀리 벌판이 보이고, 서남쪽으로는 명량 앞바다가 한눈에 들어왔다. 서남해안을 지키기에 최적의 위치에 자리한 수영이었다. 이규환이 관아에서 나와 반가이 맞아들였다. 그들은 둘 다 경주 이씨라 집안끼리 서로 아는 사이였다. 이규환은 불과 서른 살의 나이에 뛰어난 무예 실력으로 정삼품 우수사까지 올랐다.

"동비들은 물러난 것이오?"

"그렇습니다. 그런데 해남읍성을 곧장 치러 갈 것인데 그것이 걱정입니다. 장군께서도 현감의 구원 요청을 받으셨습니까?"

"현감이 제 매제입니다. 강진에 있는 통위영병에게 해남으로 출진하라 명했으니 내일 새벽에는 해남에 당도할 것입니다."

"저들은 오늘 밤이면 해남읍에 도착할 터인데 제가 전투를 하여 시간을 벌어 줄 것을 그랬습니다."

"……."

이규환은 애가 타는지 연신 입술을 깨물었다. 그가 다시 이규태를 바라보며 말했다.

"저들이 이곳을 포기하고 떠났으니 다시 오지는 않을 것입니다. 수영에서도 읍성을 지원하면 어떻겠습니까?"

"일본군의 지시를 따르고 있는지라 움직이려면 먼저 보고하여 명을 받아야 하오. 통탄할 일이지요."

이규태의 얼굴에 자조감이 서렸다. 그가 목포에서 사흘이나 지체하면서 심한 바람 때문에 배를 띄울 수 없다고 보고했지만 내심으로는 관군의 출발을 늦춰 동학군이 도망칠 시간을 주고 싶어서였다. 그는 장흥에서 일본군과 함께 작전을 수행하면서 그들의 무자비한 살육을 목격하고 분노를 참을 수 없었다. 그가 명 받은 것은 동학군의 해산이었지 살육이 아니었다. 그러나 일본군은 조선인의 씨를 말리려는 듯 민가에 숨어든 동학군까지 철저하게 색출하여 죽였다.

12월 18일 밤, 동학군은 해남에 도착했다. 안개가 자욱한 밤이었다. 바람도 불지 않아서 겨울 날씨치고는 포근했다. 동학군은 해남 서편 마산 길목까지 진을 치고, 동네에서 밥을 해 왔다. 주먹밥을 한 개씩 먹고 휴식을 취하는 사이 접주들이 회의를 하였다. 해남읍 집강 김춘두가 말했다.

"여기서 5리만 가면 읍성이요. 동문, 서문, 남문을 동시에 칩시다."

"그라믄 세 부대로 나놔야 쓰것구만이라우. 우리가 서문을 맡을라요."

김신영이 서문을 맡자 김춘두가 동문을, 백장안과 배규인이 남문을 맡았다. 모사 전유회가 작전을 지시했다.

"관군은 항상 공격할 때 대포로 우리 정신을 빼 놓고, 즈그들 신식 양총이 미칠 거리만큼만 쪼끔 더 와서 총질하는 것이 작전이요. 나주, 강진에서 봤재마는 우리는 총이 없은께 무조건 근접해야 승산이 있어라우."

"우리가 떼로 모여 있으믄 총질에 당허니께 달라들 때나 내뺄 때도 분산해서 가라고 지시를 하시오."

백장안이 공격 방법을 제시하자 모두 고개를 끄덕였다. 밤에 세 곳으로 나누어 군대를 움직이기로 했다. 접주들이 자신의 부대로 돌아오니 동학군은 여기저기에서 누워 잠들어 있었다. 오랜 행군으로 지치기도 했을 것이었다. 장흥에서부터 여드레 동안 쉼 없이 달렸다. 또 우수영을 포기하여 맥이 풀리기도 했을 것이었다. 이파리를 다 떨군 나무 밑에서 동학군들은 하얗게 무더기무더기 뭉쳐 있었다. 여기저기에서 코 고는 소리가 요란했다. 접주들은 오늘 밤은 쉬게 하고, 새벽에 진을 옮기기로 하였다. 그러나 이것은 또 한 번의 실수였다.

해남 현감은 동학군이 해남성을 치지 않고 우수영으로 내려가자 처남 이규태에게 다급하게 구원을 요청하였다. 강진에 주둔하고 있던 통위영병은 밤새워 달려 19일 새벽 해남성에 도착하자마자 동학군의 동태를 파악하고 서쪽과 남쪽으로 부대를 나누어 대포를 쏘아 댔다. 산에 주둔하고 있던 동학군이 혼란에 빠져 우왕좌왕했다. 관군은 일정한 거리를 유지하며 동학군의 공격을 무력화시켰다. 칼과 죽창은 말할 것도 없고, 동학군이 가진 화승총도 백 보 이내로 적에게 근접해야 했다.

"내려가 싸우자. 관군한테 붙어."

김신영의 지도에 남리 동학군이 산에서 달려 내려가기 시작했다.

"뭉쳐 있지 말고 흩어져서 달리쇼."

전유희도 한 무리를 이끌고 달렸다. 남리접이 서쪽 통위영병을 상대하자, 백장안 접은 남쪽의 군대를 향해 달렸다. 통위영병은 한 소대가 고작 스무 명밖에 되지 않았지만 신식 총을 연신 쏘아 대 동학군이 근접할 수 없었다. 죽창을 들고 달려가던 동학군이 푹푹 쓰러졌다.

백장안과 손행권은 동학군의 시체 더미 뒤에서 화승총 심지에 불을 붙였다. 손행권이 쏜 화승총에 통위영병 한 명이 쓰러졌다. 백장안도 한 명을 쓰러뜨렸다. 그러나 통위영병이 한 명 쓰러지면 동학군은 열 명, 아니 백 명이 쓰러지고 있었다. 백장안의 눈앞에서 주정호와 박인생이 쓰러졌다. 읍 도소에서 보았던 박수행과 허권도 총에 맞아 뒹굴었다. 통위영병은 조준 사격을 하고 있었다. 동학군은 결국 근접하지 못하고 뿔뿔이 해산하고 말았다. 동학군이 해산하자 성안에서 군졸들이 쏟아져 나왔다. 그들은 도망치는 동학군을 붙잡아 경군에게 넘겼다. 남리 김신영과 전유희도 붙잡히고 말았다.

이틀이 지났다. 백장안은 부대를 이끌고 삼산면 방향으로 퇴각하였다. 배규인의 부대도 대흥사 입구로 집결하였다. 대흥사 입구 구림리에 1천여 명이 모였다. 박중진의 처남 김경재가 구림리로 백장안을 찾아왔다. 백장안의 얼굴을 바라보는 그의 눈길이 흔들렸다.

"이 사람아, 꼴이 말이 아니네. 고생을 많이 했구만. 내가 함께 해주면 힘이 되것는가?"

"힘이야 되것지만 이 길은 목숨을 장담 못할 길이네."

"목숨을 가벼이 여기는 것이 참선비라고 내가 전에 안 그러든가?"

"고맙네."

백장안이 김경재의 손을 잡았다. 김경재가 실어 온 쌀이 열 가마였다. 한 되씩 동학군들에게 나눠 주었다. 백장안과 배규인은 두륜산에서 전투를 벌이기로 하였다. 두륜산 골짜기로 들어가 숨으면 화승총의 약점을 극복할 수 있었다. 그러나 문제는 탄환이었다. 성능이 약한 화승총의 화약과 탄환마저 얼마 남지 않았다.

12월 22일, 우수영에서 출발한 이규태가 좌선봉진을 이끌고 해남읍에 도착하였다. 일본군은 하루 전 해남읍에 도착하여 진영을 차린 후였다. 그들은 수성군을 앞세워 동학군의 집을 샅샅이 수색하였다.

"와당탕."

"으악, 사람 살려."

남동리 접소에 일본군 둘이 들이닥쳤다. 두 가족이 아직 집이 없어 접소에 살고 있었다. 가장들은 동학군으로 나가고 부인 둘과 어린아이들만 있는 집이었다. 부엌에서 나오던 부인들이 일본군이 휘두른 칼에 그 자리에서 고꾸라졌다. 방에서 놀고 있던 어린아이들이 비명 소리에 놀라 문을 열었다. 일본군이 아이들에게 칼을 휘둘렀다. 방안은 피바다가 되었다. 일본군을 접소로 안내했던 수성군들이 그 참혹한 광경에 입을 딱 벌렸다. 일본군은 수성군에게 접소에 불을 지르라고 명령했다.

그들이 이번에는 접소에서 가까운 백동안의 집 마당에 들어섰다. 아무도 없는 듯 집안이 괴괴했다. 안내하던 수성군이 이 집 가장은 이미 죽었다고 말해도 소용없었다. 사랑방 방문을 거칠게 열었다. 아무도 없었다. 그때 안채에서 백동안의 어머니가 방문을 열고 마루로 조용히 나왔다. 얼마나 마음을 끓였는지 피골이 상접한 채 얼굴에는 핏기가 하나도 없었다. 그러나 얼음장 같은 그녀의 얼굴에는 범접치 못할 기운이 흘렀다. 마루 위에 꼿꼿이 서서 일본군을 노려보았다. 뒤늦게 그녀를 발견한 일본군이 흠칫 놀랐다. 그는 칼을 치켜들었다가 뒤돌아서 밖으로 나가 버렸다. 그들이 나가고 나자 그제서야 백동안의 어머니는 마루에 쓰러지듯 주저앉았다. 서둘러 며느리를 피신시키길 잘한 것이었다. 손녀딸과 며느리는 백장안의 아내와 함께 대흥사 북암에 숨어 있었다.

일본군은 동학군을 찾아내는 즉시 현장에서 총살하고, 동학 접주이거나 도소의 육임 직책을 맡은 사람은 일본군 진영에 가두었다. 해남읍을 초토화시킨 그들은 이도면(현재 화산면)과 삼산면으로 방향을 틀었다. 그들은 서두르지 않고 차근차근 동네를 뒤졌다. 동학군을 찾아낸다는 구실로 동학군 집에 들어가 가족들을 죽이고, 재물을 훔쳤다. 군인들이 나가면 이번에는 수성군이 그 집을 약탈하고 더 이상 빼앗을 것이 없으면 불을 질렀다.

재산이 있는 사람들은 사세가 동학군에게 불리해지자 관군에게 소를 바치고 양식을 대 주었다. 아직 잡히지 않은 백장안과 배규인에게 각각 1천 냥의 포상금이 걸렸다.

# 18. 죽으면 죽으리라

해남 관아에 이규태와 해남 현감이 마주 앉았다. 서안 위에는 통위영 참령관 장용진이 쓴 서찰이 펼쳐져 있었다.

'죄가 있고 없고를 가리지 아니하고 수색하여 죽이고, 마을을 폐허로 만드는 것에 통탄하지 아니할 수 없습니다.'

일본군의 진압 작전이 무리하게 진행되자 현감은 안절부절못했다. 그는 동학군의 도소 설치를 적극적으로 도와주면서 그들이 무지하지도, 포악하지도 않다는 것을 알았다. 전에는 백성을 목민의 대상으로 여겼지만 도소를 지켜본 후에는 백성이 목민의 주체였음을 깨달았던 것이다.

"처남, 일본군이 무고한 양민들까지 다 죽이고 있습니다. 곡소리가 들리지 않는 집이 없으니 이를 어찌해야 하겠습니까?"

"나는 군대에게 은밀히 영을 내렸소. 주동자가 아니면 집으로 돌려보내라고. 무안에서부터 장흥, 목포에서 그렇게 해서 살린 사람이 백여 명이오."

현감은 깜짝 놀라 이규태를 바라보았다. 그의 눈에 두려움이 서려 있었다.

"처남. 조심하십시오. 일본군 대위의 눈치가 심상치 않았습니다. 왜 그런고 했더니 처남 때문인가 봅니다."

"그게 무슨 말인지 어서 말해 보시오."

이규태도 놀랐다. 자신의 지시는 부하들 외에는 아무도 모를 것이라 생각했다.

"관아 안에 주둔하라 했더니 제 얼굴을 유심히 쳐다보는 게 아닙니까? 한참을 보더니 아니라며 좀 떨어진 장소를 달라고 하여 해리 앞 둔전에 진영을 차리라 하였습니다."

"또 다른 낌새는 없었소?"

"군졸이나 관노가 필요할 듯해 말하라 했더니 자신이 데려온 통인만 있으면 된다면서 가 버렸습니다. 음식이나 필요한 것들은 그때그때 통인을 통해서 요구하겠다면서, 우리를 믿지 못하는 눈치였습니다."

"……"

이규태는 골똘히 생각에 잠겼다. 목포에서 출항하지 않자 일본군 측에서 여러 번 독촉이 오긴 했었다. 그들은 해남에서 잡아들인 동학군 지도자들을 관아 옥으로 데려오지 않고 모두 해리 일본군 진영에 가두고 있었다.

"동비 진압의 주도권은 이제 일본군의 손으로 넘어가 버린 듯합니다. 어쩌다가 나라가 이 꼴이 되어 버렸는지 현감이란 감투도 이젠 부끄럽기 짝이 없습니다."

"우수영 수사도 그리 말합디다."

"수사도요? 수사는 나라를 위해 장차 큰일을 해낼 만한 분입니다. 그런데 지난 칠월에 동학군에게 수영을 점령당한 일이 걱정됩니다. 지금은 시국이 불안하니 저리 놔두지만 난이 진압되면 처벌할 것입니다."

"그보다 문제는 일본이오. 내가 보니 일본군의 작전 목표는 이미 난의 진압이 아닙디다."

"그럼 무엇입니까?"

현감이 주위를 둘러보며 바짝 다가앉았다. 이규태의 목소리도 낮아졌다.

"일본군이 세 갈래로 나누어 위에서부터 남쪽으로 진압해 내려오는 것은 매제도 알고 있겠지요. 일본군 맨 동쪽 부대가 한 일은 동비들이 동북쪽으로 도망치지 못하게 그물 치듯 막아 서남쪽으로 몰아오는 것이었소."

"왜요?"

"동비들이 동북쪽 국경을 넘으면 아라사가 조선에 개입할 것을 두려워한 것이지요. 일본은 조선을 통째로 혼자 차지하고 싶은 것이오. 조선을 차지한 후 일본을 가장 골치 아프게 할 세력이 누구겠소?"

"동비군요. 척양척왜가 그들의 기치 아닙니까?"

"그렇소. 저들은 훗날을 위해 항일 세력의 싹을 뭉개고 싶은 것이오. 저들의 작전은 지도자급만 체포해 재판하고 나머지는 모두 죽여 없애라는 작전입디다."

"무서운 일입니다."

"이 나라가 어찌 되려고 조정이 이것을 묵인하는지 모르겠소."

"동비들의 주장 중에 일부는 우리도 하고 싶은 말이 아닙니까? 이곳 현감으로 있으면서 저 도인들을 가까이에서 오랫동안 보았습니다. 토지를 분배하라는 것은 온당하지도 가능하지도 않은 요구지만 그 외의 항목에는 저도 공감하는 바입니다. 그래서 저들이 무기를 탈취하려 공격했을 때 못 이긴 척 열어 줘 버린 것입니다."

"매제가 그리 말하니 나도 속내를 털어놓겠소."

현감은 깜짝 놀라 그를 쳐다보았다.

"단순 가담한 동비들을 살려 보내라고 부하들에게 시켰지만 이제는 그것도 효과가 없을 것 같소. 일본군이 우리 병사를 데리고 다니면서 그들이 보는 앞에서 죽여 버리는데 어떻게 하겠소? 이제는 방법을 바꿔야겠소. 매제가 연통할 수 있는 도인이 있소?"

이규태가 귓속말로 은밀히 말했다.

"어떻게 하시려고 그러십니까?"

"알면 매제도 공범이 되니 모르는 것이 더 낫소. 동비들과 연통할 수 있는 사람만 내게 보내 주시고, 자금이 필요하니 돈을 좀 대 주시오."

현감은 걱정스러운 눈빛으로 이규태를 보았지만 그의 결심을 막을

수는 없었다. 현감은 책장으로 가 서궤에서 보따리를 꺼내 와 그것을
이규태 앞으로 밀었다.

"오백 냥입니다."

"이 돈은 뇌물이오. 매제가 내게 벼슬자리를 부탁하는. 알겠소?"

"그리 알고 있겠습니다."

이규태는 돈 보따리를 짐 속에 넣었다. 현감은 이속들 중에도 동학
을 하는 사람들이 있다는 것을 짐작하고 있었다. 통인(수령의 잔심부름
을 하는 사람)과 창색(창고 일을 맡은 사람)을 은밀히 불렀다. 현감은 그들
을 이규태에게 보냈다. 그들은 주춤주춤 방으로 들어갔다.

"앉으시게. 자네들 소임이 무엇인가?"

그들이 윗목에 웅크린 채 서 있자 이규태가 말했다. 이규태는 빠른
눈으로 그들의 얼굴을 훑어보았다.

"지는 통인이고, 여그는 창색입니다요."

통인이란 자는 하관이 빠르고 영리하게 보였다. 고개를 들어 이규
태를 바라보다가 눈길이 마주치자 놀라며 얼른 고개를 조아렸다.

"자네들이 도인들인 줄을 내가 아네. 일본군이 동학당을 수색하는
것이 너무 잔인하지 않은가?"

"아이구."

창색이 부들부들 떨며 손을 방바닥에 대고 엎드렸다. 통인은 미동
도 않고 고개를 숙인 채 엎드려 있었다. 그러나 도인이 아니라고 부
인하지도 않았다.

"동학군을 도울 일이 있을 것 같은데 해 보겠나?"

둘은 깜짝 놀라 고개를 들었다. 그들은 이규태가 하는 말을 믿어야 할지 의심하는 눈초리였다.

"내가 그동안 도인들을 어떻게 대했는지 보지 않았나? 그리고 이 처참한 상황에서 동학군들에게 더 불리한 일이 무엇이겠나? 나를 한 번 믿어 보게."

그들은 서로 얼굴을 바라보더니 결심한 듯 고개를 끄덕였다.

"해 보께라우. 어뜨케 하실랑가는 몰라도 나리를 믿어 보께라우."

"내 목을 걸고 하는 일이네. 자네들도 목을 내놓을 각오가 되어 있나?"

"되어 있구만요. 진작부터 죽을 각오는 했구만요."

통인이 힘 있게 말하자 창색도 통인을 따라 얼른 고개를 주억거렸다.

"동학군들을 좀 살려야 되겠네. 일본군들이 이 나라 백성들 씨를 말리려 하지 않는가? 사람다운 사람은 그래도 동학군들인데 저들이 저렇게 다 죽어서야 되겠는가? 이제 내 속을 다 보였으니 자네들은 이 길로 나가 고변해도 되네."

"지들이 할 일이 멋인지 말만 해 주시랑게라우."

통인이 이규태의 눈을 똑바로 쳐다보며 말했다.

"숨어 있는 동학군에게 통기하여 남리 옥동항에 모이라고 하게. 내가 배를 준비하겠네."

"언제 모이락 헐까라우? 몇 명까지 되것는가라우?"

"우선 1백 명만 해 보세. 달이 없으니 내일이 좋겠네. 해시 초에 배에서 불을 피우믄 데리고 나오게."

"어디로 보낼 요량이신가라우?"

"일본군이 진도까지 가기로 되어 있는데 더 뒤질지도 모르니 근처 섬은 믿을 수가 없네. 제주도로 보낼 것이네."

"장흥에서 섬으로 내뺀 도인들 이약을 들었는디 인자는 섬으로도 못 간닥 허든디라우. 바다에 왜선이 떠서 감시함서 도인들을 잡어 죽인닥 하드만이라우."

"수사 도움을 받을 것이네. 수졸들이 관선을 타고 왜선 있는 데까지 보호하도록 할 것이니 걱정하지 않아도 되네. 자, 이 서찰을 우수영 수사에게 좀 전해 주게."

이규태는 통인에게 서찰을 주었다. 그는 서찰을 품속에 깊이 넣었다.

"내일 공문 보낼 때 지가 전해 드릴께라우."

이규태가 일을 벌인 대로, 동학군 1백여 명이 제주도로 건너갔다. 통인이 밤에 이규태에게 왔다. 그는 이규태의 앞에 털썩 엎드려 큰절을 하면서 울었다. 이규태는 그 후에도 몇 번 더 동학군을 배에 태워 탈출시켰다. 일본군 대위가 어떻게 알았는지 이규태가 5백 냥의 뇌물을 받았다고 상부에 보고했다. 동학군을 탈출시키고 있다는 것은 아직 모르고 있었지만 이규태를 향한 감시의 눈길은 점점 더 심해졌다.

백장안과 배규인은 부대를 이끌고 두륜산으로 들어갔다. 지형지물을 이용하여 숨어서 일본군을 공격했다. 하지만 무기와 식량이 떨어져 더 이상 싸울 수 없었다. 김경재가 내놓은 쌀을 씹으며 버텼지만 이제는 그마저 떨어져 적들과 싸우는 것보다 배고픔과 싸워야 했다.

백장안과 배규인은 두륜산을 벗어나기로 하였다. 백장안은 두륜산을 넘어 남쪽으로 가고, 배규인은 무리를 이끌고 서쪽 고개를 넘어 현산으로 향했다. 배규인은 땅끝에서 배를 타고 신안 섬으로 도망칠 계획이었다. 그러나 배규인은 은소면(현재 송지면) 바닷가에서 포상금을 노린 윤규룡의 신고로 일본군에 붙잡히고 말았다. 윤규룡은 배규인을 잡은 공으로 갑오군공록(甲午軍功錄)에 그 이름이 실렸고, 포상금 1천 냥을 받았다. 김춘두, 김춘인 형제도 체포되어 해남옥에 갇혔다.


12월 24일, 백장안은 무리 20여 명을 이끌고 완도 불목리에 닿았다. 인가를 피해 산속으로 들어섰다. 어둠이 깔리기 시작했다. 바다쪽에서 차가운 북풍을 타고 진눈깨비가 몰려오고 있었다. 땟국에 전 얼굴에, 터서 쩍쩍 갈라진 손등에 눈송이는 선뜩선뜩 내려앉았다. 백장안은 이를 맞부딪치며 떠는 사람들을 보자 가슴이 저렸다. 배가 고파 추위를 더 탈 것이다.

"못난 대장을 만나서 그대들이 고상이 많소. 이렇게 굶겨서 쾡한 얼굴들을 본께 내가 볼 낯이 없소."

"선다님 때문이것소? 이 더런 놈의 시상에 태어나 갖고 사람답게 한번 살아 볼라다가 하늘이 안 도와줘서 이리 된 것이지라우."

어려서부터 평활리 동네에서 함께 자란 이였다. 선달이라 부른 게 습관이 되어 그는 함께 동학을 하면서도 여전히 '선다님'이라 불렀다.

"접주님, 섬까지 내빼 왔는디 설마 왜놈들이 여그까지 쫓아올랍디요? 숨어서 쥐 죽은대끼 있으면 살 수 있을랑가 몰라라우."

끝까지 희망을 놓지 않는 그들을 보니 백장안은 마음이 놓였다. 어려서부터 그는 호랑이상이란 소리를 들었다. 각진 얼굴에 눈빛이 강해서 그런지 사람들은 그를 어려워했다. 그러나 도인들은 두 달 동안 그와 생사고락을 함께하면서 어려워하면서도 백장안을 따르게 되었다. 그는 잘 웃지 않고 말수가 적었지만, 싸울 때는 앞장섰고, 도인들보다 덜 먹고, 밤에는 더 추운 곳에서 잤다.

"우리 희망을 가집시다. 죽는 것은 무섭지 않재마는 살아서 할 일이 많은게라우. 그나저나 한울님들이 저라고 배가 고픈께 할 수 없이 한울님을 잡아야 쓰것소."

도인들은 무슨 말인지 몰라 눈만 멀뚱멀뚱 떴다. 그때 김경재가 소를 한 마리 끌고 왔다. 불목리 동네에서 사 온 것이었다. 그때서야 사람들은 백장안의 한울님 소리를 이해하고 '아하' 했다. 소를 잡아 삶았다. 몇 달 동안 고기 맛을 못 본 도인들의 뱃속이 고기 냄새를 맡자 요동을 쳤다. 고기를 썰어 소금을 홀홀 뿌렸다. 썹을 새도 없었다. 어둠에 싸인 숲 속에서는 한참 동안 '탁탁탁' 나무 타는 소리와 '꿀떡 꿀떡' 고기 삼키는 소리만 났다.

"동비들이다."

갑자기 군졸들이 들이닥쳤다. 그들은 이미 동학군을 포위했다. 도인들은 갑자기 벌어진 상황에 칼을 잡을 새도 없이 주저앉고 말았다. 백장안이 칼을 휘둘러 위협하자 군졸들이 움찔하며 물러섰다. 그 사이에 동학군들도 칼과 죽창을 빼 들었다.

"저놈이 백장안이요."

군졸 뒤에서 한 사람이 소리쳤다. 백장안의 얼굴을 아는 나범리 윤 씨가 포상금에 눈이 멀어 관군을 끌고 앞장선 것이다. 김경재가 나범리 윤 씨에게 달려들어 칼을 휘둘렀다. 윤 씨는 깜짝 놀라 산비탈로 굴러 도망치고, 윤 씨 앞에 있던 군졸이 어깨를 움켜쥐며 땅에 쓰러졌다.

"백장안은 칼을 버려라. 그러면 다른 동학군들은 살려 주겠다."

군관이 소리쳤다. 잠시 정적이 흐른 후 백장안이 칼을 버렸다.

"선다님!"

소리치는 동학군들을 향해 군졸들이 달려들어 칼을 휘둘렀다.

"으윽!"

피 보라가 뿌려지자 동학군들은 흠칫 놀라 뒤로 물러섰다.

"칼을 버렸는데 왜 이러는 게냐?"

백장안이 소리쳤다. 군졸들이 백장안의 두 손을 뒤로 결박하고 새끼줄로 묶었다. 나범리 윤 씨가 김경재를 지목하자 그도 묶였다. 군관은 백장안과 김경재 두 사람을 새끼줄로 엮어 선창으로 끌고 갔다.

그들이 선창에 도착하여 막 배에 오르려 할 때 불목리 뒷산에서 총성이 연달아 울렸다. 순간 백장안은 그 자리에 못 박힌 듯 섰다. 다시 10여 발의 총성이 들렸다. 그 자리에 있던 동학군들을 모두 죽이는 모양이었다. 총소리가 그쳤다. 백장안이 고개를 숙였다. 김경재의 결박당한 주먹이 부르르 떨었다.

그들은 두륜산을 넘어 삼산면으로 끌려왔다. 산골짜기에 포근하게 안겨 있는 산림리는 김경재의 동네였고, 너른 평야를 앞에 둔 평활리는 백장안의 동네였다. 그러나 백장안의 집과 김경재의 집은 관군에 의해 이미 불타 버리고 없었다. 삼산천 위에 놓인 다리를 건너자 관군이 발길을 늦추었다.

"여기서 처결합시다."

관군이 두 사람을 끌고 삼산천으로 내려갔다. 삼산천은 꽁꽁 얼어 있었다. 동네 사람들이 백장안이 끌려오는 것을 보고 울타리 너머로 내다보았지만 감히 집 밖으로 나서는 사람은 없었다. 백장안은 애써 동네 쪽을 보지 않았다. 김경재도 두륜산을 넘어온 그때 딱 한 번 고향 마을 쪽을 힐끗 보고는 내내 고개를 숙인 채였다.

"잘 가시게. 오늘 밤 황천길 주막에서 다시 만나세."

김경재가 백장안에게 말했다. 그의 입가에 언뜻 웃음이 서리는 것 같았다.

"탕!"

총성이 울렸다. 백장안이 모로 쓰러졌다. 곧이어 두 발의 총성이 연달아 울리고 김경재도 푹 쓰러졌다. 관군은 시신을 버리고 해남읍으로 가 버렸다.

총성이 그치고 사위는 쥐 죽은 듯 적막했다. 사람들은 관군이 돌아올까 봐 아직 울타리를 나서지 못하고 숨어 있었다. 이파리가 누렇게 바래고 키가 큰 갈대들이 그들의 몸을 감춰 주었다. 군졸들이 간 것을 보고 옆집에 숨어 있던 백장안의 어머니가 뛰쳐나와 삼산천으로 구르듯 내려갔다. 그녀는 며느리와 손자를 대흥사 북암에 피신시킨 후 혼자서 동네에 숨어 있었다. 인심은 험악했지만 그녀는 애걸하다시피 하여 옆집 문간채에 숨어 살며 아들을 기다리던 중이었다. 어머니는 맥없이 쓰러져 있는 아들에게 달려갔다. 아들의 몸을 반듯이 눕혀 얼굴을 만지던 어머니는 아들에 가슴에 엎어져 정신을 잃고 말았다. 산림리에서도 김경재의 가족들이 달려 나왔다. 그들은 함께 시신을 옮겼다.

나범리 윤 씨는 그 후 관군에게서 포상금 1천 냥을 받았다는 소문이 돌았다. 손가락질하는 사람도 있었지만 윤 씨는 아랑곳하지 않고 의기양양했다.


박중진과 말총이는 해남 동학군이 우수영 공격을 포기하자 해남읍으로 가지 않고 진도읍으로 들어왔다. 진도로 돌아온 5백 명의 동학군은 수성군이 저질러 놓은 짓을 보고 눈이 뒤집혔다.

9월에 내린 2차 기포령에 의해 동학군들이 도소를 닫고 봉기에 나선 후 윤석신 부사가 새로 부임했다. 7월 동학군의 읍성 점령 때 도망친 진도 부사 이희승은 동학군에게 무기를 빼앗겼다는 죄로 압송되고, 감목관도 교체되었다.

동학군이 진도를 비운 사이 감목관과 부사는 수성군을 조직하여 봉기에 참가하지 않은 동학 도인들을 옥에 가두었다. 또 봉기에 나선 동학군들의 재산을 빼앗은 후 남은 가족을 내쫓고 집을 불태웠다. 동학군들의 가족은 그동안 친척 집을 전전하다 동학군들이 돌아왔다는 소식에 읍으로 몰려들었다. 동학군들은 불탄 집과 가족들의 비참한 꼴을 보고 악에 받쳤다. 비참한 꼴은 동학군도 마찬가지였다. 쫓기고 쫓겨 온 동학군들의 험한 몰골에 가족들은 자신의 처지도 잊고 눈물을 흘렸다. 진도 도소도 불에 타 버렸다. 사월이는 박중진의 집에 가 있다가 소식을 듣고 순녀와 함께 진도읍으로 왔다. 잠깐 가족들을 상봉한 후 동학군들은 전열을 가다듬었다. 사월이는 손종인의 죽음에 맥이 풀린 순녀를 데리고 아는 도인의 집에 숨었다.

박중진은 서문 밖에 도착하여 진을 쳤다. 수성군은 성문을 걸어 잠그고 성벽 위에 대포를 설치했다. 박중진은 동학군을 이끌고 성문을 열려 하였으나 사상자만 내고 후퇴하고 말았다. 수성군은 동학군의 무기가 형편없는 것을 확인하였다. 화승총을 가진 동학군이 50여 명 있었으나 이미 화약이 떨어져 버렸고, 죽창마저 끝이 너덜너덜해져 몽둥이만도 못했다.

박중진과 말총이는 작전을 바꾸었다. 무기의 열세로 전면적인 전투는 어차피 불가능했으므로 백성들 속에 숨어들었다. 동학군들은 가족이나 읍민들이 갖다 준 옷으로 갈아입고 장사치로 가장하거나 지게를 지고 다녔다.

동학군의 공격이 없자 부사와 감목관은 발을 동동 굴렀다. 그들은 관군이 오기 전에 동학군을 잡아들이려 혈안이 되어 있었다. 나주 목사 민종렬이 동학군들에게 끝까지 성을 내주지 않은 공으로 초토사에 임명되는 것을 보고, 그들은 동학군 토벌의 공을 세우리라 단단히 벼르며 수성군을 닦달했다. 수성군에게 넉넉하게 군량을 대어 주고, 동학군을 잡아들일 때마다 포상금을 후하게 주겠다고 약조하였다.

동학군이 성을 공격하지 않자 수성군이 성 밖으로 나와 동학군 색출에 나섰다. 수성군들은 칼이나 죽창을 들고 집집마다 뒤지고 다니며 동학군을 보는 족족 잡아들였다.

말총이가 박중진에게 계책을 냈다.

"우리는 서로 잘 아니까 수성군이 저만치 오믄 '나는 수성군이요.' 하고 크게 외치고, 저것들이 방심할 때 달려들어서 손봐 부리는 것이 좋것구만요."

"그래, 우리가 밤에 우세하니까 낮에는 숨어 있다가 밤에 공격하는 것이 좋것다."

낮에는 수성군이 활개를 치지만 밤에는 동학군이 우세했다. 동학군은 서로를 구별하기 위해 죽창 끝이나 허리에 황색 천을 묶고 손바닥에 그러쥐기 좋은 돌을 모아 갖고 다니며 수성군을 공격했다.

진도읍은 아수라장이 되었다. 동학군은 서로를 잘 알았으나 여러 동네에서 차출당한 수성군은 표식이 없어 서로 공격하기 일쑤였다. 공격하려 하면 그들은 "나는 수성군이요."하고 외쳤다. 그러나 동학군도 그렇게 외치고 다니니 수성군은 동학군에게 당하기 일쑤였다. 수성군들의 피해가 속출하자 그들도 머리에 백색 수건을 둘렀다. 날이 갈수록 점점 수성군이 우세해졌다. 경군과 일본 연합군이 온다는 소식이 돌자 수성군의 사기는 하늘을 찔렀다.

싸움을 이끌었던 박중진과 말총이, 나봉익은 낮에는 진도읍 동외리 민가에 숨어 있었다. 그들을 숨겨 준 이는 손행수였다. 손행권의 육촌 형인 그는 입도하지는 않았지만 동학에 호의적이었고, 손행권의 낯을 보아 그들을 도와주었던 것이다.

"아재, 지셨소? 지들 쪼까 볼께라우?"

수성군으로 나갔던 동외리 청년들이었다. 그들은 낮에 색출한 동학군을 옥에 넘기고 돌아오는 길이었다. 손행수가 문을 열고 마루로 나섰다.

"읍에서 오는 모양이여? 자네들이 고상이 많네."

청년들 중에서 가장 나이가 많은 김병운이 조심스럽게 말을 꺼냈다.

"아재. 그란디 읍내서 요상시런 말을 들었어라우. 읍내 어떤 사람이 우리 동네에 동비들이 숨어드는 것을 봤다고 속삭이더란 말이요. 밀고라도 해 불믄 우리 동네가 쑥대밭 돼 불 거 아니요?"

"그럴 리가 있겠는가? 우리 동네는 원래부터 동비들이 하나도 없는 동넨디 누구를 믿고 숨어 들어오것어?"

"그라지라이."

그때 뒤꼍에서 억눌린 기침 소리가 났다. 섣달 추위에 오랫동안 배 곯으며 떠느라 동학군들은 거의 다 감기에 걸려 있었다.

"먼 소리요?"

"먼 소리는. 아무 소리도 안 나구마."

눈발 날리는 하늘을 보며 딴청부리는 손행수를 흘깃 보더니 김병 운이 나는 듯이 뒤꼍으로 달렸다. 10여 명이나 되는 청년들도 죽창을 흔들며 뒤를 따랐다. 밤이 되자 싸우러 가기 위해 발에 감발을 감고 있던 박중진은 뒤꼍으로 달려오는 청년들을 보고 깜짝 놀랐다. 급히 칼을 들고 맞섰다. 맨발에 닿는 땅바닥이 얼음장보다 차가웠다. 말총 이도 칼을 빼 들었다.

박중진이 좁은 뒷마당으로 내려와 김병운과 맞서는 사이 나봉익이 뒷산을 타고 도망쳤다.

"너도 내빼. 빨리."

박중진이 말총이에게 소리쳤다. 청년들 여러 명이 말총이를 잡으 려 달려들자 박중진이 방어 폭을 넓혀 그들을 가로막았다. 박중진의 칼 솜씨는 예사롭지 않았다. 청년들은 숫자가 많았지만 박중진이 번 개같이 휘두르는 칼날에 다가서지 못하고 주춤거렸다. 좁은 곳이라 박중진이 목을 지키는 동안 나봉익과 말총이는 산을 넘었다. 그때 박중진이 말총이를 확인하느라 돌아본 사이 김병운의 긴 죽창이 옆구리를 찔렀다.

"헉."

박중진은 왼손으로 옆구리를 감싸 안으며 무릎을 꿇고 말았다. 칼을 치켜들었지만 그 자리에서 움직일 수 없었다. 동외리 청년 하나가 박중진을 향해 몽둥이를 던졌다. 박중진이 칼로 몽둥이를 막는 순간 청년들이 달려들어 몽둥이로 찌르고 때렸다. 마침내 박중진이 피를 쏟으며 쓰러졌다.

"그만! 대장은 죽이지 말아라 했어. 이놈을 델꼬 가자."

김병운은 몽둥이질을 멈추게 한 후 박중진을 묶어 읍내 관아로 데려갔다. 지도자를 잃은 동학군들은 뿔뿔이 흩어지고 말았다. 전세는 역전되었다.

수성군은 죽은 동학군의 시체를 날마다 남문 앞에 내버려 쌓아 두었다. 며칠이 지나니 50구가 넘었다. 시체에서 피가 흘러 개울이 될 지경이었다. 한겨울 매서운 추위에 피가 얼어붙고 피 위에 기름이 허옇게 엉겼다. 사람들은 남문 앞을 지날 때면 코를 싸쥐고 고개를 돌렸다.

동학군이 점점 불리해지자 읍민들이 동학군에게 등을 돌렸다. 관의 포상금에 눈이 멀어 그동안 숨겨 주었던 동학군을 밀고하는 사람도 생겼다. 남은 동학군들은 견디지 못하고 흩어져 도망쳤다. 동학군이 박중진의 체포 소식을 사월이에게 전해 주었다. 순녀는 아버지의

옥바라지를 위해 진도에 남고, 사월이는 말총이가 나봉익과 도망쳤
다는 의신면으로 떠났다. 헤어지며 둘은 손을 꼭 붙들고 훗날을 기약
했다.

　박중진은 관아에 끌려가자마자 땅바닥에 무릎을 꿇리었다. 박중진
이 잡혔다는 소식을 듣고 부사가 달려 나왔다. 박중진은 고개를 꼿꼿
이 치켜들고 부사를 노려보았다. 부릅뜬 눈알이 금방이라도 튀어나
올 것 같았다.
　"저놈 눈깔을 보게. 저 찢어 죽일 놈."
　부사가 발을 탕탕 굴렀다.
　"저놈을 동외리에서 잡아왔다고 하니 비호해 준 놈이 있으렸다. 호
되게 문초해서 알아내도록 해라. 알겠느냐?"
　부사가 형방에게 문초할 것을 지시하고 떠났다. 형방이 주리를 틀
채비를 하라고 하자 서리들이 분주하게 움직였다. 무릎 꿇렸던 박중
진을 일으켜 땅바닥에 앉혔다. 두 손을 뒤로 묶고, 새끼줄로 발목과
무릎을 각각 묶었다. 관노 두 명이 장대를 정강이뼈 사이에 끼우고
주리를 틀었다. 박중진의 입에서 신음이 흘러나왔다.
　"더 세게 당겨라."
　형방이 마루에 앉아 호령하였다. 관노들이 장대를 내리눌렀다.
　"으아아악."
　고통에 못 이겨 박중진의 허리가 뒤로 제껴지자 서리가 박중진의

상투머리를 휘어잡았다. 다리 살이 벗겨져 피가 흐르고, 핏물 사이로 정강이뼈가 하얗게 드러났다.

"너를 숨겨 준 놈이 누구냐? 손행수가 숨겨 주었느냐?"

"아니다. 우리가 뒷산을 넘어 그 집 뒤꼍에 숨어 있었던 것뿐이다. 누구 집인지도 모른다."

"거짓말 마라. 바른 말을 할 때까지 주리를 계속 틀라."

"아아아아악."

정강이뼈가 삐그덕 소리를 내며 휘어졌다.

"며칠 동안이나 거기 있었느냐?"

"그날 처음이었다. 산속에 있다가 너무 추워서 내려가다 보니 그 집 근처까지 간 것이다."

주리를 더 틀자 박중진이 까무라쳤다. 관노가 의식을 잃은 그의 머리에 찬물을 끼얹었다. 박중진은 겨우 눈을 떴으나 다시 시작된 문초에 또 정신을 잃었다. 물에 젖은 그의 머리카락이 가닥가닥 얼어 뻣뻣해졌다.

고문은 그 후로도 매일 계속되었다. 손행수도 끌려와 문초를 받았다. 그도 몇 번을 까무라치면서도 모르는 일이라고 잡아뗐다. 박중진이 끝내 그의 도움을 받지 않았다고 버티자 며칠 후 손행수는 무사히 풀려났다. 손행수가 풀려난 뒤로도 고문은 계속되었다. 동학 도인들이 숨은 곳을 대라는 것이었다. 박중진은 굳게 입을 다물었다. 모질게 주리를 틀자 정강이뼈가 뚝 부러지면서 기둥 무너지는 소리가 났다. 주리를 틀던 관노들뿐만 아니라 근처에 있던 사람들까지 관아 건물이 무너지는 줄 알고 깜짝 놀라 뛰쳐나갔다. 다리가 부러져 주리를 틀 수 없게 되자 이번에는 몽둥이찜질을 하였다. 순녀가 하루에 한 번 밥을 넣어 주러 옥에 왔지만 그들은 밥만 들여가고 순녀에게 박중진을 보여주지 않았다. 순녀는 동학군의 가족들이 옥에 가서 동학군을 만날 때 아버지의 소식을 물어봐 달라고 하여 들을 수밖에 없었다.

다음 날 순녀가 밥보자기를 갖고 가니 관노가 어제 밥보자기만 던져 주고 새 밥을 받지 않고 쫓아냈다. 영문을 몰라 서성이던 순녀는 면회하고 나온 동학군 가족에게서 박중진이 죽은 것 같다는 소식을 들었다. 박중진을 가둬 놓은 감옥 쪽이 조용하다는 것이었다.

관노들과 서리들이 쉬쉬하고 있었지만 밥보자기도 받지 않은 것으로 보아 그것은 사실인 것 같았다. 순녀가 미친 듯이 남문 앞으로 달려갔지만 바닥에 널린 시체 속에는 아버지가 없었다.

그날 낮이었다. 순녀는 아버지의 목이 남문 성벽 위에 걸린 것을 보았다. 상투를 묶어 매달아 놓은 박중진의 얼굴은 푸르뎅뎅하니 퉁퉁 부어 있었다. 눈, 코, 입을 분간할 수 없이 검붉게 멍들어 있어 순녀는 하마터면 아버지의 얼굴을 못 알아볼 뻔했다.

"아부지."

순녀는 아버지의 목을 보고 통곡하였다. 땅바닥에 주저앉아 가슴을 쥐어뜯었다. 울부짖는 순녀를 발견한 수성군들이 달려들어 두들겨 팼다.

"괴수 박중진 딸이다."

"역적놈의 딸년이여. 패 죽여도 돼."

순녀의 머리에서 피가 얼굴로 흘러내렸다.

"나도 죽여라. 나도 죽여."

순녀가 소리소리 지르자 그들은 개 패듯 두들겼다.

"오냐, 죽여 주마."

"멈춰라."

진도 수성군 도총관이었다. 몽둥이질이 멈췄다.

"박중진 잡은 김병운한테 이년을 줘라."

"와아!"

수성군들이 함성을 질렀다. 김병운은 동외리 청상 과수댁 외아들이었다. 그는 힘이 좋고, 몸이 날래 박중진뿐 아니라 많은 동학군을 잡아들였다. 그에게는 일찍 결혼한 아내 강 씨가 있었지만 아직 아이가 없었다. 수성군들이 순녀를 김병운에게로 확 떠다밀었다. 순녀는 그에게 부딪혔다가 땅바닥으로 고꾸라졌다. 순녀는 수치심에 혀를 깨물었다. 입속에 피가 가득 고이더니 삐져나왔다.

"이년이."

그걸 본 수성군 하나가 순녀의 뺨을 후려치자 입에서 피가 뿜어져 나왔다. 순녀는 정신이 아득해졌다. 그들이 순녀를 잡아채 일으켰다. 비칠거리며 서 있자 발로 배를 찼다.

"헉."

순녀가 쓰러지자 사람들이 왁자하니 웃었다. 누군가 새끼줄을 가져다 순녀를 꽁꽁 묶더니 줄을 김병운에게 주었다. 김병운이 멍하니 잡고만 있자 수성군들이 다시 빼앗아 끌었다. 순녀는 몇 걸음 끌려가다가 땅바닥에 엎어졌다. 그들은 땅바닥에 쓰러진 순녀를 질질 끌면서 낄낄거렸다. 옷은 흙투성이가 되고, 치맛단이 뜯어져 벗겨졌다.

"아아아악. 날 죽여라. 이놈들."

순녀는 악을 썼다. 그때 사람들이 조용해지며 한 걸음씩 물러섰다. 김병운이 새끼줄을 가로채 잡은 것이었다. 김병운이 새끼줄을 잡고 걸었다. 순녀는 죽더라도 여기서 빠져 나간 후에 죽으리라 마음먹었다. 이를 악물고 일어섰다. 고개를 숙이고 걷느라 어디로 가는 줄도 몰랐다.

# 19. 살아남은 사람들

12월 26일, 일본군은 통위영병과 함께 진도 벽파진에 상륙했다. 다음 날 진도읍에 진주했을 때, 옥에는 동학군 1백여 명이 갇혀 있었다. 얼마나 혹독하게 고문하였는지 동학군들은 온몸이 피범벅이었다.

"거괴 박중진을 비롯하여 1백여 명이 죽었습니다. 진도 동학군은 전부 이곳에 있으니 장군님은 힘들게 잡으러 다닐 필요도 없습니다."

진도 부사는 자랑하듯 말했다. 수성군들은 조일 혼성군이 오자 의기양양해서 그들 앞에 섰다. 그들은 상을 받을 생각에 기대감으로 들떠 있었다. 서로 전공을 자랑하며 앞자리에 서려고 자리다툼을 하였다. 통위영 대장 이규태는 입술을 부들부들 떨었다. 그는 수성군을 향하여 벽력같은 소리로 외쳤다.

"이놈들. 진도에 동학군 주모자가 누구누구인지, 몇 명인지 다 알고 왔는데 이렇게 많은 사람들을 잡아 가두었으니 어찌 된 것이냐? 무고한 양민이 한 사람이라도 죽었거나 여기 갇혀 있으면 너희도 죽음을 면치 못하리라."

수성군은 어리둥절하여 서로 마주 보며 수군수군하였다. 부사도 사색이 되었다.

"부사는 수성군을 지금 당장 해산시키고 동학군을 문초한 서류를 가져오시오."

일본군과 관군은 문초 후 옥에 갇힌 진도 동학군 30여 명을 처형하고 나머지는 방면한 후 해남읍으로 돌아왔다. 사흘 후에 두목급만 끌고 나주 초토영으로 출발할 예정이었다. 해남에서 나주로 끌고 갈 동학군으로 김춘두, 배규인, 김신영을 추렸다. 일본군이 나주로 데려가지 않는 동학군을 해남에서 처형하겠다고 통보했다. 일본군 대위는 처형 장면을 공개한다며 이규태와 현감에게 군졸과 관속들을 동원하라고 했다. 대위가 나오더니 구경꾼이 부족하다며 백성들까지 모으라고 해 근처 백성들도 추위에 어깨를 옹송그리며 나왔다. 이규태도 부하들과 함께 줄을 지어 섰다.

밭 가운데 기둥이 죽 박혀 있었다. 동학군 20여 명이 끌려 나왔다. 주리를 얼마나 틀었는지 동학군들은 제대로 걷지도 못하고 질질 끌려 나왔다. 옷은 피딱지가 말라붙어 거뭇거뭇했다. 동학군이 가까이 다가오자 구경꾼들이 술렁였다.

얼마 전에 잡혔던 현산면 접사 장극서, 교수 이중호, 도집 임제환, 집강 최원규였다. 그들의 얼굴을 알아본 사람들이 입에서 입으로 속삭여 이름을 전하였다. 얼굴이 낯선 사람들도 있었다. 무안, 영암 사람들도 많다던데 외지 사람들인지도 몰랐다. 손을 뒤로 꺾은 채 기둥에 한 사람씩 몸을 묶었다. 곧이어 일본군이 군영에서 나왔다.

일본군 중 일곱 명이 발을 맞추어 포로들로부터 스무 걸음쯤 앞에 섰다. 군조가 구령을 붙였다.

"저 군조 놈이 모리타라네. 구령 붙이는 놈 말이여."

"사람 죽이는 것을 재미삼아 하는 놈이라여. 찢어 죽일 놈."

이규태는 옆에 선 사람들이 속삭이는 말을 들었다. 그보다 백성들이 더 일본군을 꿰뚫어 알고 있었다.

"제자리에 서!"

"좌향좌!"

"착검!"

일본군 일곱 명이 허리춤에 차고 있던 짧은 칼을 총 끝에 끼웠다.

"하나!"

착검한 총을 일제히 앞으로 내밀었다.

"두울!"

구령에 맞춰 일본군은 동시에 내닫더니 각자 앞에 있던 동학군을 찔렀다. 한 치의 오차도 없이 심장을 찔렀다. 피 보라가 한 길 넘게 솟구쳤다.

구경하던 사람들이 비명을 질렀다. 통위영병도 놀라 입을 다물지 못했다. 어떤 사람들은 땅바닥에 엎드려 구역질을 했다. 칼에 찔린 동학군을 옆에서 지켜보던 나머지 동학군은 입을 벌린 채 공포에 질렸다. 이번에는 그들의 머리에 우지개를 덮어씌웠다. 겨울에 김장독이 얼지 않게 짚을 엮어 덮어 놓았던 우지개는 동학군의 어깨까지 내리덮었다. 군졸들이 우지개에 불을 붙였다. 짚이 타는 냄새가 나기 시작했다. 동학군들이 비명을 질렀다. 부드득 부드득 이를 갈며 비명을 질렀다.

"ㅇㅇㅇㅇㅇ윽. ㅇㅇㅇㅇㅇㅇㅇ."

"으아아아아아아아악."

몸부림을 쳤다. 손을 빼내려 몸부림을 쳤지만 말뚝은 끄떡도 하지 않았다. 밧줄에 묶인 손목에서 피가 흘렀다. 길고 긴 비명을 지르다 혼절했다. 머리카락과 살이 타는 냄새가 퍼졌다.

사람들은 두 손으로 입을 막으며 고개를 돌렸다. 군졸들이 지키고 있어 사람들은 빠져나갈 수도 없었다. 매캐한 연기가 진눈깨비와 바람에 날렸다. 구경꾼들의 눈에 눈물이 흘렀다.

이규태는 입술을 악물며 주먹을 그러쥐었다. 그는 분노에 떨며 뒤도 돌아보지 않고 관아로 돌아왔다. 아까부터 이규태를 주시하고 있던 일본군 대위는 그의 뒷모습을 노려보고 있었다. 그는 조선인 첩자를 매수하여 이규태의 일거수일투족을 감시하고 있었다. 그는 주한 일본 공사에게 동학군 진압 보고서를 작성할 때 이규태의 행적에 대하여 자세히 썼다. 지방관으로부터 뇌물을 받고, 동학군에게 지나치게 너그러워 작전에 방해되었다는 내용이었다. 또 해남에서는 동학군과 내통을 하는 등 행적이 의심스럽다고 썼다.

초토영이 설치된 나주 본영으로 철수할 때에도 그는 이규태의 부대를 나주성 30리 밖에 주둔하게 했다. 이규태는 말이 없었으나 부하들이 일본군에게 이를 갈았다. 선봉진군은 알게 모르게 이규태에게 영향을 받아 동학군에게 동정적이었다. 그런데다 왕의 직속부대로서의 자존심을 가진 그들에게 일본군이 사사건건 지시하고 무시하자 참을 수 없었던 것이다.

순녀는 새끼줄에 묶인 채 동네로 들어섰다. 한 집 한 집 지나칠 때마다 아낙들이 깜짝 놀라 "워메. 먼 일이여?" 했다. 조무래기 꼬마 아이들이 졸래졸래 따라왔다. 김병운이 우악스럽게 새끼줄을 잡아챘다. 순녀는 김병운의 뒤통수를 노려보았다. 죽더라도 아버지의 원수인 그를 죽인 후 죽고 싶었다. 순녀는 속으로 김병운의 뒤통수를 낫으로 찍고, 칼로 찌르기를 수십 번 했다. 입속에 피가 다시 고였다.

순녀는 김병운을 따라 어느 집으로 들어섰다. 대문도 없이 초라하게 작은 초가였다. 김병운은 순녀를 헛간 안쪽으로 끌고 가더니 새끼줄을 기둥에 묶었다. 그가 밖을 한번 힐끗 보고는 순녀의 젖가슴을 우악스럽게 쥐었다. 아픔보다 수치심이 더 컸다. 순녀는 몸을 뒤채며 악을 썼다. 그가 새끼줄에 묶인 순녀의 몸을 다시 앞으로 홱 돌렸다. 순녀는 그의 얼굴에 힘껏 침을 뱉었다. 입에 고였던 피가 그의 얼굴에 튀었다. 통쾌했다.

"이 죽일 년이."

김병운이 얼굴을 일그러뜨리더니 순녀의 머리를 주먹으로 쳤다. 귀가 멍했다. 그는 손바닥으로 순녀의 머리를 연거푸 쳤다. 순녀는 피하지 않았다. 추행당하는 것보다는 맞는 게 더 나았다. 씩씩거리며 때리던 그가 순녀에게 침을 퉤 뱉더니 발로 정강이를 힘껏 차고 나가 버렸다.

"헉."

순녀는 땅바닥에 풀썩 주저앉았다. 정강이뼈가 부러졌다는 아버지 생각이 났다. 얼마나 아프셨을까? 후끈거리는 머리보다 채인 정강이가 못 견디게 아팠다. 이를 악물었다. 순녀는 오늘 밤 안으로 죽으리라 작정하였다. 어떻게 죽을까…. 팔까지 묶여 있어 목을 맬 수도 없었다.

저녁 어스름이 깔렸다. 인기척을 느낀 순녀가 고개를 돌리니 여인네가 서 있었다. 김병운의 어머니인 듯하였다. 김병운의 어머니는 몹시 놀란 듯 그녀를 보더니 달려들어 새끼줄부터 풀어 주었다.

"이게 먼 일이다냐? 사람을 어째 이라고 못쓰게 해 놨다냐."

김병운의 어머니는 순녀를 이끌고 집 뒤로 돌아가 작은 방으로 그녀를 들어가게 했다.

"잠깐만 있어 봐라. 내가 갈아입을 옷이랑 가져올랑게."

김병운의 어머니가 낡은 옷 한 벌과 찐 고구마 두어 개를 넣어 주고는 쯧쯧 혀를 차더니 나갔다. 순녀는 손도 대지 않고 가만히 앉아 밤이 되기를 기다렸다. 밤에 김병운과 그 어머니가 두런거리는 소리가 한참 들리다 조용해졌다. 순녀는 어둠 속에서 속치마를 찢어 끈을 만들었다. 낮에 헛간에서 낫이 어디 있는지도 보아 두었지만 그 어머니 때문에 김병운을 죽이는 것은 단념하였다. 목맬 들보를 찾으려 순녀가 문을 열었을 때 문 밖에 김병운의 어머니가 서 있었다. 파랗게 질린 김병운의 어머니는 순녀가 나오자 털썩 주저앉아 순녀의 다리를 꽉 안고 놓지 않았다.

"느그 엄니를 생각해라. 니가 죽으믄 느그 엄니는 어뜨케 살것냐. 느그 엄니 죽고 나믄 그때는 나도 너를 안 말릴란다."

순녀도 풀썩 주저앉고 말았다. 그녀의 어머니와 동생들이 어떻게 되었는지 알 수 없었다. 자신을 이렇게 전리품으로 팔아넘긴 그들이 하조도 집을 그냥 두었을 리 없었다. 순녀는 가슴이 벌벌 떨렸다. 어머니에게 갈까 하는 생각이 퍼뜩 들었다. 순간 순녀는 김병운의 어머니를 밀치고 내달렸다. 대문간을 나섰지만 어디로 가야 할지 몰랐다. 무작정 길을 따라 뛰었다. 개들이 컹컹 짖었다. 언제 따라나왔는지 김병운이 그녀의 머리채를 우악스럽게 잡아챘다. 순녀는 비명을 질렀다. 김병운이 그녀의 머리채를 잡고 씩씩거리며 걷자 순녀는 개처럼 질질 끌려갔다. 더 치밀하게 계획을 세워 탈출할 걸 하는 후회가 들었다.

"또 내빼 봐라. 다리 몽댕이를 분질러 놀랑께."

순녀의 머리를 후려치며 헛간으로 데려 간 김병운이 새끼줄로 그녀의 팔과 몸통을 다시 묶었다. 어쩌나 세게 조이는지 갈비뼈가 부러질 것 같았다. 저절로 기침이 터져 나왔다. 김병운의 어머니가 안쓰러운 눈길로 보고 있었다.

"그렇게 묶어 놓으믄 어뜨케 묵고, 싸고 할 것이냐?"

"내가 주락 할 때까지 밥 주지 마쇼. 엄니가 밥 주믄 내가 이년을 뚜두러 패 죽일 것이요. 싸는 것이사 옷에 지리건, 뭉개건 허것재라우."

"그라믄 방에라도 들어가게 해라. 추와서 얼어 죽것다."

"얼어 디져부렀으믄 좋것소. 이년 애비 잡으러 댕김서 고생한 거 생각하믄 내가 이가 갈리요."

김병운은 궁시렁거리면서도 뒷방으로 새끼줄을 끌고 갔다. 새끼줄을 안쪽 문고리에 묶으며 그가 어머니에게 말했다.

"시방 온 진도가 동비들 집 꼬실르고, 잡어 죽이는 굿이요. 불쌍하다고 엄니가 풀어줘 봤자 동네를 벗어나기도 전에 이년은 수성군한테 맞어 죽을 것인께 엄니 알아서 허쇼."

그는 또 휑하니 나가 버렸다. 곧이어 거칠게 방문을 여닫는 소리가 들렸다.

"휘이유. 참말로 으쨀거나."

김병운의 어머니는 방에 요강을 넣어 주고는 조용히 문을 닫고 나갔다.

다음 날 낮에 김병운이 뒷방에 들어왔다. 순녀는 소리를 지르며 일어섰다. 김병운이 주먹으로 연거푸 머리를 치고 세게 밀었다. 순녀는 벽에 뒷머리를 찧은 후 정신을 잃고 말았다. 깨어 보니 밤이었다. 아랫도리가 욱신욱신 아팠다. 다음 날 낮에도 김병운이 왔다. 순녀가 소리를 지르며 물어뜯으려 하자 김병운이 자빠뜨리고 뺨을 때렸다. 코에서 피가 흘러 방바닥에 낭자했다.

"독한 년."

그녀를 겁탈하고 나가며 김병운이 씹어뱉듯이 한 말이었다.

다음 날에도 순녀는 일어날 기운도 없어 맥없이 당했다. 매일처럼 같은 하루가 반복되었다. 밤낮이 어떻게 가는지, 며칠이 지났는지도 몰랐다.

어느 날 눈을 떠보니 김병운이 옆에 앉아 그녀를 바라보고 있었다. 그녀가 흠칫 놀라자 평소의 그답지 않게 그냥 나갔다. 순녀의 눈에서 눈물이 주르르 흘렀다. 손가락 까닥할 힘도 없는데 흘릴 눈물은 아직도 남아 있는 모양이었다. 김병운이 허락했는지 그의 어머니가 들어왔다. 고소한 미음 냄새가 났다. 입에 침이 고였다. 더러운 것이 목숨이구나 싶었다. 고개를 벽 쪽으로 돌렸다.

"아야, 한번 묵어 봐라."

김병운의 어머니가 숟가락을 입에 댔다. 미음이 입속으로 흘러들어오는 것을 느끼고 순녀는 고개를 다시 돌렸다. 이젠 굶어 죽는 수밖에 없었다.

"쯧쯧쯧. 새벽에 어뜬 사람이 몰래 왔다가 갔다. 느그 엄니랑 동상들 찾았다고⋯. 하조도 집이 불타서 딴 데서 자기가 모시고 있으니께 걱정말고 너는 몸이나 추스르라 하드라."

살아 있구나, 엄니랑 동상들도. 순녀의 몸이 움찔했다.

"그란께 느그 엄니 한번 만날라믄 니가 살어야 할 것이 아니냐?"

입속으로 미음이 다시 흘러 들어왔다. 순녀는 미음을 삼켰다.

다음 날 김병운이 와서 순녀 몸을 묶었던 새끼줄을 풀어 주고 밖에서 방문을 잠갔다. 김병운은 그날부터 겁탈을 멈추고, 순녀가 안에 있는지 확인만 했다. 순녀는 가끔 낯선 여인의 발소리를 들었다. 그녀는 뒷방 문 앞까지 와서 한참 동안 서 있곤 했다. 김병운의 어머니가 아침저녁으로 먹을 것을 넣어 주었다. 달포가 지난 후 순녀는 자신이 아이를 가졌음을 알았다.

봄이었다. 순녀의 배가 눈에 띄게 나왔다. 퀭한 두 눈에 몸은 허깨비 같았지만 아이는 뱃속에서 날마다 자라고 있었다. 아이를 가진 후 김병운이 문고리를 열어 두었다는 걸 알았지만 순녀는 밖으로 나오지 않았다. 김병운네 식구들은 들일을 나갔는지 집에 없었다. 순녀는 처음으로 마당에 나왔다. 눈을 뜰 수가 없었다. 눈을 꼭 감고 현기증에 쓰러질 것 같아 댓돌에 앉았다. 등에 식은땀이 배었다. 한참만에야 실눈을 떴다. 세상이 온통 노랬다. 암탉이 마당가에서 벌레를 쪼아 찢어 주면 병아리가 노란 부리로 콕콕 찍어 먹었다. 울타리에 노란 개나리가 피었다. 개나리 울타리 위에서 멧새는 새끼에게 날기를 가르치느라 쨱쨱거리며 야단이었다. 하염없이 그것을 바라보느라 어느샌가 눈물이 흘렀다. 눈물이 흐른다는 걸 느끼는 순간 순녀의 입에서 통곡이 터져 나왔다. 통곡은 입을 지나 목구멍, 가슴까지 파고 들어가더니 끝내는 뱃고래를 쥐어짜며 비어져 나왔다. 댓돌에 얼굴을 묻고 순녀는 꺽꺽 울었다. 시간이 얼마나 흘렀는지, 누가 왔다 갔는지도 몰랐다. 정신이 들어 보니 사내 울음소리가 났다. 김병운이 건넌방 앞 토방에 주저앉아 울고 있었다. 그는 왼팔에 얼굴을 묻고 앉아 오른손 주먹으로 댓돌을 쳤다. 김병운의 손날에서 피가 흘러 댓돌을 적셨다. 순녀는 울음을 그쳤다. 순녀가 물끄러미 보고 있는 것도 모른 채 김병운은 꺼이꺼이 울었다. 미워하며 정든다더니, 어느새 김병운은 순녀의 아픔을 동감하는 지아비가 되어 있었다. 순녀는 반짇고리에서 자투리 베를 찾아 댓돌 위에 두고 집 밖으로 나왔다.

다음 날 순녀는 김병운의 어머니가 쓰던 베틀에 앉았다. 김병운의 어머니는 말없이 실을 갖다 두었다. 순녀는 온종일 베를 짰다. 베틀 위에서 날이 가는지 달이 가는지 몰랐다. 날이 밝으면 베틀에 앉고, 해가 져서 더 이상 베를 짤 수 없으면 방으로 돌아가 쓰러져 잤다.

순녀의 눈은 텅 비었다. 그녀의 눈은 아무것도 보지 않았다. 얼굴은 해쓱해지고 굳게 다문 입술은 까맣게 탔다. 순녀의 머리칼은 어려서부터 풍성하여 엉덩이까지 치렁치렁 드렸다. 까맣게 탐스럽던 머리칼은 그러나 몽당 빗자루처럼 짧고 푸석푸석해졌다. 동그랗게 부푼 배만 그녀의 몸에서 살아 있는 것 같았다. 그날은 허리가 아파 쓰러지듯 방바닥에 누웠다. 식은땀을 흘리며 신음 소리를 참았던 기억이 나는데 깜박 정신을 잃었던가 보았다. 허리가 끊어질 듯 아파 정신이 들었다가 김병운의 어머니가 곁에 있다는 걸 알았다.

"아가, 힘을 내라. 애기 나온다."

"으으으으으윽."

그날 밤 순녀는 아들을 낳았다. 그녀는 다시 혼절했다. 힘없는 아기 울음소리를 들은 것도 같았다.

김병운의 어머니가 순녀에게 첫국밥을 먹인 후 아기를 내밀었다. 아기는 번데기같이 말라비틀어졌다. 순녀는 고개를 돌려 버렸다. 그녀는 자신이 낳은 아기에게 왈칵 미운 맘이 들었다. 김병운의 어머니가 아기를 순녀 품에 주고는 나가 버렸다. 아기는 참새 새끼처럼 작고 가벼웠다. 아기가 울기 시작했다. 어미의 마음을 아는 듯 "응애"하고 우는 소리가 가녀리고 구슬펐다. 순녀의 젖가슴이 쩌르르르 저렸다. 곧 저고리 앞섶이 축축하게 젖었다. 순녀는 아기를 쳐다보지 않고 젖을 물렸다. 아기는 곧 잠이 들었다.

순녀는 다시 베틀 위에 앉았다. 김병운의 어머니가 아기를 데려오면 젖만 먹이고 다시 밀어냈다. 김병운은 아기를 자주 안고 노는 듯했다. 순녀는 해가 지자 베틀에서 내려와 뒷방으로 들어갔다. 그녀는 여전히 혼자 뒷방을 쓰고 있었다.

방에 들어오면 항상 김병운의 어머니가 가져다 놓은 밥이 있었는데 그날은 빈방이었다. 몸이 방바닥 아래로 꺼지는 것 같았다. 까무룩 잠이 들었다.

"아가, 일어나 봐라. 느그 아부지 지사 지내야재."

그날 저녁 김병운의 어머니가 순녀를 불렀다. 안방에 가니 제사상이 차려져 있었다.

'顯考 學生 府君 神位(현고 학생 부군 신위)'

아버지의 지방이었다. 순녀가 제주가 되어 제사를 지냈다. 김병운이 술잔에 술을 따라 주면 순녀가 올렸다. 세 번을 그렇게 올렸다. 음복하라며 내민 술잔을 받아 마시고 그녀는 쓰러져 잠이 들었다.

며칠 뒤였다. 김병운이 어떻게 찾았는지 순녀의 어머니와 여동생 둘을 데려왔다. 순녀가 놀라 어머니에게 와락 달려들어 안기자 그 사이 키가 폭삭 쪼그라져 버린 해남댁이 말없이 순녀의 머리칼을 쓰다듬었다. 순녀가 눈으로 어린 남동생을 찾자 난리통에 병들어 죽었다고 했다. 동생들을 한꺼번에 싸안으며 순녀는 엉엉 울었다.

시어머니의 강권에 순녀의 가족들은 이틀을 더 묵고 떠났다. 순녀의 해남 외가도 쑥대밭이 되어 뿔뿔이 흩어져 버렸다고 했다. 갈 데 없는 동학군 가족들이 움막을 얽어 모여 살고 있는 진도 임회면으로 어머니와 동생들은 떠났다. 순녀는 기운을 차렸다. 어머니가 눈물로 당부한 것이었다. 순녀는 다시 새벽 주문을 시작했다. 시어머니가 먼저 입도하고, 김병운도 이태 뒤 동학 도인이 되었다. 김병운이 하조도 불탄 집터에 다시 집을 지어 주었다. 해남댁은 어린 딸 둘과 들어와 숨을 죽이고 살았다. 순녀는 그 후 아들을 둘 더 낳았다. 아들들은 강 씨 소생으로 김병운의 족보에 올랐다.

# 20. 피어라 꽃으로

사방을 둘러보아도 망망대해였다. 겨울 바닷바람은 뼈를 에이게
했다. 말총이는 옆에 앉은 사월이의 얼굴을 보았다. 뱃멀미를 하는지
얼굴이 해쓱했다. 의신에서 양순달의 배를 타고 함께 도망쳐 온 사람
은 20명이었다. 드디어 제주도가 보였다.

모슬포에 배를 댔다. 물어물어 양순달의 고모 집에 가니 기와지붕
은 아니었지만 그래도 사철 양식 안 떨어질 만큼 살림이 포실했다.
고모 내외는 20명이 몰아닥치니 적이 놀라는 눈치였다. 그러나 양순
달의 아버지가 써 준 서찰을 읽고는 어쩔 수 없었는지 일행을 안으로
들였다. 봄에 화전을 일구기 전까지는 염치 불구하고 그곳에서 겨울
을 나야 했다.

도착하자 정신을 잃은 사월이 때문에 말총이 내외에게 외양간에
딸린 방을 주고, 양순달과 나봉익은 사랑방에 들었다. 나머지 사람들
은 헛간에 거적을 깔고, 급한 대로 가마니로 문을 만들어 그 안에서
지내기로 했다.

사월이는 따뜻한 방에 들자 정신이 들었다. 그러나 그동안의 피로가 겹쳤는지 이번에는 열이 펄펄 끓어 꼼짝을 못하고 끙끙 앓았다. 하룻밤을 그렇게 앓고 나자 다음 날은 좀 살 것 같았다. 말총이는 어디 나갔는지 좁은 방에 자기 혼자 있었다. 젊은 아낙이 남의 집에 누워 있기가 미안했다. 들이닥친 사람들 먹을 입 대는 것이 보통 일이 아닐 것이다. 사월이는 손을 거들어 줄까 하고 자리에서 일어나 앉았다. 누워 있을 때는 괜찮은 것 같더니 어질어질했다. 부스스한 머리를 매만지고 일어서다 그대로 쓰러져 버렸다. 정신이 들어 보니 다시 밤이었다. 말총이가 걱정스러운 얼굴로 자신을 내려다보고 있었다.

"깼어? 내가 미음 갖고 오께 일어나지 말어."

사월이는 미음을 달게 먹고 다시 잠이 들었다. 말총이는 열에 들뜬 사월이의 이마에 젖은 수건을 얹었다. 그날 밤부터 사월이는 열이 내리고 정신을 차렸다.

"휴우, 사월아. 너 땜시 홀애비 된 줄 알았다."

"어째서?"

"꼬박 닷새를 못 일어나니 죽을랑갑다 했재."

"홀애비 되든 좋재. 제주도가 삼다도람서. 바람 많고, 돌 많고, 여자 많고."

"여자가 많으믄 머할 것이냐. 사월이 니가 아닌디."

"참말? 내가 그렇게도 좋아?"

"아니. 농이여."

사월이는 입을 샐쭉했다. 그 모습을 본 말총이가 빙긋 웃었다.

"사월아, 일어나믄 내가 보여줄 데가 있어. 묵고 얼른 심내라이."

말총이는 사월이와 함께 중산간 위쪽에 있다는 말목장에 갔다. 우선 먹고 살려면 손에 익은 목자 일이라도 시작해야 했다. 내내 남장을 하고 다녔던 사월이는 제주도에 오면서 낭자머리를 하고, 저고리에 치마를 입었다. 제주도 여자들은 들일에 물질까지 남자 못지않게 일을 많이 했다. 왜구 출몰이 심한 곳이라 군역 대상자가 남자 수보다 많아 여자들까지 군역을 진다고 했다. 사월이는 여름이 되면 친구를 사귀어 물질도 배워 보리라 작정했다.

중산간 위쪽으로 올라가자 석축이 보였다. 거기서부터 말목장이었다. 둥그스름한 오름 위로 푸른 하늘이 펼쳐지고 양지바른 곳에서 말들이 노닐고 있었다. 말똥 냄새가 바람에 실려 오자 말총이가 숨을 깊이 들이마셨다. 말똥 냄새에 반가운 미소를 짓는 말총이를 보고 사월이가 웃었다.

"목자는 죽어도 안 한다드니 말똥 냄새가 그렇게 좋아?"

"그때는 목장이 감옥이었는디 인자는 내 일터가 될 것인게. 우리 사월이랑 요놈 멕여 살릴라믄 부지런히 일해야지."

"머? 생기지도 않은 애를 보고 요놈이래?"

"곧 생길 건디 머."

"우리 언젠가는 여기서 나갈 수 있으까?"

"사월이 니는 벌써 나가고 싶어? 아직은 안 돼야. 몇 년 만 여기서 쥐 죽은대끼 살다가 뭍으로 나가자."

그때 말을 따라 목자가 나왔다. 키가 작고 늙수그레한 목자였다. 석축을 따라가다 말총이가 훌쩍 뛰어넘어 안으로 들어갔다.

"안녕하시오?"

"안녕하시우꽈."

"여그 말목장서 일하고 싶은디 군두님을 만날 수 있으까라우?"

목자는 석축 곁에서 서성이는 사월이를 힐끗 보더니 말등을 솔질하며 말했다.

"목장에서 일은 해 봤수꽈? 얼마 전부터 육지 사람덜 하영덜 온거 닮안게, 게난 젊은이도 육지서 와서?"

말총이와 사월이가 말을 알아듣지 못하고 서 있자 그가 다시 천천히 말해 주었다. 말총이가 그에게 물었다.

"얼마나 많이 왔습디여? 그 사람들은 어디서 겨울 난다요?"

"애월항으로 온 사람덜은 중산간에 거적으로 움집 지성 저슬나는 사람도 많고, 귀일리로 들어간 사람덜도 많곡허주. 게난 젊은인 모슬포로 들어와서? 거기서 들어온 사람덜은 광청으로 몰려들어갔댄 헌소리는 들어신디."

"목자로 일하믄 집터랑 살 요량을 좀 해 준다요?"

"목장에 집 짓는 건 목자가 알앙 헐 일이고. 작년엔 동학난 때문에 말도 안 뽑아 가던데, 올해도 감목관이 눈뱀랑 보진 안허는 거 닮아. 경해도 제주 호적에 올라가믄 말 한 마리씩은 받쳐야 해사. 알아지크라"

말총이는 목자로 들어갔다. 진도 말목장에서 도망쳤는지라 관마장 목자로 등록하기가 겁이 나서 인심이 좋다는 대정읍의 좌수네 개인 목장으로 갔다. 말총이가 말을 능숙하게 다루는 것을 보고 좌수는 두말없이 말을 맡겼다. 오십 마리를 맡기고 해마다 스무 마리씩 불리라고 하였다. 말총이는 마구간 뒤편에 움막을 지어 양순달의 고모 집에서 나왔다. 사월이도 움막이지만 얹혀사는 것보다는 백배 낫다고 했다. 다른 목자들도 말총이 내외를 따뜻하게 맞아 주었다.

날이 풀리자마자 양순달 일행은 목재로 쓸 만한 나무를 베어 움막을 지었다. 하루라도 빨리 자리를 잡아 처자식을 데리고 와야 했다. 배에 싣고 온 양식은 겨우내 먹어 떨어져 가고, 가져온 돈으로 집터를 사자 돈도 바닥을 보였다. 게다가 농사를 지으려면 농기구며 종자를 사야 했다. 불을 질러 화전을 일구려 그들은 서둘렀다.

봄이 되자 대정현에서 이속들이 나와 양순달의 일행을 한 명씩 일일이 대조하여 호적에 등재했다. 화전을 일구면 화전세를 물고, 다섯 명씩을 한 호로 하여 중마 한 필씩을 내며, 군포를 낸다고 했다. 일행은 입을 딱 벌렸다. 집도 없이 얹혀살고 있는 처지에 세금이 한 짐이었다.

화전세에 등골이 휜다는 것을 들어 알면서도 화전을 일구지 않을 방도가 없었다. 당장 입에 풀칠을 해야 했다. 우선은 중산간에 화전을 일구어 먹을 수 있게 해 주는 것이 다행이었다.

움막을 짓고 화전에 씨 뿌리느라 봄 한 철이 정신없이 지나갔다. 사월이도 말목장 석축 밖에 밭을 일구었다. 제주도에서는 쟁기를 쓰지 않길래 왜 그러나 했더니 돌이 많아 호미질 따비질밖에 할 수가 없었다. 사월이가 골라내 놓은 돌로 말총이가 밭둑을 쌓고 있을 때 양순달이 왔다. 양순달이 말총이가 쌓아 놓은 돌무더기에 걸터앉았다.

"나봉익 접주가 귀일리로 갔다네. 해남서 온 동학도들이 한 삼백 명 거그 안착해서 살고 있는디 나 접주를 접소장으로 모셔갔다네."

"우리는 묵고 살기 바쁜디 해남 사람들은 내빼 옴서 돈을 가져온 모양이요?"

"싸들고 온 돈이 좀 있었는지 밭도 사고 집도 사고 했닥 하네. 접소도 한 채 사서 차렸대여. 그래서 경전도 갈쳐 주고, 기도 모임도 이끌어 주라고 성님한테 부탁하러 왔드마."

"잘 되었구만이라우."

"성님이 언제 한번 오락하대. 그쪽 사람들이랑 얼굴도 익히고 하라고. 먼 일 있을 때 서로 알고 지내믄 안 좋것는가?"

"그라지라우. 객지에서 서로 의지도 되고."

"그라믄 일간 한번 찾어가세. 내가 다시 연통을 함세."


양순달과 말총이는 귀일리로 나봉익을 찾아갔다. 아침 일찍 나서 저녁 참이 되어서야 도착하였다. 접소는 돌담으로 둘러친 작은 초가였다. 제주 사람 두 명이 나봉익과 함께 있다가 일어섰다. 그들은 양순달과 말총이를 극진하게 맞이하였다. 조금 있으니 저녁상이 나왔는데 고구마에 조를 섞어 지은 밥이었다. 겨우내 죽을 쑤어 먹던 입에 된밥을 먹으니 꿀맛이었다.

"해남 사람들이 도망쳐 오니까 제주 사람들이 기다리고 있다가 김낙철, 김낙봉 형제를 아느냐고 묻드라네."

밥을 먹는 그들 옆에 앉아 나봉익이 입을 열었다. 일행이 고개를 들자 어서 밥을 먹으라고 권하며 그가 말을 이었다.

"한 사람이 그 양반들을 알고 있었다여. 부안 김낙철 아니냐고, 그 사람을 안다고 한께로 어서 오시라 함서 잠자리를 마련해 주드라여. 먼 일인가 하고 알아본께 여그 제주 사람 전체가 그분들을 은인으로 안다고 하드라네. 계사, 갑오 양년에 얼마나 흉년이 들었던지 우리도 힘들었잖소. 제주서는 갑오년에 온 섬에 양식이 떨어져서 몇 만 명이 굶어 죽을 지경이 되었다요. 양식으로 바꿀라고 해산물을 싣고 전라도 각 군 포구를 돌았드라요. 포구마다 동학군들이 실은 물건을 다 빼앗았는디 유독 부안, 줄포에서는 혹시라도 뺏긴 것이 있으믄 김낙철 그 양반이 바로 사람을 보내 돌려주드랍디다. 그때 부안군 곡식으로 제주 경내 인민들이 다 먹었다고 그라요. 김낙철 형제가 작년 겨울에 나주 초토영에 갇혀 있는디 제주 어민들이 우연히 알고 나주 민종렬 목사한테 애원하기를 차라리 자기들을 죽이라고 함께 임금한테 장계까지 올리고 풀어 줬다고 하요."

"김낙철 그 양반 땜시 해남 동학군들이 덕을 봤네."

밥을 맛있게 먹고 나니 소식을 들은 사람들이 들어와 접소는 발 디딜 틈이 없었다.

"전유희 접주님 아니신게라우?"

말총이는 한 사람을 보고 반가움에 자리에서 벌떡 일어섰다. 그이는 말총이가 내민 손을 두 손으로 잡으며 말했다.

"지는 전유희 동상이구만이라우. 성님은 해남 전투 때 돌아가셨소. 우리 성님을 어뜨케 아시요?"

"지가 전유희 접주님 은혜를 입었구만이라우. 성제간이 똑 닮으셨구만요. 참말로 반갑구만이라우. 전유희 접주님 보대끼 함서 모시고 싶은디 그래도 되까라우?"

"그라시오. 나도 성님 아는 사람 만난게 좋소. 우리 성제간같이 지냅시다."

그들은 각지의 동학군의 소식을 서로 묻고 듣느라 바빴다. 죽은 사람 소식에 탄식을 하며 눈물을 흘렸다.

"진도 사람들이 떼죽음을 했단디 들으셨소?"

해남 옥동에서 왔다는 사람이 조심스럽게 입을 열자 말총이는 깜짝 놀랐다. 재촉하는 말에 그 사람은 어렵사리 입을 떼었다.

"내가 멋할라고 이약을 꺼냈는가 몰르것소. 진도 사람이라글래 아실랑가 했드마는."

"아이 뜸들이지 말고 싸게싸게 해 보쇼. 숨넘어갈락 하구마."

"벽파항에서 배를 타고 내뺄라고 동학군 1백 명이 마산 뒷산을 넘어가는디 누가 찔러바쳤등가 관군이랑 일본군이 쫓아와서 싹 죽에 부렸닥 합디다. 그 좁은 골창에 시체가 허옇게 덮여 부렸단디….”

"허어….”

양순달의 얼굴이 하얗게 질리더니 모로 무너졌다. 말총이가 얼른 붙들었다. 석현마을 김씨, 임씨들, 마산마을 손씨들 1백여 명이 동학군에 참여했는데 그들이 다 죽은 모양이었다.

양순달은 가슴을 쥐어뜯었다.

"아이고. 손행권 접주님도 돌아가셨것구마. 아이구, 성님. 종인이는 강진서 죽고 인자 성님도 죽고, 마산 손씨들이 다 죽어 부렸으니…. 아이구.”

말총이도 손행권을 생각하니 가슴이 아렸다.

화순에서 숨어들어 왔다는 방갑이라는 동학 도인이 있었는데 그를 따라온 사람들도 많았다. 말총이는 그에게서 김유복의 소식을 들을 수 있었다. 김유복은 말총이와 나주에서 헤어진 후 남평으로 갔다. 최경선의 동학군이 남평군을 함락하자 놀란 정석진이 화순까지 쫓아왔다. 동복에서 동학군을 모으던 그는 최경선이 체포될 때 끝까지 곁을 지키며 싸우다 관군의 총에 맞아 죽었다고 했다. 백장안의 아내는 아들과 북암에 숨어 살고 있고, 백동안의 아내는 아들을 낳았다는 소식에 한시름을 놓았다.

다음 날 새벽이었다. 말총이가 일어나니 도인들 열댓 명이 무릎을 꿇고 앉아 주문을 외우고 있었다. 해남 사람들뿐만 아니라 제주 사람들도 많았다. 벌써 제주 곳곳에 동학이 뿌리내리고 있었다. 주문을 한 식경이나 외운 후에는 나봉익이 강론해 주는 경전을 공부하였다. 양순달과 말총이는 조반을 든 후 더 있다 가라는 것을 뿌리치고 일찍 나섰다.

"나도 다시 새복마다 주문 외워야 쓰것다."

돌아오는 길에 양순달이 말했다.

"우리는 외고 있구만요. 경전도 가져왔는디 우리도 접소 채려서 수행도 하고 공부도 했으믄 좋것구만이라우."

"자네가 진도읍 접소에서 경전 강을 잘했다고 그라드마. 자네 처도 여자들이랑 애들을 잘 갈치고."

말총이가 조심스럽게 입을 열었다.

"실은 지가 벌써 입도시킨 목자들이 여럿이구만요. 새복마다 여럿이 지 움막에서 주문 수행도 하고 있고라우."

"말총이 자네 참말로 다시 보이네이. 우리도 그라믄 다시 해 보세야."

사월이의 움막 돌담 아래 수선화가 노랗게 피었다. 제주에서 수선화는 마당가나 길가든지 어디에서건 꽃대를 올렸다. 수선화 뿌리는 그 추운 겨울을 보내고 봄이 되면 다시 파릇한 잎을 내고, 병아리같이 고운 꽃을 피웠다. 사월이는 쪼그리고 앉아 수선화를 들여다보고 있었다. 차갑고 거친 돌 틈을 뚫고 어떻게 보드라운 싹이 나왔는지 신기했다. 연노랑 꽃잎이 고왔다. 사월이는 연노랑 꽃잎 속에서 불현듯 환하게 웃는 순녀의 얼굴을 보았다. 사월이는 순녀와 한 약속을 기억했다. 꼭 다시 만나고 싶었다. 그동안 사월이와 순녀를 숨겨 주었던 동무는 뒤도 돌아보지 말고 도망치라고 했다. 살아 있으면 언젠가는 서로 만날 거라며, 살아 있기만 하자며 그녀의 등을 떠밀었다. 사월이의 눈에서 눈물이 흘렀다. 눈물은 시도 때도 없이 흘렀다. 언제 왔는지 말총이가 말했다.

"제주에는 참말 수선화가 많아. 이쁘지?"

사월이는 고개를 숙인 채 눈물을 삼켰다. 다 자기 몫의 슬픔이 있었다. 아무렇지도 않은 듯 말을 이었다.

"수선화는 어뜨케 안 죽고 한겨울을 났을꼬?"

"천지만물이 다 한울님 아닌 것이 없다 안 하든! 저 수선화도 한울님이여. 한울님이 죽것냐?"

말총이는 먼 데 바다로 눈길을 돌렸다. 바다는 하늘과 맞닿아 있었다. 생각나는 사람이 있을 때마다 바다를 보는 것은 그의 버릇이 되었다. 말총이는 한 명 한 명 함께했던 사람들의 얼굴을 떠올렸다. 박중진, 나치현, 백장안, 백동안, 손종인, 전유희, 배규인, 김유복… 그 좋은 사람들. 바다인지 하늘인지 모를 아득히 먼 수평선에서 배 한 척이 다가왔다. 그를 향하여 춤추듯 남실남실 오고 있었다. 말총이는 문득 가슴이 두근거렸다.

# 갑오년 뒷이야기

동학을 초토화시킨 일본은 곧 조선에서의 주도권을 확보하는 한편 청일전쟁에서의 승리를 아퀴 짓는 시모노세키 조약을 통해 식민지를 거느린 제국으로 등장하였다. 그러자 일본의 급성장을 우려한 러시아와 독일, 프랑스는 일본에게 압력을 가하였다. 청국으로부터 빼앗다시피 한 조선에 대한 주도권을 아관파천으로 러시아에게 고스란히 내주게 된 일본은 극단의 조처를 취하게 된다.

을미년 8월, 일본 낭인들은 경복궁을 범궐하여 왕비 민 씨를 찾아내 죽여 버렸다. 일거에 조정을 장악하여 친러파 내각을 몰아내고 다시 친일파 내각을 내세운 그들은 단발령을 강제로 실시하였다. 조선 각지에서 의병들이 궐기하였다.

이규태는 을미사변 후 항일 의병장이 되어 일본군과 싸웠다. 우수영 수사 이규환도 부모님의 병환을 핑계로 사직한 후 이규태의 부대에 합류하였다. 해남 현감은 파직당하고 그 자리에 나주 수성군 도총관이었던 정석진이 임명되었다. 그러나 정석진은 나주에서 단발령을 시행하던 관리를 죽인 혐의로 처형당했다. 정석진이 처형당했던 곳은 불과 일 년 전에 그가 동학군의 목을 잘랐던 곳이었다.

조선을 식량 생산지와 면직 원료의 생산지로 삼으려는 일본의 계획은 착착 진행되었다. 일본은 1904년 러일전쟁을 일으켜 승리한 후, 자국 내 대학생들에게 식민학과 인종학을 가르쳤다. 그들은 일본 젊은이들을 중국, 조선, 동남아 각지에 농업 기사, 농업학교 교장으로 취직시켰다. 일본은 조선에서 생산한 면화솜을 일본 방직공장에 보내기 위해 진도에 면화채종포를 만들었다. 기계 방직용으로 적합한 면화를 시험 재배하려는 것이었다.

병오년(1906) 9월, 사토 마사지로는 면화채종포 기사로 목포에 근무하던 중 진도에서 유골을 채집하여 자신이 졸업했던 홋카이도농학교의 교수에게 보냈다. 효수되어 솔개재에 건성으로 묻혔던 박중진의 유골이었다. 그는 유골에 붓글씨로 '韓國東學軍首魁, 首級(한국동학군 수괴, 수급)'이라 쓰고, 유골 안에 '1906년 9월 20일 사토 마사지로가 진도에서 채집하였다.'는 첨부 문서를 넣었다.

일본은 당시 본토인뿐만 아니라 일본 북부 아이누족, 조선인, 러시아 윌타족, 동남아시아인들의 유골을 광범위하게 수집하고 있었다.

제주, 해남, 완도, 신안 섬으로 숨어들어간 동학 도인들은 성과 이름을 바꾸어 살아가면서도 시천주 동학 정신은 버리지 않았다. 제주에서 1898년 일어난 방성칠난, 1901년 이재수의 난, 1919년 3.1운동에서 동학 도인들은 의를 들어 다시 일어섰다. 꽃이 진 자리에서 다시 핀 꽃은 더 붉은 법이다.

## ● 참고문헌 및 자료

박맹수, 『개벽의 꿈』, 도서출판 모시는사람들, 2012.

노용필, 『동학사와 집강소 연구』, 국학자료원, 2001.

에른스트 폰 헤세, 『조선, 1894년 여름』, 책과함께, 2012.

권기중, 『조선시대 향리와 지방사회』, 경인문화사, 2010.

박맹수, 『동학농민혁명 지도자 유골봉환을 위한 학술연구 및 동학농민혁명역사공원 조성계획 최종보고서』, 전라남도 진도군, (사)동학농민혁명기념사업회, 2005.

박맹수, 『동학의 역사, 동학의 현장』, 호남생명과 평화의 길, 2005.

이상식·박맹수·홍영기, 『알기 쉬운 전남동학농민혁명』, 전라남도, 1996.

이영권, 『새로 쓰는 제주사』, 휴머니스트, 2005.

『녹색평론』 2014년 3-4월 중, '갑오년에 돌아보는 집강소 민주주의-박승옥'.

『동학농민혁명과 부안』, 부안문화원, 2011.

박맹수, 〈동학농민혁명기 전라도 지식인의 삶과 향촌사회-강진유생 박기현의 『일사』를 중심으로〉.

『전라도 장흥지역 동학농민혁명 사료집』, 전라남도 장흥군 동학농민혁명기념재단, 2010.

『동학농민혁명사일지,』 동학농민혁명참여자명예회복심의위원회, 2006.

해남군지, 진도군지, 문내면지, 삼산면지, 황산면지.

『전라우수영지』, 해남군, 2013.

윤선자, 〈동학농민혁명과 해남〉.

김형진, 〈광역신문 135호-158호 '해남 동학 농민군'〉 2012.

임상영, 〈해남과 동학농민운동〉, 2012.

| 연도(간지) | 날짜 · 내용 |
|---|---|
| 1860 경신 | 4월 5일 수운, 동학 창도하다 |
| 1861 신유 | 6월 해월, 용담으로 수운을 찾아가 입도하다 |
| | 12월 수운, 남원 은적암에서 지내며 전라도 일대 포덕하다 |
| 1862 임술 | 7월 해월, 경주 귀환하다 |
| | 12월 30일 경상도를 중심으로 15개 군현에 동학 접 조직하다 |
| 1863 계해 | 8월 14일 수운, 해월에게 도통 전수하다 |
| 1864 갑자 | 3월 10일 수운, 대구 장대에서 순도(41세), 해월 高飛遠走하다 |
| 1871 신미 | 3월 10일 이필제, 영해 교조신원운동 일으키다 |
| | 10월 해월, 강원도와 충청도 내륙 오가며 은거와 포덕을 병행하다 |
| 1872 임신 | 1월 해월, 박용걸 집에서 천제, 이필제난 참회하다 |
| 1875 을해 | 해월, 제사권 행사로 단일지도체제 형성하다 |
| 1880 년대 | 초반 충청도 평야지대에 포교, 전라도 지역으로 확장하다 |
| 1880 년대 | 중반 최시형 동경대전과 용담유사를 목판본으로 간행하다 |
| 1884 갑신 | 10월 해월, 강서로 육임제(동학 조직) 설치, 교단 조직 강화하다 |
| 1892 임진 | 10월 20일 공주 집회 개최. 삼례 집회 개최하다 |
| 1893 계사 | 2월 11일 광화문 복합상소, 소두 박광호, 의암 손병희 등 참여하다 |
| 1894 갑오 | 1월 10일 전봉준 등 고부 농민, 만석보 격파, 군수 조병갑 축출하다 |
| | 3월 20일 전봉준, 손화중, 김개남 등 무장 기포, 포고문 반포하다 |
| | 3월 25일 호남창의대장소(백산), 4대강령, 12개조 군율 선포하다 |
| | 4월 7일 동학군이 정읍 황토현에서 전라감영군을 격파하고 승리하다 |
| | 4월 23일 동학군 장성 황룡천에서 중앙군(경군)을 격파하고 승리하다 |
| | 4월 27일 동학군 전주 함락, 조선 조정 동학군 진압 위해 청군 요청하다 |
| | 5월 7일 동학군과 관군, 전주화약 체결, 동학군 집강소 활동 시작하다 |
| | 6월 21일 일본군 경복궁 무력으로 기습 점령, 청일전쟁 도발하다 |
| | 6월 23일 청일전쟁 개전. 일본 군함, 풍도 앞바다에서 淸군함 격침하다 |
| | ● 6~7월 해남도소 설치, 진도도소 설치하다 |
| | 7월 15일 김개남 전봉준 등 남원대회 개최하다 |
| | 7월 경상도 영해, 영덕, 경주, 연일, 영천, 고령 등지 동학군, 농민 봉기하다 |
| | 8월 24일 대원군은 각지에 밀사 파견, 동학군의 서울 입성 당부하다 |
| | 9월 18일 해월, 충북 청산에서 전국 동학도 총기포령 선포하다 |
| | 9월 18일 의암, 34세. 해월로부터 북접통령으로 임명 - 전봉준과 합류하다 |

| 연도(간지) | 날짜 · 내용 |
|---|---|
| | 10월 12일 전봉준 전라도 삼례에 대도소 설치하다 |
| | 10월 28일 내포 동학군, 홍주성 공략전에서 패퇴, 해안가로 몰리다 |
| | 11월 8일 동학군 우금티 전투 시작, 4~50차례 공방 끝에 패퇴하다 |
| | ● 11월 10일 손화중, 최경선, 오권선 나주에서 재집결하다 |
| | ● 11월 18일 나주 고막원 전투. 진도 나치현, 해남 백동안 죽다(날짜 추정) |
| | 11월 19일 해월, 임실 갈담에서 의암 북접군 만나 북상 시작하다 |
| | ● 11월 24일 나주성 전투, 동학군 패퇴하다 |
| | 11월 27일 김구 등 황해도 동학군 해주성 공략, 동학군 패배하다 |
| | 12월 3일 김개남 처형되다 |
| | ● 12월 3일 최경선, 남평 승리, 화순 동복에서 전투 후 체포, 김유복 죽다 |
| | ● 12월 5일 동학군 장흥성(5일), 강진현(7일) 함락되다 |
| | ● 12월 10일 강진 병영성 함락. 해남, 진도 동학군 참여하다 |
| | ● 12월 12일 동학군 장흥으로 돌아옴. 동학군 패배하다 |
| | ● 12월 17일 동학군 2천명, 해남 우수영에 진을 치다 |
| | ● 12월 18일 동학군, 해남읍성 포위하다 |
| | ● 19일 새벽에 관군이 동학군을 먼저 공격하다 |
| | ● 12월 20일 김신영, 전유희 체포되다 |
| | ● 12월 25일 완도 불목리에서 백장안 체포. 28일 해남 삼산천에서 포살되다 |
| | ● 12월 박중진 옥중에서 죽다(날짜 추정) |
| | ● 12월 26일 관군과 일본군 진도 상륙하다 |
| | 12월 28일 해월, 의암 휘하 동학군 보은 북실 종곡에서 크게 패하다 |
| 1895 을미 | ● 1월 5일 일본군에 현산 최원규, 이중호, 임제환 죽다 |
| | 3월 29일 전봉준, 최경선, 손화중, 김덕명, 성두환 등 처형(한양)되다 |
| 1897 정유 | 12월 24일 해월이 의암에게 도통 전수하다 |
| 1898 무술 | 6월 2일 해월, 한양 육군형장에서 교수형으로 순도하다 |
| 1905 을사 | 12월 1일 의암, 동학을 '천도교'라는 근대종교로 개신하다 |
| 1907 정미 | 수운과 해월, 정부로부터 신원되다 |
| 1922 임술 | 5월 19일 새벽 의암 손병희 환원, 우이동 봉황각 앞에 안장(6.5)하다 |
| 1940 경진 | 4월 30일 천도교 4세 대도주 춘암 박인호 환원하다 |
| 1962 임인 | 10월 3일 정읍 황토현에 갑오동학혁명기념탑 건립하다 |
| 1964 갑진 | 수운, 순도 100주년 맞아 대구 달성공원에 동상 건립하다 |
| 1994 갑술 | 동학농민혁명 100주년 기념, 동학에 대한 관심 고조되다 |
| 1995 을해 | 8월 일본 홋카이도대학에서 동학군 유골 발견. 국내 송환되다 |
| 2004 갑신 | 3월 5일 동학농민혁명 참여자 등의 명예회복에 관한 특별법 의결되다 |
| 2014 갑오 | 10월 11일 천도교 등 동학농민혁명120주년 기념대회 개최되다 |

여성동학다큐소설 해남 진도 제주편

# 피어라 꽃

등 록 1994.7.1 제1-1071
1쇄 발행 2015년 10월 31일
2쇄 발행 2015년 12월 15일

지은이 정이춘자
펴낸이 박길수
편집인 소경희
편 집 조영준
디자인 이주향
관 리 위현정

펴낸곳 도서출판 모시는사람들 03147
　　　　서울시 종로구 삼일대로 457(경운동 수운회관) 1207호
전 화 02-735-7173, 02-737-7173
팩 스 02-730-7173
인 쇄 (주)상지사P&B(031-955-3636)
배 본 문화유통북스(031-937-6100)
홈페이지 http://www.mosinsaram.com

값은 뒤표지에 있습니다.
ISBN 979-11-86502-21-1　　03810

이 도서의 국립중앙도서관 출판시도서목록(CIP)은 e-CIP 홈페이지(http://www.nl.go.kr/
ecip)에서 이용하실 수 있습니다.(CIP제어번호: 2015027133)